A mi padre.
Estés donde estés, eres la luz
que guía mis pasos.

«A veces me detengo en la orilla,
donde las penas vierten sus flujos,
y las aguas turbulentas suspiran y se quejan
de secretos incontables.»

Oceanus, Howard Phillips Lovecraft

PRÓLOGO

Había planeado aquel día durante las dos últimas semanas.

Cada paso, cada movimiento, cada minuto estaban minuciosamente estudiados.

No obstante, era consciente de que cualquier mínimo error le haría fracasar. Contrajo los labios hasta que solo fueron una fina línea blanca.

No habría errores.

Aquel era el día elegido. El momento determinado.

A aquellas horas, las calles del centro de Dublín rebosaban actividad. La gente, como acuciada por el incipiente atardecer estival y deseosa de llegar a su casa, formaba un constante hormiguero humano.

Esbozó un amago de sonrisa mientras comprobaba como había comenzado a llover y algunos paraguas se abrían hacia el cielo. Al menos no hacía frío.

La lluvia... Siempre presente en aquella ciudad de ladrillo cuyos colores finalmente acababan cubriéndose con un fino tul desteñido y húmedo.

Tenía que aprovechar ese momento. Hacerlo suyo.

Sus ojos se desviaron temporalmente de su objetivo para posarse en las farolas, encendidas hacía tan solo unos minutos. Su luz refulgía en las aceras y las gotas de lluvia se translucían a través de su resplandor.

Volvió la vista al frente, furioso consigo mismo por entretenerse justo en aquel instante.

Pero el hombre a quien seguía continuaba ajeno a su presencia solo unos metros delante de él y realizaba su acostumbrado trayecto hasta llegar a la parada del tranvía. La misma a la que acudía de lunes a viernes, justo a las ocho de la tarde.

Conocía cada detalle de su vida, cada tramo de calle que él siempre atravesaba. Su nuevo trabajo, su nuevo domicilio, sus costumbres, esa pinta de cerveza que algunas veces pedía en el Temple Bar.

Y... su pasado más oculto. Ese del que jamás hablaba y del que huía en secreto, pero que seguía latente en el interior de sus fofas carnes, anclado en su conciencia sin escrúpulos. Negra. Despreciable.

Casi lo perdió de vista durante unos segundos entre un grupo de turistas, pero conocía de sobra adónde se dirigía. Dobló una esquina y volvió a verlo caminar torpemente al tiempo que le escuchaba maldecir por haber olvidado el paraguas.

Sin dejar de seguirlo, visualizó en su mente con total nitidez la escena que muy pronto sucedería. Parecía que el futuro se dejaba vislumbrar solo ante sus ojos.

El mundo para él era gris y tenebroso. Un lugar baldío, lleno de ilusiones perdidas. Y, aun así, en ese mundo no había lugar para individuos como el que tenía delante.

La justicia esperaba sus tributos, y él se los ofrecería solícito.

No era un ingenuo ni albergaba el más nimio pensamiento de convertirse en una especie de héroe. Pero no huiría de aquello que se había propuesto: su misión.

Algunas noches, esa reflexión lo desvelaba, y sentía que un hormigueo de impaciencia devoraba todos sus sentidos. Sin embargo, en ese preciso instante se hallaba tranquilo, quizá demasiado.

Los latidos continuaban acompasados en su pecho y su respiración permanecía sosegada.

Entrecerró los ojos y se retiró un mechón mojado de la frente. Vio a su hombre detenerse en la parada del tranvía y ampararse bajo la marquesina.

Siguió sus pasos hasta situarse tras él y supo que había llegado el momento.

La gente, de regreso a su hogar, había elegido aquel medio de transporte casi en masa, como él había supuesto.

Entre ellos se hallaba su objetivo, que consultaba de cuando en cuando las pantallas que avisaban de la llegada del tranvía mientras se rascaba la nuca.

Se aproximó a él con sigilo, pero con naturalidad. Las chispas de sus ojos revolotearon hacia el fondo oscuro de sus pupilas.

Un simple tropiezo, un empujón inocente. Solo un leve pinchazo en el brazo desnudo y la ponzoña ya se estaría extendiendo por su organismo de forma letal.

El hombre se acarició la piel en un acto reflejo, sin percatarse de lo ocurrido, y se giró al comprobar que el tranvía hacía su aparición con un ligero sonido metálico.

Ambos subieron. Perseguidor y perseguido. El primero observaba al segundo casi sin pestañear, percibiendo las gotas de lluvia atrapadas en su pelo caer suavemente hasta su frente y llegar a sus pestañas, donde permanecían asidas unos segundos antes de precipitarse al suelo.

De pronto, aquel individuo, que hasta entonces había estado de pie agarrado a una barra de acero, comenzó a respirar con dificultad. Sus jadeos llamaron la atención de los demás viajeros, que dirigieron sus curiosas miradas hacia donde se encontraba.

Él también lo escrutaba, pero más minuciosamente.

Si sus cálculos eran correctos, el efímero pinchazo de la aguja hipodérmica bastaría para que los órganos vitales de aquel perturbado fueran perdiendo vitalidad, envejeciendo y contrayéndose mientras todas sus células morían con rapidez.

El hombre se llevó una mano al corazón y emitió un aullido de dolor que alertó a los otros pasajeros. Todos acudieron en su ayuda entre exclamaciones.

Pero no era un simple infarto, y él lo sabía.

Sonrió desde el fondo del tranvía al escuchar el sonido característico que anunciaba la llegada a una nueva parada y se bajó sin tan siquiera mirar atrás.

Su presa yacía todavía agonizando cuando las puertas volvieron a cerrarse.

«Uno menos. Mi misión ha empezado.»

1

Unos meses más tarde

Caminaba aferrada al paraguas mientras sus pequeños tacones resonaban en las adoquinadas calles dublinesas.

Soltó una exclamación al pisar sin querer un charco y una nube de vaho surgió de su boca, contrastando con el frío reinante.

Su larga melena rojiza parecía fuera de lugar en aquel barrio de edificios grises y uniformes. En su imaginación, estos se abalanzaban para devorarla, como enormes criaturas de ladrillo enfurecidas por su presencia allí.

Miró su reloj. Solo eran las ocho y media, pero al ser Nochebuena por nada del mundo quería llegar tarde a casa.

No habría un gran banquete, ni siquiera el espíritu navideño propio de las fiestas, pero si se retrasaba unos minutos más, la poca tranquilidad que hubiera sobrevivido hasta entonces se vendría abajo como un castillo de naipes.

Toda la culpa era del dueño del último bar donde había solicitado trabajo.

Le había hecho perder un tiempo precioso preguntándole acerca de su experiencia y mirándola con ojos vidriosos antes de hacerla pasar al almacén en la parte de atrás, señalando que allí hablarían de las condiciones de su contrato.

No era estúpida. Sabía que no era trigo limpio, pero no pudo negarse. Tenía la misma mirada que su padrastro. La misma que seguía taladrándole el cerebro cuando ni tan siquiera estaba él presente.

En el almacén frío y lleno de suciedad, aquel tipo le había

propuesto contratarla si subía un poco su falda o enseñaba ese bonito escote para alegrar la vista a los clientes.

Una vez más, las promesas de un trabajo se diluían tras las mentiras y los «lo siento, es la crisis, ya sabe».

Tiritó visiblemente ante una ráfaga de viento que desestabilizó su paraguas durante unos instantes.

Recordó los intentos frustrados de conseguir un trabajo que había ido acumulando durante todo el mes y se sintió furiosa consigo misma. Las negativas se sucedían una tras otra, y llegar cada día a casa era una pesadilla. Un infierno con nombre y apellidos.

De pequeña había soñado con tantos planes de futuro... Y ahora, solo quedaba la desesperación.

Llevaba años albergando esperanzas de algo mejor y ya no se percataba de que en realidad no había nada que albergar. Solo miedo.

Divisó el autobús aproximarse a su parada habitual y corrió bajo la lluvia para alcanzarlo.

El mismo trayecto de siempre, la misma sensación de angustia en su interior.

Intentaba con todas sus fuerzas no sepultarse en la felicidad del pasado ni aferrarse a las débiles ilusiones del futuro. Se concentraba en el presente porque era lo único que tenía.

Y ni siquiera el presente bastaba.

Sus ojos azules observaban la ciudad a través de los cristales mientras se dirigía al extrarradio. Rogaba en silencio que el autobús fuera más rápido, que no coincidiera con ningún semáforo en rojo, que sus paradas fueran más breves. No quería pensar en lo que sucedería si no llegaba a tiempo para la cena.

Odiaba sentir aquel temor de manera constante cuando regresaba a casa, como si su hogar fuera una sala de torturas propia de la Inquisición española.

«De alguna forma lo es», pensó torciendo el gesto mientras veía su reflejo en la ventanilla. En el último mes había adelgazado más, y sus ojeras comenzaban a ser evidentes.

Desde hacía cinco años había intentado ser fuerte por su madre, por ella misma. Pero poco a poco su entereza se resentía y, aunque luchaba por no desmoronarse por completo, sabía que si todo continuaba igual no tardaría en caer en el mismo abandono en el que ya se hallaba inmersa su madre.

Apoyó la frente contra el cristal.

No, eso no pasaría. Ella seguiría resistiendo por las dos.

Paulatinamente, la estructura de los edificios fue cambiando. Ya no estaban formados por varias plantas, como ella acostumbraba a ver en el centro de la ciudad, circundados por emblemáticos monumentos, parques o revestidos de banderas y carteles publicitarios. Ahora veía monótonas hileras de casitas de dos alturas, unas frente a otras, vigilantes, cenicientas.

Cuando bajó del autobús, se quedó unos instantes inmóvil en la parada. Las piernas siempre le pesaban llegado ese momento, y su decisión de llegar cuanto antes se había evaporado de pronto de su mente.

Solo quería huir en dirección contraria o llamar a la puerta de los Doyle, sus vecinos, a los que había acudido en algunas ocasiones cuando las cosas se torcían demasiado en su casa. Con frecuencia se inventaba una excusa para que las acogieran a su madre y a ella durante unas horas, consciente de que ellos sospechaban algo. Su padrastro era ya muy conocido en el barrio. Demasiado. Pero aunque la mayoría intuía lo que podía estar sucediendo en el interior de aquel hogar, parecía que todos miraban hacia otro lado. Nadie deseaba enfrentarse a él. Nadie quería inmiscuirse en problemas ajenos.

Ni su madre ni ella podían controlar los accesos de cólera de su padrastro, y menos cuando alcanzaba determinado grado de embriaguez.

Si en la televisión emitían anuncios en los que aconsejaban a los ciudadanos ser ejemplo en casos semejantes y denunciarlos con celeridad, ella misma cambiaba de canal a sabiendas de que la gente ignoraba ese tipo de recomendaciones.

Los pobres no quieren verse en líos con la justicia. Bastante tienen con poder sobrevivir en una sociedad donde el dinero y el poder son los amos.

El miedo puede con todo, incluso con la solidaridad.

Tras introducir la llave en la cerradura, un sudor frío le invadió la epidermis, al tiempo que sentía un paralizante vacío en la mente y en el estómago. No era una sensación desconocida, sino recuperada, amplificada por el pánico, siempre cambiante aunque la causa fuera la misma.

Tragó saliva y giró la llave con pulso firme.

Al entrar, su padrastro estaba tumbado en el sofá. Sus ronquidos se mezclaban con el sonido que emitía la televisión. Una lata yacía en el suelo con parte de su contenido derramado. Un olor ácido dominaba el ambiente.

Lo habían despedido hacía un par de años de la fábrica de cerveza Guinness, pero aún seguía consumiendo sus productos. Desde entonces trabajaba esporádicamente descargando camiones de pescado o carne. La miseria que cobraba la invertía generalmente en el bar más próximo, y lo que sobraba lo dejaba encima de la cocina con aire desafiante. Parecía reprochar que fuera el único que llevaba dinero a casa.

Era el subsidio del paro lo que les permitía malvivir, no sin privaciones de todo tipo.

Las voces de los comentaristas deportivos resonaban en la penumbra del salón, solo iluminado por las coloridas imágenes de la pantalla, que silueteaban las amorfas formas de aquel hombre cuyas marcas de sudor eran ciertamente visibles.

Supuso que ya estaría ebrio.

Dejó su abrigo y el paraguas en el perchero de la entrada y, sin hacer ruido, subió la escalera, dispuesta a encerrarse en su habitación, en el piso superior. Sin embargo, una vez allí, cambió de idea y pensó que era mejor bajar a la cocina. Su madre preparaba un guiso de pollo. Era increíble que pudiera cocinar un plato en Nochebuena con la nevera casi vacía.

—Ciara, hija, me alegro de que ya estés en casa —su madre sonrió y sus ojos oscuros brillaron con una nota de tristeza—, ¿cómo ha ido todo?

Ciara se humedeció el labio inferior y negó con la cabeza al tiempo que se fijaba en ella, en su pelo negro recogido en un moño y en su pálida piel, donde algunas arrugas ya anidaban desde hacía años.

—Lo siento, mamá. No ha habido suerte tampoco esta vez.

Tara, su madre, desvió la vista y siguió removiendo el contenido de la olla.

—Tranquila, no te preocupes, seguro que tu padre lo entenderá.

—Sabes que no es cierto. Y no es mi padre, no me gusta que te refieras a él así.

Jeff la obligaba a tratarlo como tal, pero su verdadero padre había muerto hacía ya cinco años.

Odiaba su voz, cómo arrastraba las palabras cuando estaba borracho, con ese constante siseo de reptil; odiaba su presencia, su gruesa silueta y sus labios siempre abiertos en una mueca desagradable; odiaba su aliento, mezcla de alcohol y cigarrillos... Pero sobre todo aborrecía el hecho de tener que convivir con él, de depender del poco dinero que ganaba del paro y de no poder proteger a su madre como ella hubiese querido.

Ambas estaban atadas a aquel individuo con unas cadenas demasiado férreas para deshacerse de ellas tan fácilmente.

El aroma del guiso que estaba preparando su madre llegó hasta ella y su estómago se contrajo por el hambre mientras recordaba con unas incipientes náuseas la cena de la Nochebuena anterior. Su madre había cocinado un pastel de calabaza que su padrastro había arrojado contra la pared soltando toda clase de improperios, reprochándoselo porque él detestaba las verduras. Su nervioso puño se había alzado contra ella de nuevo. Una vez más, tuvieron que utilizar la vieja excusa ante el médico del hospital.

«Una caída, escaleras, un tropiezo...»

Desde aquel día, Ciara no podía tolerar cualquier guiso que tuviera calabaza. Para ella, sabía a miedo. Un miedo insano, pastoso; demasiado real.

Ayudó a su madre a poner la mesa. Lo hicieron en silencio, y Ciara supo que estaban pensando lo mismo: tendrían que despertar a Jeff.

En su mente lo veía como una especie de criatura, una bestia deforme que representaría su verdadera personalidad, más allá de toda esa flácida piel que lo cubría, simulando ser una persona normal.

Un ruido en la puerta desvió su atención.

Allí estaba. Apoyando todo el peso de su cuerpo en la jamba derecha mientras su mano izquierda aplastaba una lata de cerveza vacía para posteriormente arrojarla al suelo.

Se rascó la prominente barriga mientras sus ojos se posaban en Tara.

—¿En esta casa se cena o voy a tener que hacerlo todo yo?

Ciara se agachó para recoger la lata al tiempo que su padrastro se sentaba.

—Eh, tú —gruñó—. ¿No ibas hoy a buscar trabajo?

Ella trató de mirarlo con normalidad. En ese momento se sintió, una vez más, como una marioneta. Le pareció que un ser omnipresente, desde el techo de su casa, tiraba de un hilo invisible que la mantenía sujeta; acto seguido asintió de manera automática. Fingía fortaleza de cara a su madre. Ser una joven con fuerza, para que las dos pudieran apoyarse mutuamente. Pero su interior estaba marchito desde hacía tiempo.

—¿Y bien? —La voz de Jeff sonó gangosa, demasiado tranquila.

«Una trampa», pensó ella.

—Nada, no hay un solo trabajo en la ciudad. La crisis...

Su padrastro dio un sonoro golpe en la mesa que hizo temblar los platos y cubiertos.

—¡No culpes a la crisis, inútil! No sabes hacer nada, eso es lo que pasa. Vives en mi casa, con mi dinero... ¡Ni siquiera eres capaz de conseguir un trabajo como friegaplatos!

Ciara recordó al tipo en el último bar y su expresión bobalicona mientras recorría sus piernas con los ojos enrojecidos. Una oleada de repulsión ascendió hasta su garganta. No obstante, guardó silencio. Era consciente de que cualquier palabra dicha en mal momento sería como detonar una bomba.

—Esta es la hija que tienes, Tara —siguió él—, una estúpida que no entiende que ha cumplido dieciocho años y que ya puedo echarla de mi casa si me da la gana.

Ciara le sostuvo la mirada durante unos instantes, desafiante, pero también herida en su orgullo.

—¡No me mires con esa cara de boba, joder!

Su madre intercedió oportunamente, sirviendo el guiso en los platos.

—Tranquilízate —dijo casi en un murmullo—, es Navidad, una fecha muy mala para encontrar empleo... Seguro que en unos días, cuando las fiestas hayan terminado, todo mejorará...

Jeff bajó la vista para mirar la cena humeante y entreabrió los labios, que colgaron en un gesto de desagrado.

—¿Quiere alguien decirme qué mierda es esta? —preguntó con voz más aguda de lo normal.

Un mal presentimiento fue abriéndose paso en las entrañas de Ciara, como si un cuervo en su interior aleteara de forma inquieta y picoteara con saña su estómago.

Tara comenzó a frotarse las manos, visiblemente nerviosa.

—Es tu guiso preferido... Patatas, guisantes, zanahoria...

Jeff barrió la mesa con violencia y el plato acabó estrellándose contra el suelo.

—¡Y pollo, joder, aborrezco el pollo! ¿Dónde está el cordero?

Ciara dio un paso hacia su madre, pero esta respondió con un hilo de voz:

—No tenía suficiente dinero y pensé...

Jeff se levantó con los puños cerrados y la ira nublando sus ojos.

—¿Me estás culpando de no traer suficiente dinero a esta maldita casa? ¿Quieres que te diga cómo podríais ganar tú y tu hija un buen fajo de billetes? ¡Las prostitutas de Talbot Street saben ganarse la vida, ¿me oyes?!

Alzó una mano abierta hacia Tara, pero Ciara se interpuso.

El sonido de la bofetada restalló en la cocina con un eco feroz.

Su madre ahogó un grito mientras ella acariciaba la marca de su piel, que rápidamente se fue tornando roja.

—¡Apártate, estúpida!

La empujó con fuerza haciéndola caer al suelo al tiempo que asía a Tara por el brazo, zarandeándola como una vieja muñeca rota.

En aquel momento, los dedos invisibles que controlaban a Ciara como si fuera una marioneta fueron absorbidos por su rabia, y los hilos que parecían accionar cada uno de sus movimientos se tensaron y se rompieron todos a la vez.

Abrió el cajón de los cubiertos y extrajo un cuchillo.

Lo empuñó con las dos manos y gritó:

—¡No toques a mi madre!

Su padrastro la observó con cierta sorpresa reflejándose en su rostro, y sus labios volvieron a colgar grotescamente.

Soltó una seca carcajada y liberó a su madre.

—Te conozco demasiado bien, no te atreverás —dijo con una media sonrisa.

Los nudillos de Ciara se tornaron blancos por la fuerza con la que agarraba el cuchillo. El brillo en su superficie metálica le infundió valor.

—No quieras saber cómo soy —dijo ella intentando que su voz no temblara—, puede que te asustes.

Su madre asistía a la escena con el pavor dominando la expresión de su semblante, pero Ciara siguió aferrando su única arma.

Jeff refunfuñó una retahíla de palabras ininteligibles y se encaminó hacia la puerta de entrada un tanto tambaleante a causa de su estado de embriaguez.

Su madre y ella lo siguieron con la mirada hasta que él asió el pomo y farfulló antes de marcharse:

—Malditas zorras.

El sonido de la puerta al cerrarse fue liberador para madre e hija.

Ciara soltó el cuchillo y se pasó una mano por la frente, perlada de gotas de un sudor frío y persistente.

Tara puso delicadamente una mano en el mentón de su hija y lo alzó para que sus miradas coincidieran.

Ciara intentó no llorar cuando su madre la abrazó con el cuerpo estremecido.

No hubo palabras ni explicaciones ni lamentos. En aquel tembloroso abrazo, lo expresaron todo.

2

Se acercaba la medianoche, pero Ciara no podía conciliar el sueño.

No obstante, se mantuvo inmóvil, observando desde la cama el frío sigilo con el que la oscuridad parecía haber cubierto la ciudad.

Era como si la casa entera supiera que lo peor había pasado ya, refugiándose en un extraño silencio solo transgredido por las periódicas sacudidas del viento en los cristales de las ventanas.

Su habitación había quedado impregnada tenuemente del olor a guiso de pollo, y Ciara supo que su estómago había añadido el guiso de pollo a la lista de comidas no deseadas.

Tumbada en su cama podía entrever el oso panda de peluche, con la cabeza ladeada, mirándola con nostalgia entre las sombras, susurrándole palabras de otros tiempos; en el estante, sus más preciados libros, entre ellos algunos cuentos de cuando era pequeña y de los que no quería desprenderse; un espejo de pared ovalado en el que ya casi nunca se miraba; una caja de música, último regalo de su padre, en cuyo interior giraba una bailarina...

Recuerdos de una infancia feliz que ya nunca regresaría. Vestigios de una etapa de su vida en la que todavía conservaba intacta su inocencia.

Ahora ya no confiaba en nadie. Había ido perdiendo poco a poco sus amistades y se daba cuenta de que los *hobbies* de las muchachas de su edad no se correspondían en absoluto con los suyos. Simplemente porque no tenía. Estrellas de la música, actores deseados, maquillaje, el último libro de moda... No podía permitirse pensar en algo así.

Su única prioridad era que su madre y ella sobrevivieran a su padrastro cada día.

Desde donde se encontraba, advirtió cómo la luna agonizaba, pálida y fina, gravitando sobre el cielo de Dublín, y sintió un escalofrío sin saber muy bien la razón.

Todas las noches se despertaba con una terrible desazón, un desconsuelo que no sabía cómo detener. Una sensación de profunda carencia que trataba en vano de saciar.

Sin poderlo evitar, recuerdos fragmentados acudieron a su memoria.

Una niña caminaba junto a su padre. No tendría más de once años. Su pelo rojizo recogido en una larga trenza oscilaba mientras miraba alrededor con ojos curiosos.

El sol se colaba a través de las crecientes nubes y sus cálidos rayos parecían insuflar vida a aquel lugar de ensueño.

Habían dejado atrás una hermosa extensión de hierba pulcramente cortada donde serpenteaban diversos parterres de coloridas flores.

La niña había inhalado profundamente para percibir el aroma de las rosas y gardenias y, aunque se había entretenido observando a otros niños jugar a lo lejos, su padre la condujo por un sendero pedregoso, donde la luz jugueteaba al escondite con ellos.

Enormes árboles se alzaban a cada lado del camino y sus nudosas ramas se retorcían hasta casi ocultar el cielo sobre sus cabezas.

La niña señaló uno de ellos, donde diminutas flores rosáceas parecían flotar entre las nubes.

—Es un cerezo —dijo su padre con una sonrisa al tiempo que cogía uno de los brotes para posteriormente entrelazarlo en la trenza de la pequeña.

Al final de la senda, se abrió un claro iluminado suavemente por el sol.

La niña abrió los ojos con estupefacción al ver a un hombre recostado en una gran roca, justo frente a ellos.

Su padre se rio y en su rostro aparecieron los hoyuelos que ella conocía tan bien.

Lo que la niña había tomado por una persona era en realidad una estatua de granito. Él le explicó que representaba al famoso escritor Oscar Wilde y que sus ojos, aparentemente sin vida, habían sido cincelados para que mirasen en dirección a la antigua casa de su familia.

Ella se fijó en la figura inmóvil. Una rodilla flexionada y la otra extendida, como si el escultor hubiera querido capturar un momento de ocio y serenidad. Su rostro sonreía pícaramente, pero sus ojos transmitían cierta tristeza.

Frente a él, se hallaba otra estatua, esta de un verdoso bronce donde se había asentado un ligero musgo. Se trataba de una joven arrodillada que, desnuda, giraba su cabeza como si quisiera observar al escritor.

La niña se imaginó que aquella mujer hierática se había enamorado de Wilde y que en el silencio atormentado de su mirada se hallaba el deseo de ser real y poder abrazarlo.

—Me gusta venir aquí —dijo su padre—. Es mi lugar preferido.

—¿Por qué?

—Por la paz que transmite, por sus árboles centenarios, por los susurros del viento...

Ciara despertó de su ensoñación.

Merrion Square. El parque donde su padre solía pasear con ella.

Aquella primera vez fue la más especial, y la atesoraba en su memoria con cierta melancolía.

Un año y medio más tarde, su padre falleció, y ella no había vuelto a pisar aquel lugar.

Cerró los ojos sintiéndose inmersa en la onírica trama de su recuerdo, cuando, de repente, percibió que las sábanas de su cama se movían.

Se giró, alarmada. La adormecida luz de la noche silueteó

el contorno de su madre mientras se deslizaba bajo el edredón, junto a ella.

El silencio era pesado, casi asfixiante.

Ciara tomó la mano de su madre. Estaba helada.

La miró y descubrió que los ojos de Tara estaban húmedos, como manchados por agua oscura de pintura diluida. Al principio Ciara pensó que sus labios temblaban; después, se dio cuenta de que su madre estaba hablando con voz quebrada.

—Lo siento, Ciara... Lo siento tanto...

Estaba llorando. Las lágrimas brillaban sobre su nívea piel.

Ciara respiró hondo y le pareció que su habitación se tornaba más y más pequeña a cada segundo que pasaba.

Palpitaciones de silencio antes de que ella se decidiera a contestar.

—Mamá... —dijo muy bajito—. ¿Por qué no lo denuncias? Algún día no podrá contenerse, algún día...

Tara negó con la cabeza.

—No serviría de nada —murmuró—, solo le impondrían una orden de alejamiento que no cumpliría...

Ciara se mordió el labio inferior; comprendía a su madre. La venganza de Jeff por una posible denuncia sería inmediata y terrible.

—Además... —prosiguió su madre—, desde que tu padre murió, no he conseguido encontrar trabajo, y dependemos del dinero que Jeff trae a casa.

—Pero antes de que papá nos dejara, tenías un buen empleo en la librería. Lástima que tuviera que cerrar... Podrías buscar algo parecido...

Su madre cerró los ojos por un momento.

—No es tan sencillo, Ciara. Ahora nada lo es.

Ciara sintió que un océano de tristeza le oprimía el corazón.

—¿Por qué te casaste con él, mamá?

No había debido formularle esa pregunta. Pero ya estaba hecho.

—Antes de que lo echaran de la fábrica, era diferente... Tienes que recordarlo, hija, él nos quería...

—Menuda forma de querernos.

Tara suspiró mientras aferraba la mano de su hija.

—Sé fuerte, Ciara.

Ella apretó los dientes al sentir cómo sus ojos se colmaban de lágrimas.

—No dejaré que nada malo nos ocurra, mamá, te lo prometo.

3

Sus pasos resonaban en el linóleo color crema del hospital.

Un olor conocido a desinfectante, éter y alcohol impregnó su pituitaria.

Miró su reloj: todavía no eran las diez de aquella mañana de Navidad. Caminó con ligereza saludando a las enfermeras que se cruzaban en su camino y, asiendo una bolsa de medianas proporciones junto a otra más grande, entró en los aseos principales de la planta.

El penetrante aroma a lejía era más poderoso allí, y notó un cosquilleo en la nariz como señal de protesta.

Se detuvo frente a los enormes espejos de pared y se lavó el rostro con agua tibia.

Al alzarlo, se vio reflejado en ellos. Estaba más pálido que de costumbre, con sus mechones de pelo negro un tanto revueltos ensombreciéndole las mejillas. Sus ojos oscuros parecían mirarlo con ferocidad y cierto asombro, como si aquella superficie plateada le hubiera robado unos segundos de vida. Pensó en la curiosa sensación que le producía en ocasiones captar su propia imagen inmóvil. Un momento casi imprevisto, sin artificios y en la intimidad, donde el espejo le hacía ver su propio yo sin que pudiera engañarse a sí mismo.

Parpadeó, como saliendo de un hechizo, y acto seguido extrajo el contenido de una de las bolsas.

Lo miró con una media sonrisa y se dispuso a cambiarse de ropa.

Cuando volvió a mirarse en el espejo, soltó una leve carcajada. El traje de Santa Claus le quedaba realmente bien, aunque había olvidado comprar el relleno para simular una prominente barriga.

Se atusó la barba postiza y peinó con los dedos la peluca de cabellos blancos y rizados.

Salió de los aseos y se encaminó hacia su área con la segunda bolsa en las manos.

Grace, una de sus compañeras, sonrió al verlo.

—Ese traje no le queda nada mal, doctor O'Connor. Suerte con los niños.

Él la saludó mientras asentía con la cabeza.

Las enfermeras reían soterradamente al cruzarse con él en los pasillos, y algunos familiares lo miraban con cariño, conocedores de la labor que iba a desempeñar aquel día.

Algunas veces pensaba que únicamente se sentía bien en el hospital, como si su ánimo, por lo general borroso, fuera más claro entre sus blanquecinas paredes.

En su casa, sus recuerdos se agitaban y expandían en un profundo frenesí y cada día temía enloquecer a causa de ellos.

Ni siquiera las sensatas palabras de Renata lograban calmarlo, y sus cotidianas infusiones tranquilizantes solo conseguían el efecto contrario.

Por la noche, en su habitación, la oscuridad y el silencio eran tan compactos que creía estar en un sótano bajo tierra donde el latido de su corazón lo atormentaba como en un relato de Poe.

Y en cambio allí, desempeñando su trabajo diario, una sensación reconfortante invadía todo su cuerpo. Era un antídoto, un elixir reparador. El hospital, curiosamente, parecía un microcosmos atrapado en una burbuja, fuera del mundo real, con sus propias leyes, relaciones y reglas.

Cuando entró en pediatría, el pasillo central se hallaba en calma. Las enfermeras retiraban los desayunos en los carritos metálicos que producían su característico e irritante sonido. Algunos padres paseaban y en sus rostros se podía ver el adormecimiento por haber pasado la noche en el hospital. En la mayoría de los casos, la intranquilidad y la desazón eran su compañía permanente.

Una madre se giró hacia él y lo cogió de la mano con ojos brillantes.

—Los niños se alegrarán de verlo, doctor... Es usted una buena persona.

Por un momento, notó un nudo en la garganta, pero lo deshizo con rapidez y entró en la primera habitación tras haber llamado con los nudillos.

En su interior, la luz mortecina del sol penetraba por los ventanales bañando tenuemente la estancia. Un televisor se hallaba encendido y emitía una serie de dibujos animados, aunque sin volumen.

Las camas paralelas tenían bajo sus blancas sábanas a dos niños que, al verlo, emitieron un grito de alegría y excitación.

Uno de ellos era Peter, de trece años; se había fracturado la pierna derecha, que tenía escayolada, en observación. El otro, David, era un pilluelo de siete años, operado con éxito de apendicitis.

Sus ojillos se habían iluminado al verlo entrar.

Él se sentó en la cama de David y emitió la famosa carcajada que caracterizaba a su personaje.

Los niños rieron mientras señalaban al delgado Santa Claus que había entrado a saludarlos.

—No vengo con las manos vacías, chicos —dijo, simulando una voz grave. Introdujo la mano en la bolsa que llevaba consigo y extrajo un paquete envuelto en papel de vivos colores—. Esto es para ti, David.

El pequeño abrió desmesuradamente los ojos al descubrir que se trataba de un muñeco de Spiderman.

—¿Cómo lo sabías? —preguntó—. ¡Es mi preferido!

Santa Claus miró a la madre del niño con una sonrisa.

—Yo lo sé todo... Por ejemplo, mis ayudantes me han contado que a Peter le encanta la música *heavy*...

Peter, ilusionado, abrió su regalo, que resultó ser una camiseta de Iron Maiden.

—¡Genial! —exclamó exultante—. ¡Gracias!

Mientras ambos disfrutaban de sus presentes navideños, sus padres rodearon a Santa Claus deshaciéndose en agradecimientos.

—Me apasiona ver a los niños felices —respondió él—, además, David y Peter recibirán el alta mañana o pasado, y ese es el mejor regalo de Navidad, ¿no es cierto?

Al salir, se quedó súbitamente paralizado frente a la puerta de la habitación contigua.

Se acarició, un tanto nervioso, la barba postiza y llamó antes de entrar.

—Adelante —dijo una voz desde el interior.

El hospital era su refugio. Se sentía cómodo con su trabajo junto a los niños y su ánimo renacía cada día... Sin embargo, era incapaz de negar que, en ocasiones, el hospital también resultaba implacable y que entre sus paredes se vivían momentos aciagos que jamás se desprenderían de su alma.

Helen, de apenas ocho años, lo miraba desde su cama con sus hermosos ojos verdes.

Aquellos ojos, llenos de esperanza y promesas de vida, se clavaban en su retina como flechas disparadas con un arco demasiado cruel, demasiado certero.

Su pequeña cabecita estaba cubierta por un pañuelo con dibujos de flores.

«Es un regalo de mi abuelo», le había dicho en una ocasión.

Él se estremeció porque conocía el significado de ese pañuelo y recordaba los bellísimos bucles rubios que semanas atrás caían sobre su rostro de mejillas sonrosadas.

«Tumor cerebral.» Aquellas horribles palabras clavaron sus venenosas espinas en su mente.

Tragó saliva al ver de nuevo que la palidez extrema invadía la piel de la niña mientras sus delgados bracitos se alzaban para saludarlo.

Sus padres, allí de pie, ni siquiera tuvieron fuerzas para sonreír. Aquella pesada carga era difícil de soportar y llevaban meses con ella. Los ojos enrojecidos de la madre denotaban la larga noche en vela y el cansancio que se iba acumulando día tras día también se dejaba entrever en su demacrado rostro.

Santa Claus la abrazó con fuerza y dejó que su contagiosa risa le inundara el corazón.

Cuando Helen abrió su regalo, él sabía que ni todas las muñecas más bellas del mundo lograrían hacer feliz a una pequeña cuyo mayor deseo era curarse. Un deseo que, salvo que sucediese un milagro en el quirófano, sería difícil ver cumplido.

Ella le sonrió con la melancolía dibujada en sus labios y, de algún modo, ese triste gesto le hizo vislumbrar fragmentos de su pasado, como diminutas perforaciones en el tejido de su mente. Si esas perforaciones emergiesen, estaría perdido.

Sonrió a su vez, tratando de anclar el barco de sus recuerdos a la sólida tierra del presente, pero sin conseguirlo.

Una suave voz femenina se coló en su cabeza.

«Aidan, leamos este libro juntos», «Aidan, levántate ya, dormilón», «Aidan...».

Parpadeó, y un instante después la voz había desaparecido.

No abriría el palacio de su memoria. No en esos momentos. No ahora.

Visitó a los demás niños que, con el rumor de que Santa Claus estaba entregando regalos en el hospital, aguardaban ansiosos en sus habitaciones.

Sus risas fueron un bálsamo, un recordatorio de lo feliz que se sentía con su trabajo como médico ayudante en el área de pediatría. A sus veinticinco años y con un brillante historial en la universidad, era uno de los doctores más jóvenes del hospital. Con su dedicación y esfuerzo se había ganado la confianza del jefe de planta y era muy apreciado tanto por sus compañeros como por las enfermeras y el personal auxiliar.

Sin embargo, aquella mañana de Navidad hubo una imagen que no lo abandonaría tan fácilmente y que en secreto, con el sigilo y el mutismo de un espectro, se había quedado atrapada en su interior como una huella indeleble.

La tristeza en los ojos verdes de Helen.

4

Marzo, 2000

Caminaba de regreso tras las clases en la escuela del pueblecito cercano de Kilkee.

El viento soplaba con fuerza doblegando su espigado cuerpo de doce años y obligándolo a avanzar con la cabeza gacha mientras se sujetaba la mochila en los hombros.

No tenía ninguna prisa por volver y, aun así, sus pies continuaban el ascenso por el pedregoso camino que conducía hacia su casa, cercana al acantilado. Incluso desde donde se encontraba, podía percibir el olor a mar transportado por las ráfagas de aire.

Todos los días el mismo recorrido y siempre aquella sensación de ahogo en el pecho al salir de la escuela.

Su vida era como el laberinto del minotauro, una leyenda mitológica que su madre le había contado una vez. No había escapatoria posible entre sus muros, ni en el centro del mismo, donde aguardaba el monstruo con cabeza de toro dispuesto a devorar a los incautos como él. Tampoco poseía un hilo de oro con el que guiarse hasta la salida, y, aunque así fuera, nadie lo esperaría en su exterior, no tendría ningún otro lugar al que ir.

Al llegar a lo alto de la colina, cerca de los salientes de roca negra, se detuvo y se quedó sin respiración unos segundos.

Se imaginó que aquella pequeña casa de dos plantas, construida en piedra y madera, cuyas ventanitas cuadradas parecían observarlo desde la distancia, formaba parte de la fotografía de una postal.

Se aproximó unos metros más y vio la hiedra trepadora alzarse sobre el muro de la fachada; una ramificación verde que de algún modo coloreaba el gris monocromático de la vivienda. Se metió las manos en los bolsillos del pantalón y removió la brillante hierba con su pie derecho. Esa enredadera retorcida le producía cierto desasosiego, como si fuera una cicatriz en un rostro pétreo.

Todo permanecía inmóvil, excepto el océano cercano, que parecía hacer temblar la tierra con sus fuertes embestidas.

Allí el aire era diferente, así como el cielo. Más claro, diáfano.

Las gentes del pueblo decían que visitar los acantilados les hacía sentirse livianos y libres. Plumas al viento ante la inmensidad del mar.

Sin embargo, él nunca había tenido aquella sensación. Más bien todo lo contrario; se sentía como las algas arrancadas del fondo danzando entre las olas, producto de una tormenta nocturna. A la deriva.

Alzó la vista y se percató de que, aun siendo mediodía, no salía humo por la chimenea.

Su cerebro dio la orden a sus piernas para que caminasen más deprisa y entró en la casa acompañado por el sonido quejumbroso de la puerta al abrirse.

Lo primero que vio en el salón fue un vaso roto en el suelo. Sus fragmentos resplandecían bajo los tenues rayos del sol que se filtraban por la ventana principal.

A su lado, una fotografía enmarcada cuyo cristal se había quebrado al caer. En ella se veía a una niña y un niño cogidos de la mano, frente a esa misma casa.

De pronto, un sollozo gravitó sobre la estancia.

Se giró y descubrió a su hermana ovillada detrás del sofá.

Ocultaba su rostro entre las rodillas flexionadas, y sus delgados hombros temblaban reiteradamente.

—Evy...

Se arrodilló junto a ella y le acarició el pelo rojizo. Como si el tiempo se hubiera detenido, percibió los sonidos que lo rodeaban. El viento golpeando contra las ventanas; el llanto entrecortado de Evelyn; su propia respiración agitada...

Olía a vainilla, el aroma que siempre desprendía su hermana. Era tan dulce, tan agradable, que le pareció fuera de lugar en aquel instante.

Evelyn alzó la cabeza y lo miró con sus grandes ojos azules enrojecidos por las lágrimas. A sus quince años, la amargura ya se reflejaba en su rostro.

En su mejilla derecha, la marca roja de la mano de su padre.

—Aidan, estoy bien, en serio —respondió ella con engañosa tranquilidad.

Él no dijo nada.

Aidan era consciente de que los típicos miedos infantiles que asediaban a otros niños, como la oscuridad, los ruidos nocturnos o los monstruos invisibles, se transmutaban para él en el reflejo distorsionado de sus propios temores. La oscuridad era el reino donde habitaba su padre, siempre regresando a casa por la noche tras haber pasado horas en la taberna del pueblo; la violencia era innata a su persona, y ambos hermanos se arrebujaban bajo las sábanas al sentir su presencia en la casa; él era el monstruo que los atemorizaba. El minotauro del laberinto.

Evelyn se enjugó las lágrimas y trató de sonreír, pero sus labios temblaron.

—¿Qué ha sido esta vez? —preguntó su hermano apretando los puños.

Ella dirigió la mirada hacia la planta de arriba, señalando el dormitorio de sus padres, e hizo un gesto indicativo de que él estaba allí.

—Eso no importa. Ya no.

Aidan asintió mientras sentía una ola de rabia invadir su cuerpo. Entendía lo que Evelyn quería decir. Últimamente cualquier excusa servía a su padre para alzar la mano contra ellos dos.

—¿Cómo ha... ido la escuela hoy? —preguntó su hermana tratando de cambiar de tema y sonar sosegada.

Solo pudo encogerse de hombros.

—¿Y mamá? —respondió finalmente.

—Se ha encerrado en la cocina —dijo ella desviando la vista con evidente hastío—. No la oigo llorar, tal vez esté preparando doble ración de pastel de cerezas, como la última vez.

Aidan contuvo el impulso de mirar hacia la puerta tras la que estaría su madre.

El pastel de cerezas siempre cobijaba de forma nada sutil el sabor de la tristeza, y los dos hermanos habían comprendido ya que se trataba de un medio por el que su madre intentaba disculparse ante ellos. Nunca se había atrevido a enfrentarse a su marido, y aquel postre era un trueque afectivo. Un espejismo bienintencionado que había dejado de funcionar hacía tiempo. Quizá ella supiera que un pastel no podía consolar a sus hijos, pero cocinar la ayudaba a sentirse todavía útil y, sobre todo, a no pensar.

—Siempre hace lo mismo. —La voz de Aidan sonó herida.

Evelyn se dio la vuelta y lo miró fijamente.

—Ella nos quiere, eso no lo dudes, ¿vale? —dijo, y en su tono se apreciaba una repentina madurez—, pero no puede controlar esta situación.

—Nosotros tampoco.

En aquel momento, la puerta del dormitorio se abrió violentamente y la corpulenta figura de su padre se detuvo ante ellos, poniéndose una gruesa cazadora de cuero negro.

—Ah, ya estás aquí —farfulló dirigiéndose a su hijo—. Vienes de la escuela, ¿no? ¡Para lo que te va a servir! ¡Acabarás siendo un desgraciado pescador como yo! En fin... Me voy al pueblo y volveré tarde.

Los dos hermanos intercambiaron una mirada, pues sabían perfectamente que el destino de su padre era la taberna.

Cuando abandonó la casa tras un sonoro portazo, Aidan y Evelyn agradecieron su ausencia mientras lo veían alejarse sendero abajo.

Sabían que al menos durante algunas horas la tranquilidad permanecería entre aquellas paredes.

Segundos más tarde, la puerta de la cocina se abrió y su madre, con el pelo recogido en una deshecha coleta y los ojos enrojecidos, apareció sosteniendo un bol cuyo contenido removía con fingido tesón.

Su expresión mostraba una sonrisa atribulada.

—¿Quién quiere ayudarme con el pastel de cerezas?

5

Aidan miró con aire distraído cómo las verjas metálicas que protegían su casa, en el barrio residencial de Ballsbridge, uno de los más tranquilos de Dublín, se abrían lentamente mientras él esperaba en el coche.

Le habría gustado quedarse en el hospital más tiempo, pero el jefe de pediatría le había informado de que aquel día de Navidad había médicos de guardia suficientes y le pidió que se tomara un descanso.

Alzó la mirada hasta posarla en el hermoso edificio de dos plantas que era su hogar desde hacía quince años. De ladrillo rojo, las múltiples cristaleras se hallaban ribeteadas en blanco, al igual que el canalillo del doble tejado y las pequeñas ventanas del ático. La enorme puerta, de estilo georgiano, daba una nota de color azul oscuro al conjunto.

Estaba un tanto aislada del resto de las mansiones vecinas, lo que a ojos de Aidan era un punto muy a su favor. La mansión más cercana se hallaba a no menos de veinte metros. Su tío había elegido muy bien cuando la adquirió, años atrás.

Aun así, le disgustaba pasar muchas horas en su interior, como si en cierto modo y aun habiendo sido heredada de su tío, no le perteneciera. O tal vez fuera por el sentimiento de soledad que día tras día iba consumiéndolo lenta pero ferozmente.

Él, que siempre había ansiado la quietud y el silencio, ahora se le antojaban absorbentes. Incluso angustiosos.

¿Qué había cambiado? No lo sabía con exactitud.

Debía permanecer siempre con la mente activa o corría el peligro de caer en un abismo demasiado oscuro. Y ya habían pasado muchos años desde que había dejado de temerle a la negritud.

Dejó el coche en el garaje adosado a la casa y entró en ella por una puerta interior.

Recorrió el ancho pasillo inspirando el aroma de los blancos jazmines que lo decoraban en diversos jarrones.

Su ama de llaves lo saludó en el recibidor, justo frente a la gran hornacina que albergaba una réplica de la *Victoria de Samotracia* custodiada por dos candelabros de luz artificial.

—Te he oído llegar hace un momento. ¿Cómo ha ido todo en el hospital? —dijo sonriente, con aquel fuerte acento de Carolina del Sur; sin embargo, antes de que Aidan pudiera contestar, volvió a preguntar—: Llegas un poco tarde, ¿no habrás pensado perderte la suculenta comida que he preparado?

—Por supuesto que no, querida Renata... Me ducho en un periquete y bajo enseguida.

—¡No tardes! ¡La comida de Navidad es sagrada, ya lo decía tu tío!

Mientras se dirigía a la cocina, él la observó con ternura. Su perfecto moño de cabello oscuro, sus ágiles movimientos, ese lunar en la comisura de los labios, sus manos fuertes y su piel morena. A sus supuestos cincuenta años, parecía más joven. Aidan nunca había conocido la verdadera edad de Renata y tampoco se le ocurriría preguntárselo jamás. Le habría parecido descortés.

Subió con grandes zancadas por la escalera central hasta su habitación y, tras una rápida ducha, se puso un jersey de cuello cisne y unos pantalones tejanos. En casa le gustaba encontrarse cómodo, aunque nunca se pondría pijama para andar por ella. Los detestaba e incluso acostumbraba a dormir desnudo.

Una vez en la planta baja se dirigió al salón comedor y contempló la mesa de madera de cerezo adornada para la ocasión. Renata no había escatimado en detalles: varias velas encendidas sobre estilizados candelabros de cristal, cubertería de plata, un centro floral de tonalidades cálidas, servilletas de suave tela roja, mantel con arabescos dorados...

Por un momento se abstrajo ante las oscilantes llamas de las velas mientras sentía cómo su corazón latía serenamente, al ritmo del sonido del antiguo reloj de pared cercano.

—Vamos, siéntate ya —lo reprendió cariñosamente Renata al tiempo que mostraba en sus manos una sopera de plata—. La crema de castañas está lista.

Sirvió su contenido y se sentó frente a él.

Cuando Aidan tomó una cucharada, comprobó que estaba deliciosa.

—Cada día te superas en la cocina —la felicitó.

Ella pareció henchirse de orgullo, pero se abstuvo de sonreír.

—Tengo que esforzarme para que comas algo... ¡Estás muy delgado!

El joven removió la crema con movimientos circulares.

—El hospital requiere casi todo mi tiempo...

—Tu trabajo te está quitando la vida —lo interrumpió el ama de llaves.

Aidan esbozó un gesto de complicidad.

—No seas exagerada, Renata. Me encanta estar con los niños, ya lo sabes. No me quita la vida, en todo caso, me la devuelve.

Tras unos minutos en silencio en los que ambos apuraron la crema, Renata se levantó para recoger los tazones y la sopera.

—Desde que trabajas allí, te noto más melancólico que de costumbre. Creo que deberías hablar con tu jefe acerca de reducir tus horarios y descansar más.

Él negó con la cabeza, acariciando los aterciopelados pétalos de una flor de Pascua.

—Descansar para mí es sinónimo de pensar..., y sabes que pensar solo me conduce a enfrentarme con ciertos rincones de mi mente de los que siempre estoy huyendo. Puede que en eso me parezca a mi madre, después de todo: procuraba estar ocupada para no tener que encararse a sus miedos. Además —miró a Renata con cariño—, ya me conoces, esa melancolía me ha acompañado desde pequeño. Creo que es algo que a estas alturas no tiene solución.

—Todo tiene solución —respondió ella mientras se dirigía de nuevo a la cocina.

Cuando regresó, portaba una bandeja de plata con un pavo asado al estilo sureño acompañado de ciruelas y pasas.

—Eso lo decía mi tío, ¿verdad? —preguntó Aidan mientras trinchaba el pavo y lo servía en sendos platos—. Me refiero a que todo tiene solución... Recuerdo que se lo oí decir más de una vez.

Renata pinchó una ciruela asada con el tenedor y la mantuvo humeante en el aire.

—Sí —dijo finalmente—, él era muy testarudo y tenía mucha fuerza de voluntad y tesón. No había problema que se le resistiera. Claro que a veces, al igual que tú, se dejaba dominar por un sentimiento de nostalgia profundo que no desaparecía hasta pasados unos días... Supongo que, incluso habiendo regresado a la tierra que lo vio nacer, siempre echó de menos Estados Unidos.

Aidan bebió un sorbo de vino y contempló por unos instantes su tono rojizo, haciéndolo girar en la copa.

—En eso era muy diferente a mí. Me apasiona Dublín.

Renata sonrió levemente.

—Pero de vez en cuando regresas a tu casita en el acantilado, a tu refugio, como sueles decir.

—En ocasiones —sonrió—, los refugios también pueden ser una trampa para melancólicos como yo.

Siguieron comiendo hasta que Aidan dejó los cubiertos en el plato.

—Estaba francamente delicioso, Renata. Dime, ¿qué sorpresa tienes para el postre?

Ella recogió la mesa emitiendo una leve risa.

—No hay una comida de Navidad decente sin el pudín de café que tanto le gustaba a tu tío. ¡Es la tradición!

Aidan esbozó una cariñosa sonrisa.

—Es cierto... Ah, no olvides traer la botella de crema irlandesa con dos vasos.

—Pero...

Él le hizo un gesto con la mano.

—Es Navidad, Renata. No quiero que te encierres en la cocina a limpiar toda la tarde. Descansa un poco y ven a charlar conmigo.

Cuando dieron buena cuenta del pudín, se dirigieron al gran sofá de cuero que presidía el salón. Aidan movía su mano haciendo oscilar el licor dentro del vaso, provocando algo parecido a una pequeña marea. Desvió la vista y comprobó divertido que las mejillas de Renata se coloreaban con cada sorbo.

—Así que el pudín de café era el preferido de mi tío... —dijo Aidan en tono deliberadamente distraído.

Ella asintió mirando la crema irlandesa con sus almendrados ojos negros.

—Sí, ya lo sabes, lo comemos siempre en estas fechas...

El joven se humedeció el labio inferior y se atrevió a preguntar:

—Renata, siempre he deseado saber algo, pero no quiero que pienses que soy indiscreto... —El ama de llaves alzó la vista hasta posarla en la suya con curiosidad—. Mi tío y tú..., quiero decir, ¿tuviste una relación con él?

Renata dejó su vaso en la mesa de caoba cercana y se mantuvo en silencio durante unos instantes que a él le parecieron eternos.

En sus pupilas se había asomado cierta tristeza.

—Tu tío contrató a mi madre para servir en su casa cuando yo tenía catorce años. Vivíamos allí, en una de las habitaciones. Era... como tener una familia. Así era como él nos hacía sentir. Una familia —recalcó la última palabra con voz un tanto afligida.

Aidan siguió indagando.

—¿Y... tu padre? ¿Vivía también con vosotras en la casa?

Ella apuró la crema irlandesa y desvió la mirada hacia las manos en su regazo. De repente, parecía aquella niña de catorce años que una vez fue.

—No lo conocí nunca —respondió—. Abandonó a mi madre cuando se enteró de que estaba embarazada de mí. Supongo que no habría esperado que aquel *affaire* suyo con una mujer de color llegara a tales extremos, pero así era la vida en aquella época y en Estados Unidos, Aidan.

Él asintió mientras observaba el oscuro lunar en la comisura de sus labios.

—Cuando mi madre murió —prosiguió—, yo me hice cargo de la casa. Por aquel entonces tenía diecisiete años... He pasado mucho tiempo en compañía de tu tío... Y siempre fue bueno conmigo.

Aidan creyó ver que sus ojos se humedecían.

Renata se levantó y, tras recoger su vaso, ladeó la cabeza con una sonrisa renovada.

—Bueno, en Navidad no hay que ponerse tristes. ¡Ya está bien de compadecerse, es hora de recoger la cocina!

Él no supo negarse. Quizá hubiera ido demasiado lejos curioseando en la vida de su querida ama de llaves. Apuró su bebida de un solo trago.

Se dirigió al fondo de la estancia tras recorrer el pasillo y apoyó su cuerpo contra una jamba de la puerta acristalada, contemplando a través de ella su preciado invernadero.

Ya había pertenecido a su tío, pero él lo había hecho suyo, ampliando la diversidad de flores cultivadas, cuidándolas con mimo y atención, incluso había realizado algunas hibridaciones gracias a las que había podido conseguir una espléndida rosa negra. Para ello albergaba, en la zona cubierta, un pequeño laboratorio privado.

Suspiró, manteniéndose apoyado en la puerta.

Le gustaba contemplar cómo el sol caía sobre el jardín y seguir su recorrido mientras se deslizaba silenciosamente entre las flores.

Oyó ruidos de cacerolas en la cocina y sonrió al tiempo que entraba en una sala en la zona oeste de la casa.

Su tío solía utilizarlo como despacho, y él no había cambiado prácticamente nada desde que falleció. Todavía se sentaba en su sillón tapizado en piel de color negro, conservaba su pluma estilográfica y de vez en cuando contemplaba el pequeño globo terráqueo situado en una esquina de la mesa.

A veces, en aquella estancia, tenía la sensación de percibir el aroma de la colonia que su tío utilizaba y no podía evitar dejarse llevar por los recuerdos de su presencia.

Se sentó y examinó sus últimas creaciones dispersas en la mesa.

Eran unos retratos a carboncillo ya terminados. En ellos, se apreciaban los rostros de algunos de los niños a los que había conocido en el hospital.

Aidan se sentía extrañamente bien cuando dibujaba y, aunque sabía que no era un gran artista, no tenía pretensiones artísticas cuando dibujaba. Quería mostrar su esencia más pura, aquella que él siempre veía en sus caritas cuando hablaba con ellos.

Tomó en sus manos el retrato más reciente y se fijó en los ojos. Torció el gesto. No había sido capaz de plasmar con exactitud el miedo del niño. Recordaba perfectamente su expresión temerosa al ser llevado al quirófano... Aquella mirada nerviosa y humedecida se había quedado en su memoria hasta entonces, pero no había podido reproducirla en el dibujo.

Colocó una de las hojas de papel sobre la mesa y jugueteó con el carboncillo entre sus dedos antes de comenzar un nuevo esbozo.

A su mente, regresó con nitidez un rostro en concreto... Se concentró en él y empezó a dibujar con cuidado, casi con delicadeza.

Esos ojos... Los ojos de aquella niña a quien había visitado por la mañana... Helen... Tenía que plasmarlos en el papel, saber capturar su belleza, pero también su tristeza. Una tristeza que ya formaba parte de ella a pesar de su corta edad; una tristeza dispuesta a devorar su esperanza y transformarla en un precipicio negro y frío.

Su mano se movía cada vez con mayor rapidez, presa de un afán creador que aumentaba a medida que los rasgos de la niña iban conformándose sobre la blanca superficie.

Se detuvo durante algunos segundos para observar el proceso y, poco a poco, con las yemas de los dedos, comenzó a difuminar el contorno.

Alzó el dibujo de aquellos ojos y lo contempló, absorto.

Durante unos instantes, se mantuvo inmóvil, con el papel en las manos y la vista clavada en aquellas pupilas que parecían devolverle la mirada.

Esos ojos...

No era la primera vez que veía una expresión similar.

Cerró los suyos y permitió que, lentamente, el palacio de su memoria se mostrara ante él. Existían habitaciones que hacía años que no visitaba. Algunas de ellas estaban ocupadas por recuerdos aislados, otras con imágenes oscuras y borrosas, y más allá, en los recodos de su cerebro, todavía se conservaban puertas sin abrir cuyo interior estaba plagado de sonidos y evocaciones que no quería volver a oír ni a ver.

Solo unas pocas estancias guardaban celosamente emociones y reminiscencias felices que deseaba atesorar. Sin pensarlo, entró en una de ellas.

Fue entonces cuando vio una esbelta figura a unos pasos de distancia, cerca de un acantilado que no le era desconocido.

Estaba lloviendo y podía sentir cada minúscula gota estrellarse contra su piel. Pero no hacía frío. Era una tormenta de verano.

Miró sus manos y comprobó que volvía a ser un niño.

La silueta que contemplaba ante sí había comenzado a moverse y descubrió que, en realidad, estaba bailando.

La hierba a sus pies parecía resplandecer con el brillo del agua y el viento que la mecía estaba perfumado con el olor a tierra húmeda.

Se aproximó en silencio, con una sonrisa meciéndose en sus labios.

Evelyn...

Se hallaba descalza, con su melena pelirroja empapada. Llevaba un vestido verde que se ceñía a su cuerpo por efecto de la lluvia. Él la contempló girar sobre sí misma y echarse a reír mientras ofrecía su rostro a la tormenta.

El mar, estremecido, reverberaba en las rocas con un rugido maravilloso, colosal, vivo.

Intentó acaparar con la vista aquella imagen en la que su hermana danzaba bajo la lluvia y se dio cuenta de que era como haber entrado a formar parte de un cuadro pintado con los pinceles más delicados.

Aidan sintió que una oleada de felicidad le atravesaba el pecho cuando su hermana se detuvo para mirarlo. Evelyn lo cogió de las manos tras apartarse un mechón de la frente.

—Ven —dijo con su hermosa voz de plata—, túmbate conmigo, anda.

—Pero está lloviendo...

Ella emitió una risa alegre antes de contestar.

—Adoro la lluvia, Aidan. Es poderosa, me hace sentir... libre.

Los dos hermanos se tendieron sobre la hierba con los brazos extendidos.

Evelyn cerró los ojos.

—Algún día nos iremos lejos, lo sé —murmuró, y sus palabras parecieron ser engullidas por el sonido el mar—. Podría ser actriz ¡o cantante! Y viviríamos en la capital... Cuánto me gustaría ir a Dublín... ¡los dos solos, tú y yo!

Aidan asintió, dejándose llevar por la ilusión de su hermana.

—Me encanta cuando cantas, Evy... Tu voz es como la de un hada.

Ella giró el rostro para fijar sus ojos en los de él, y fue entonces cuando Aidan se percató de su mirada. En ella habitaba una tristeza atroz.

En ese instante supo que las esperanzas de su hermana eran solo un engaño, una fantasía que jamás se haría realidad. Un momento cristalizado en un futuro sin salida.

No pudo adivinar si las gotas que corrían por las mejillas de Evelyn eran producto de la lluvia o ardientes lágrimas.

Esos ojos...

Transmitían una aflicción similar a la que él había capturado en su dibujo.

Cerró cuidadosamente aquella puerta de su palacio de la memoria y guardó el carboncillo en su estuche.

Contempló una vez más la mirada de Helen sobre el papel y exhaló el aire contenido en sus pulmones.

Quizá retratase a los niños del hospital por una razón: para intentar captar el mismo desamparo, miedo y dolor que ambos hermanos adoptaron como propios tiempo atrás.

Por eso estudió medicina. Solo deseaba dar y ver felicidad, esa emoción que él rara vez sintió, en los rostros de los niños a los que sanaba.

En aquel momento, oyó dos suaves golpes en la puerta del despacho.

—Adelante, Renata.

—Siento molestarte, Aidan. Solo quería comentarte que deberías visitar a tu madre... —dijo con un gesto que denotaba cierta aflicción—. Hace tiempo que no lo haces, y en estas fechas ella estará tan sola allí... Tu tío, que en paz descanse, iba a verla todas las semanas...

Él asintió, dejándose llevar por oscuros pensamientos.

No le resultaba sencillo visitar a su madre, y menos ahora que permanecía recluida en un centro psiquiátrico.

—De acuerdo —respondió al fin—. Tengo unos días libres en el hospital. Mañana le regalaré unas flores.

—¿Llevarás las del invernadero? —quiso saber Renata.

—Sabes que jamás cortaría esas flores... Prefiero comprarlas en una floristería.

6

Cuando abrió los ojos, distinguió diminutas motas de polvo danzando en el lánguido haz de claridad que se filtraba a través de las cortinas de su habitación.

Parpadeó mientras las observaba unos instantes más, acurrucada entre las sábanas, y pensó para sí misma que uno de los momentos más amargos del día era tener que levantarse y enfrentarse de nuevo a la vida.

Había dormido muy mal, acosada por extraños sueños, de esos que persisten al despertar, pero de los que no podía acordarse. Solo resistían las ascuas de la inquietud.

No le gustaba la noche.

En ella se congregaban no solo el temor hacia la embriaguez de su padrastro, más evidente incluso a partir del atardecer, sino sus propios pensamientos, que se tornaban más vívidos y acerados. Su mente parecía liberarse de las ataduras diurnas para emprender un extenuante recorrido que se repetía al cerrar los ojos en la cama. La sensación de una incierta culpa, la voz de su madre, incluso el olor a cerveza de Jeff, se mezclaban hasta quedarse dormida.

Ni siquiera en los sueños, un territorio insólito, podía desprenderse de todo ello.

Las horas nocturnas la amenazaban siempre con extenderse interminablemente hasta que sentía el alivio del susurro del amanecer a través de su ventana.

Oyó a su madre en la cocina del piso inferior y dedujo que su padrastro todavía no habría regresado. Él jamás habría tolerado ruidos a aquellas horas de la mañana. Seguramente aquel día tendría trabajo en los muelles.

Ciara se incorporó y se asomó por la ventana.

Fuera, el mundo le pareció un escenario mal construido donde un invisible director de escena había elegido erróneamente a los actores y sus papeles.

Contempló, un tanto adormilada todavía, el panorama que le ofrecía la vista desde allí.

La casa contigua, prácticamente idéntica a la suya, ocultaba parte de la calle cercana, y Ciara sabía que aunque alzase los ojos, solo vería un pequeño fragmento del cielo nublado.

Le habría gustado vivir en una casita en el campo. Su madre le decía que así había vivido ella con sus padres. Debía de ser una delicia estar rodeada de árboles, hierba y flores. Poder sentir el aroma de la naturaleza y mirar directamente al cielo creyendo que al menos un pedacito de este, con las nubes salpicando el azulado infinito y la fresca lluvia irlandesa, llegara a ser, de algún modo, parte de ella.

Fue entonces cuando lo decidió. Aquella mañana regresaría a Merrion Square. La sola idea logró que una leve sonrisa se dibujara en sus labios.

Encendió la radio y comenzó a vestirse sin olvidarse de que pendiera de su cuello el colgante de oro con su inicial grabada que le había regalado su padre cuando era niña. Siempre lo guardaba en un compartimento de su cajita de música, pero aquel día iba a ser especial.

Las notas de una melodía se extendieron por la habitación, y por los acordes del piano Ciara supo de qué canción se trataba. La había escuchado únicamente un par de veces, pero su mensaje hacía que se le erizase la piel.

La voz de la intérprete, ligeramente rota, acarició sus sentidos mientras ella se alisaba su falda preferida.

Ahora que su padrastro no estaba, quería disfrutar de la música, llegar al final de la canción sin tener que apagar la radio entre gritos y amenazas.

La melodía dio un giro y ella unió su voz a la de la cantante.

Next time I'll be braver, I'll be my own saviour
*when the thunder calls for me.**

Dejó que estas palabras impregnaran sus pensamientos y, tras silenciar la radio, bajó la escalera preguntándose si aquella canción haría sentir lo mismo a otras personas que, como ella, la hubieran escuchado justo en ese preciso momento.

Cuando se asomó a la cocina, vio a su madre fregando los platos de la noche anterior.

—Buenos días, Ciara —dijo al advertir la presencia de su hija—. Te he preparado un poco de café.

Ella le dio un beso en la mejilla recordando la conversación que ambas habían mantenido en Nochebuena, dos noches atrás, amparadas por la oscuridad de su habitación, y bebió un sorbo de la taza que su madre le ofrecía.

—¿No pensarás buscar trabajo hoy también, cielo?

Ciara sopesó el hecho de contarle la verdad. Finalmente se decidió a hacerlo.

—No, pensaba ir a... Merrion Square.

Tara la miró con un ligero estupor en los ojos, que poco a poco fue tornándose en ternura. Su rostro expresaba comprensión, y en su mirada Ciara atisbó hermosos reflejos del pasado.

—No vuelvas muy tarde —respondió su madre al tiempo que sonreía.

Tras despedirse, salió de casa y se dirigió a la estación de bicicletas de alquiler. Sabía que la primera media hora era gratuita, y su trayecto no duraría mucho tiempo.

Pedaleó revestida de una sensación de libertad que ya estaba comenzando a echar de menos. Dublín despertaba y se movilizaba a su alrededor mientras ella recorría sus calles en dirección al parque.

Intentaba fijar la vista al frente, pero la ciudad entera se er-

* La próxima vez seré más valiente, seré mi propia salvadora cuando el trueno me llame.

guía ante ella, y las calles parecían haberse congelado en un fantasmagórico silencio. Únicamente una fina llovizna casi imperceptible hablaba con voz melancólica.

Ciara siempre había creído que la lluvia atrapaba los recuerdos. Tal vez por ello la odiaba y amaba a partes iguales.

La bicicleta arrancaba un sonido casi eléctrico al contacto con el asfalto mojado, y su reflejo podía vislumbrarse en los negros charcos gestados la noche anterior.

Al pasar por Trinity College, la célebre universidad dublinesa, no pudo evitar hacer una mueca de contrariedad. Le habría gustado tanto ser una de sus estudiantes... Cursar Literatura o Historia, investigar en la Long Room de la biblioteca, almorzar en el comedor estudiantil en el que se decía que Rowling se había inspirado para crear *Harry Potter*... Incluso formar parte de la leyenda urbana que aseguraba que si en el momento de pasar debajo del campanario las campanas no sonaban, aprobarías sin lugar a dudas toda la carrera...

Ese había sido su sueño. Lo había sido hasta el fallecimiento de su padre. Pero su muerte no solo se había llevado su presencia, sino aquellas ilusiones que habían forjado en familia, su risa contagiosa, su cariño o ese guiño cómplice que siempre compartía con ella.

Cuando aparcó la bicicleta en un estacionamiento cercano a su destino, se percató de que había dejado de llover, aunque el cielo permanecía abovedado por densas nubes.

Merrion Square estaba desierto a aquellas horas de la mañana, y Ciara agradeció que así fuera. Quería, como un codicioso deseo infantil, que el parque fuera solo para ella durante el mayor tiempo posible, que nadie entrase a formar parte de un momento mágico que poco a poco iba incubándose a su alrededor.

Se adentró por una de sus veredas y permitió que su memoria la guiase.

Dejó atrás los parterres con la hierba brillante por el rocío, los tallos de flores sin germinar y los frondosos árboles de hoja perenne para proseguir por un camino conocido.

Sus manos estaban un tanto entumecidas por el frío reinante, y sus mejillas habían comenzado a enrojecer por las caricias del sutil viento.

Reconoció el cerezo que su padre le había señalado cuando era niña, y el corazón le respondió acelerando sus latidos. No obstante, el invierno había sesgado sus pequeñas flores rosas permitiendo que las ramas se recubrieran de una triste desnudez.

Al ver finalmente la roca donde reposaba la figura de Oscar Wilde, sus ojos se humedecieron. La estatua del escritor parecía haber aguardado su llegada desde hacía años sin comprender que regresar al parque había supuesto para Ciara un esfuerzo sobrehumano. El dolor por la pérdida de su padre se le había adherido como una sombra. Siempre a su lado, siempre oscura. Aquel lugar representaba verter un poco de luz sobre ella, y no sabía si estaba preparada.

Mientras permanecía de pie frente a la estatua, una extraña sensación se apoderó de la joven; algo tan intenso que por un momento le costó respirar. Estaba experimentando una ola de recuerdos recuperados, arrolladores.

Las escenas enterradas en su memoria acudieron a ella con celeridad, sorprendiéndola de tal modo que tuvo que apoyarse en la roca.

Entonces, la glorieta comenzó a cambiar ante sus ojos.

Las hojas marchitas y humedecidas del suelo se secaron y se alzaron, regresando a los árboles que rodeaban a Ciara. Las florecillas del cerezo germinaron nuevamente y la luz del sol se filtró entre las nubes, moteando los nacientes brotes y avivando sus colores. El aroma de la hierba recién cortada y de la cálida savia la rodeó en un abrazo suave, casi etéreo.

Y de repente, le pareció estar en dos lugares al mismo tiempo:

Una joven de dieciocho años con la tristeza revistiendo su mirada, los dientes apretados en un gesto demasiadas veces repetido y unas terribles ganas de llorar retenidas a duras penas.

Y una niña de largas trenzas, ojos alegres y vivos, cuya risa resonaba entre los árboles, que se aproximaba a ella con la inocencia propia de su edad.

De vez en cuando se detenía para atrapar alguna mariquita o inspirar el perfume de las flores. En un momento determinado, se oyó un ruido a sus espaldas y la niña se giró.

Su padre, que había seguido sus pasos, la cogió de la mano y los dos prosiguieron su camino, sonrientes.

De repente, el tiempo volvió a restablecerse y, con él, las hojas cayeron nuevamente, el cerezo se despojó de sus flores, regresó el aroma a tierra mojada y el sol se cobijó huraño detrás de las nubes.

—Lo siento, papá.

Ni siquiera supo por qué lo había dicho en voz alta ni por qué albergaba aquel sentimiento de culpa, pero sus palabras impregnaron el silencio y fueron absorbidas por el leve viento.

Toda la glorieta, incluso la pícara mirada de Oscar Wilde, le transmitía, con su lenguaje secreto, una sensación de connivencia. Como si su padre, allá donde estuviera, hubiera hecho un pacto con ella a través de aquel lugar donde ambos solían pasear antaño. Y en ese pacto, Ciara le prometió regresar allí más a menudo y no volver a encerrar el recuerdo del parque en los recodos de su memoria para rescatarlo únicamente en los momentos aciagos.

En ese instante, oyó el sonido característico de una bicicleta que se aproximaba.

—¿Ciara?

La joven sonrió con perplejidad al ver quién la había reconocido.

Liam, su amigo de la infancia, le hizo un gesto con la mano y se detuvo a su lado.

Sus ojos verdes brillaron al verla mientras pasaba una mano por el humedecido pelo rubio que le cubría buena parte de la frente.

Ciara distinguió varios ramos de flores en la parte trasera

de la bicicleta de su amigo. Este solía trabajar como repartidor en una pequeña floristería de Henry Street, al norte de la ciudad, cuya dueña lo había contratado hacía un año.

No se veían con frecuencia dado el trabajo de Liam y los estrictos horarios de ella, siempre impuestos por su padrastro, pero su amistad había perdurado desde que iban a la misma clase siendo niños.

—¿Qué haces aquí? —preguntó el joven mientras le palmeaba el hombro.

—Solo paseaba... ¿Y tú? ¿También trabajas hoy?

Liam ladeó su sonrisa.

—¡Mi jefa es como un *leprechaun* astuto y explotador! Aquí me tienes, cogiendo un atajo para repartir estas flores. —Y añadió—: Es genial verte porque, además, te he dejado varios mensajes en el móvil para quedar lo antes posible.

Ciara negó con la cabeza.

—No te habrá sermoneado otra vez tu jefa por escaquearte, ¿verdad? —dijo en tono divertido.

—Dame una tregua, ¿quieres? —rio Liam—. No, es por un asunto más serio... Dime, ¿has encontrado trabajo?

Ciara resopló, de nuevo entristecida, e hizo un gesto de derrota con las manos.

—Nada.

Su amigo le mostró una amplia sonrisa de triunfo, pero se mantuvo en silencio ante la mirada curiosa de ella.

—Vamos, ¡no te hagas de rogar!

—Tan impaciente como siempre.

Ciara hizo un mohín, instándolo a explicarse.

—La señora Moore, ya sabes, la dueña de la floristería, está buscando una empleada que la ayude con la tienda, y yo le he hablado de ti. Quiere verte cuanto antes. «Hoy mismo, si puede ser», me ha dicho, palabras textuales.

Ciara lanzó al aire una exclamación de alegría y abrazó a Liam en señal de agradecimiento.

—Creo que me debes un gran favor, pelirroja —dijo él entre risas.

—¡Me voy a casa a arreglarme! —respondió Ciara mientras se atusaba el cabello como si estuviera ante un espejo—. Gracias, Liam. ¡Gracias, gracias!

Su amigo vio cómo echaba a correr en dirección a la salida del parque con aquella falda corta agitándose a cada uno de sus pasos. Sintió que un tibio calor le ascendía hasta el rostro.

—Pero ¡si ya estás perfecta! —gritó en tono adulador, pero Ciara no pudo oírlo.

Al regresar a la estación de bicicletas, comprobó que la que había elegido para llegar hasta allí permanecía en el mismo lugar.

«Me has dado suerte», pensó ella con el ánimo completamente restablecido.

Pedaleó con todas sus fuerzas, convirtiendo Dublín en un súbito borrón que poco a poco iba dejando atrás.

Por una vez, regresar a su casa no le parecía un trance tan amargo y quería llegar cuanto antes.

No obstante, parte de su alegría se esfumó al ver a su padrastro abrir la puerta antes de que ella introdujera la llave en la cerradura. Seguramente la había visto llegar a través de las ventanas del salón.

—Conque un paseo matutino, ¿eh, Ciara? —Jeff pronunció su nombre de forma aguda, casi cortante, como una navaja bien afilada. En sus labios, su nombre era un arma, un punzón envenenado. La miró de arriba abajo mientras se rascaba su grasiento pelo.

La joven se estremeció al ver su grotesca papada caerle sobre el pecho y ese acostumbrado labio inferior colgando en un gesto que dejaba adivinar un enfado latente.

—He encontrado trabajo —dijo de forma acelerada, en un pueril intento por calmar su aparente mal humor.

Tal vez la señora Moore finalmente no la contratara, pero ella también quería herir con sus palabras y sabía que para Jeff el hecho de que su hijastra pudiera aportar algo de dinero era todo menos conveniente.

Su padrastro la dejó pasar al tiempo que gruñía unas palabras que Ciara no supo descifrar.

—¿Y adónde vas ahora? —refunfuñó con más claridad mientras la veía subir la escalera.

—A ducharme, eso es todo.

Cuando estuvo a solas en el baño, dejó que sus labios esbozaran una sonrisa de triunfo frente al espejo.

Se desnudó y, por primera vez desde hacía tiempo, contempló el reflejo de su cuerpo a conciencia.

Suspiró al ver que, en cierto modo, todavía seguía teniendo las formas de una adolescente. Quería ser una mujer, mental y físicamente. Caminar con firmeza, mirar a los demás con confianza, estar segura de su cuerpo y de sus pensamientos... Dejar a sus espaldas esa crisálida en la que se había convertido no solo su casa, sino su propia complexión.

Cuando el agua caliente acarició su piel, helada por el paseo en el parque, dejó escapar una exhalación de complacencia.

Se pondría su mejor vestido, se recogería su largo cabello, quizá incluso utilizase un poco de colorete para darle algo de tono a sus pálidas mejillas.

Todo para conseguir causar una buena impresión a la dueña de la floristería y conseguir definitivamente ese trabajo tan necesitado.

Se hallaba tan inmersa en aquellas reflexiones que no advirtió que la puerta del baño se entreabría lentamente.

Por la delgada abertura, Jeff la espiaba con ojos ávidos, depredadores.

Tras él y en un terrible silencio, su madre contemplaba la escena con los ojos enrojecidos y los puños cerrados.

7

—Encantada, Ciara. Liam me ha hablado muy bien de ti.

Las manos de la señora Moore trabajaban en un bonito centro de flores mientras la observaba con sus expresivos ojos verdes. Era una mujer de mediana edad, vital y enérgica, con el pelo rubio recogido en un improvisado moño y los labios maquillados en un intenso color carmesí. Vestía una camisa de rayas azules y granates sobre la que llevaba un delantal de trabajo verde. Sus diestras manos quitaban las hojas a una rosa con una herramienta similar a un cuchillo.

Al ver su mirada curiosa, la florista sonrió.

—No es nada fácil hacer un centro como Dios manda. Primero hay que deshojar las flores con un limpiatallos y, luego, seleccionar los ejemplares con las formas y colores que mejor combinen.

—¿Deshojar... las flores?

—Sí. Al deshacerte de algunas hojas consigues que duren más tiempo. —Tras un breve silencio, la señora. Moore dejó el centro floral sobre el mostrador y señaló con un gesto la floristería—. Dime, Ciara, ¿qué flores escogerías para hacer un ramillete?

La joven supo que la estaba poniendo a prueba. Quizá no fuera una simple entrevista de trabajo como las que ella estaba acostumbrada a realizar.

Se giró y contempló el interior de la tienda con ojos más analíticos.

Las distintas flores y plantas, dispuestas de un modo casi estratégico, le pareció que formaban una pequeña selva y se dejó guiar por su instinto.

Se agachó para mirar unas flores semejantes a unas grandes margaritas de color naranja.

—Primero, escogería estas —dijo, tratando de aparentar seguridad.

La señora Moore permaneció en silencio mientras la veía acercarse a otro cubículo de flores con pétalos amarillos alargados.

Ciara los señaló antes de que sus ojos se posasen en unos extraños brotes verdes.

—También estos y... unas rosas rojas.

La florista le mostró una amplia sonrisa.

—Estoy segura de que no conoces los nombres de las flores que acabas de indicar, pero tienes buen gusto. Con tus elecciones habrías creado un ramillete primaveral perfecto a base de crisantemos verdes, gerberas naranjas, lirios amarillos y, por supuesto, las rosas rojas. Ese sería tu trabajo. Necesito a alguien que se encargue de hacer los *bouquets*, decorarlos, atender las llamadas y a los clientes mientras yo estoy en la trastienda preparando las flores que hayan llegado del vivero...

Ciara asintió, sin saber muy bien si aquellas palabras significaban que el trabajo ya era suyo.

En ese momento, el sonido de la campanilla que anunciaba la llegada de un nuevo cliente interrumpió la explicación de la florista.

Ciara se entretuvo en admirar unas alstroemerias rosas, muy parecidas a las flores de cerezo que su padre solía prenderle en el pelo.

—Buenos días. ¿Qué desea? —preguntó la señora Moore.

—Buenos días. Querría un ramo de flores, por favor.

Ciara se giró al oír aquella voz cálida pero con un atisbo metálico en su tono. Una de esas voces dotadas con una extraña serenidad que reconfortaba e inquietaba a la vez.

Se trataba de un hombre joven alto y estilizado, de suaves facciones, piel pálida y cabello oscuro que caía en un deliberado bucle sobre su frente. Él pareció percatarse de que Ciara lo estaba observando y le sostuvo la mirada durante unos instantes.

Sus labios, finos y bien delineados, mostraban una tristeza perenne que contrastaba con la fiereza de sus ojos negros. Ella desvió la vista, turbada por la intensidad de aquella mirada penetrante, casi sobrecogedora.

—Por supuesto, caballero —respondió la señora Moore—, ¿desea algo en particular?

Él negó con la cabeza.

—No, solo un pequeño ramo... sencillo. Es para mi madre.

La florista asintió y acto seguido miró a Ciara.

—Ciara, ¿podrías hacer ese ramillete que me has mencionado hace un momento? Elige las flores adecuadas, yo lo adornaré.

La joven parpadeó un tanto confusa, pero rápidamente se dirigió hacia las mismas flores que había escogido y tomó varias de cada especie.

La florista las colocó en forma de abanico, de tal modo que los tallos no se tocaran entre sí, y Ciara se percató de que tampoco juntaba las flores por tamaños, sino que las alternaba formando varios triángulos imaginarios, como un mosaico. Finalmente lo envolvió con un fino papel de celofán y una cinta rosa.

—¿Qué le parece? —preguntó la señora Moore al cliente.

Él hizo un gesto afirmativo con la cabeza.

—Es perfecto, gracias.

Tras decir aquellas palabras, se giró nuevamente hacia Ciara y retuvo su mirada durante lo que a la joven le pareció una eternidad.

Sus labios se curvaron levemente y, en aquella sonrisa, ella percibió un atisbo de melancolía.

Cuando él se hubo ido, Ciara tuvo la impresión de que la atmósfera de la floristería había cambiado, como si con la presencia de aquel hombre un extraño velo la hubiera cubierto de una sensación que no supo definir.

No obstante, también gravitaba cierto aroma que a la joven no le pasó inadvertido. Inhaló intentando adivinar de qué se trataba.

¿Qué fragancia era aquella que se superponía al perfume de las flores?

La señora Moore, intuyendo sus pensamientos, dijo:

—Enebro.

—¿Cómo dice?

—He reconocido el aroma desde que ese hombre ha entrado. Debe de ser una colonia elaborada con las bayas que produce ese árbol.

Ciara arrugó la nariz.

—El perfume es... muy peculiar. Huele a bosque, a hojas verdes.

La señora Moore asintió mientras abandonaba el mostrador y se dirigía hacia ella.

—Sí. A mí también me gusta, tiene un olor muy intenso. —Acto seguido le tendió una mano—. Bueno, Ciara. Parece que eres hábil y has demostrado tener buen ojo con las flores. Serás mi ayudante. Bienvenida, el puesto es tuyo.

La primera imagen que se instaló en su mente en el autobús de regreso a casa fue el rostro de su madre. Por fin tendrían cierta independencia de su padrastro, una libertad supeditada al dinero que hacía años que no sentían.

En su imaginación, el semblante de su madre mostraba felicidad y un alivio sereno. Le transmitió, como tibias olas de un mar en calma, reminiscencias de su infancia, cuando su padre vivía y nada lograba preocupar a madre e hija.

Pero cuando bajó en su parada, el miedo, sensación antigua y aterradora, volvió a enroscarse en su pecho.

¿Y si el sueldo que ganase en la floristería acababa en los bolsillos de Jeff, que seguramente lo liquidaría en saldar viejas deudas o en el bar más cercano?

Tal vez se hubiese precipitado al confesarle que tenía un trabajo. Había calculado mal la jugada ante su padrastro y ahora el temor de perder su recién adquirido sentimiento de simbólica emancipación era más que real.

Trató de no pensar en aquella posibilidad. Ocultaría el dinero si fuera necesario.

Cuando abrió la puerta de su casa, percibió de golpe el silencio reinante, que restalló como una sorda bofetada en su sexto sentido.

Aquella calma no era normal. No se escuchaban voces, gritos, ni siquiera el sonido de la televisión o de ronquidos.

—¿Mamá?

Nada.

La angustia amenazó con ahogarla, y su corazón disparó sus latidos.

Entró en la cocina, pero no había rastro de su madre. Subió corriendo la escalera y, muy despacio, temiendo que Jeff estuviera en su interior, abrió la puerta del dormitorio principal.

Tara se hallaba recostada en la cama, en posición fetal. Ciara no supo si se había percatado de su presencia. Frunció los labios y trató de serenar las embestidas de la sangre en sus sienes mientras se arrodillaba junto a ella.

En el trasluz de la habitación, distinguió los ojos humedecidos de su madre, que gritaban su tristeza en el silencio que las rodeaba.

Ciara descubrió la explosión de sangre en la comisura de sus labios inflamados y contrajo las mandíbulas.

—Hijo de...

Las manos inertes de su madre se alzaron temblorosas para acariciarle el rostro.

—Sssh, todo está bien...

La quietud de la habitación guardaba todavía en sus entrañas una devastadora sensación de amenaza que impregnaba cada rincón como un espectro dispuesto a emerger de nuevo.

—Mamá, por favor... Dime qué ha pasado.

Pero ella no respondió. Cerró lentamente los ojos y comenzó a llorar.

Parecía una niña. Una niña abandonada en el vacío y en el desamparo.

Ciara no dejaría que se hundiera en la oscuridad; ambas saldrían a flote escalando las paredes de aquel pozo de aguas negras donde se hallaban sumidas.

Entrelazó los dedos en el pelo revuelto de su madre y murmuró:

—He conseguido un trabajo, mamá. Es la señal de un nuevo comienzo... Saldremos adelante.

Los ojos de su madre volvieron a abrirse, y en cada una de sus lágrimas habitaba, hambriento, el miedo.

Ambas se fundieron en un abrazo que trataba en vano de ahuyentar el fantasma de la desdicha. Sus corazones latían al unísono.

—Por favor, mamá —susurró Ciara—. ¿Qué ha ocurrido?

Sintió el estremecimiento de su madre en su propio cuerpo, pero siguió aguardando la respuesta.

—No te preocupes por mí —dijo ella a media voz—. Pero, hija, ten mucho cuidado de cerrar bien la puerta del baño cuando vayas a ducharte a partir de ahora...

Ciara comprendió entonces lo que había sucedido.

8

Abril, 2000

Aidan seguía acostado y, aunque no se había girado para ver a su hermana en la cama contigua, sabía que ella también escuchaba los sonidos de la tormenta.

Había en el aire algo amenazador, como si la propia noche hubiera despertado su música más aterradora.

Con los ojos desvelados, miraba fijamente desde su posición la oscura ventana, creyendo ser devorado por esa vorágine nocturna.

Abajo, en el salón, los gritos de su padre se trenzaban con los sollozos de su madre y llegaban hasta el dormitorio de ambos hermanos con tal rotundidad que sintió un peso opresor en el estómago.

Podía, asimismo, escuchar el perturbador siseo de los árboles a merced del viento, acompañando al eco de sus asustados pensamientos.

El aroma de la tormenta acechante traspasó todos los muros de su quebrantada seguridad y, con cada trueno, estos temblaban y se derrumbaban poco a poco.

Los exabruptos de su padre aumentaron de volumen, y la voz de su madre ya no se oía, engullida por ellos.

Cerca de allí, el mar respiraba airado.

Aidan siempre había considerado el mar como un miembro más de la familia. Un hermano sabio, milenario, eterno. Sus aguas, agitadas o serenas según variase su sempiterna canción ancestral, solían sonar al compás de su propio estado de ánimo.

Y aquella noche, los latidos del océano resonaban rugientes en la inmensidad del acantilado.

Lejos parecía quedar el susurro de las olas que lo arrullaban como una canción de cuna desde su infancia.

Ahora, la galerna había agitado sus saladas entrañas y gritaba furiosa contra las rocas.

En aquel momento, un nuevo sonido se unió a los ya reinantes.

Una bofetada. El estallido de su contundencia hizo que Aidan apretara los dientes y se incorporara en la cama.

Su hermana se levantó y se sentó a su lado.

En su mirada, Aidan descubrió un miedo atroz, pero sus labios se hallaban curvados en una sonrisa que intentaba ser tranquilizadora.

—Evy, tenemos que hacer algo... Ya tengo doce años, podría...

—¿Hacerle frente? Aidan..., ¡no le llegas ni a la altura de los hombros! No tendrías la menor oportunidad de hacerle entrar en razón y mucho menos de detenerlo cuando está así.

El joven cerró los puños.

—Pero ¡no podemos dejar que esto continúe, y cada vez es peor!

Ella desvió un instante sus ojos para volver a posarlos sobre él.

—Lo sé.

Cuando ambos callaron, comprobaron que el silencio se había apoderado de la casa, como una pesada mortaja.

Únicamente el mar proseguía con su furioso concierto.

Un relámpago los iluminó rasgando la penumbra durante unos instantes, en los que Aidan se fijó en los ojos humedecidos de Evelyn, que brillaron presa de la tristeza.

—Vamos, todo ha pasado ya. Vuelve a acostarte.

Su hermano hizo lo que le pedía, pero se mantuvo con los ojos abiertos hacia la negritud de la noche.

—No podría dormirme aunque quisiera —musitó.

Ella lo tomó de la mano y se la acarició suavemente.

—Te cantaré algo, como cuando eras pequeño. Siempre te dormías escuchando mi voz, ¿recuerdas? Vamos, ¿qué me dices?

Aidan la observó en la penumbra y suspiró, emitiendo un sonido que deseaba convertirse en palabra.

—Lo tomaré como un sí —dijo Evelyn con ternura—. ¿Qué tal *Molly Malone*?

A él no le gustaba aquella canción popular en la que una muchacha vendía los productos frescos del mar en las calles de Dublín y que finalmente fallecía debido a unas fiebres. Se decía que su espíritu vagaba por las callejuelas dispuesto a vender su mercancía a cualquiera que lo escuchase.

Era una figura anónima, pero muy célebre en el pueblo irlandés y aunque su historia terminaba de forma aciaga, Aidan siempre admitía que la voz de su hermana lograba convertir aquella cancioncilla en algo mágico, como si su leyenda realmente estuviera viva.

Su hermana, sin esperar respuesta, comenzó a cantar muy quedamente:

—*In Dublin's fair city, where the girls are so pretty, I first set my eyes on sweet Molly Malone, as she wheeled her wheel-barrow, through streets broad and narrow, crying, «Cockles and mussels, alive, alive, oh!».**

Su voz, cristalina y pura, encendía la noche y la estrellaba en un firmamento de notas musicales.

Entonces, la tormenta pareció mitigarse, el mar, enmudecer y el viento, detener sus embestidas solo para escucharla.

—Eres un hada... —murmuró Aidan con los ojos vencidos ya por el sueño.

Lo último que vislumbró antes de dormirse fueron los ojos azules de Evelyn, que no podían retener las lágrimas.

* En la linda ciudad de Dublín donde las chicas son tan bonitas, puse por primera vez el ojo en la dulce Molly Malone, mientras empujaba su carro, por las calles anchas y las estrechas... gritando: «¡Berberechos y mejillones vivos, vivos!».

9

Aquella mañana, cuando llegó al centro psiquiátrico, una sensación contradictoria lo aguijoneó con fuerza.

No le gustaba el lugar. A diferencia del hospital donde trabajaba, aquel edificio siempre le había parecido extraño y, en cierta forma, escalofriante, como extraído de una película de temática psicológica.

Pero también quería ver a su madre, y este último deseo ganó su batalla interna.

En el vestíbulo principal, Michael, uno de los enfermeros que se encargaban de ella, lo saludó efusivamente.

—Estoy seguro de que su madre agradecerá la visita, doctor O'Connor. Últimamente se encuentra más serena y con algunos momentos de lucidez —comenzó a explicar mientras ambos se encaminaban por un amplio pasillo.

Aidan se fijó, como solía hacer siempre que iba allí, en los asépticos cuadros que adornaban las blancas paredes. Michael prosiguió:

—De vez en cuando tiene algún brote sinestésico. Ya me entiende, dice que huele los sonidos, que los colores producen murmullos... Pero no es nada grave.

Aidan trató de no escuchar los sollozos procedentes de una de las habitaciones, pero le fue imposible.

—¿Sigue con la medicación? —preguntó intentando zafarse de ellos.

—Sí, pero no le administramos nada fuera de lo común. Tranquilizantes, complejos vitamínicos, algún sedante para dormir... No es una paciente que dé problemas; es más, ha encontrado una especie de vía para canalizar lo que siente.

—¿A qué se refiere?

—Dibujos. Hemos descubierto que su madre, a su manera, es una artista excelente.

El enfermero se detuvo ante una de las habitaciones y, tras introducir la llave adecuada en la cerradura, la abrió silenciosamente.

—Adelante, doctor O'Connor, aunque le aconsejo que no se demore más de una hora.

Al entrar, lo primero que le llamó la atención fueron los dibujos. Tal y como había comentado Michael, su madre había estado pintando, y varias láminas de papel decoraban las paredes.

En ellas, distinguió perfectamente su casa cerca del acantilado, con el mar azul oscuro de fondo y el camino pedregoso que conducía hasta ella. Aquel paisaje se repetía en cada una de las imágenes.

Se aproximó a su madre, sentada frente al único ventanal de la habitación, que daba a unos pequeños jardines. En ellos, Aidan vio cómo varias enfermeras acompañaban a otros pacientes mientras paseaban, tratando de arrancarles una sonrisa.

Su madre permanecía con el rostro inexpresivo. Su cabello, algo despeinado, caía sobre sus hombros, y su rostro, visiblemente más envejecido, se inclinaba hacia un lado. Él depositó el ramillete de flores sobre sus manos inertes, que descansaban en su regazo.

—Mamá...

La voz de Aidan logró que ella alzara la vista, como si hubiese encontrado algo perdido desde hacía tiempo.

No obstante, y a pesar de su incipiente sonrisa, no dijo nada.

—Soy Aidan...

Los ojos de su madre brillaron al reconocerlo.

—Aidan, mi niño... —Él se estremeció al escuchar aquella voz tan cambiada desde la última vez que la había visitado—. ¿Y tu hermana? ¿Está bien? ¿Por qué no ha venido a verme?

Aidan se arrodilló junto a ella y le tomó una mano intentando ganar tiempo para responderle.

—Evelyn está bien, mamá. No ha... podido venir, lo siento. —Acto seguido y procurando cambiar de tema, señaló los dibujos—. Son preciosos.

Su madre asintió, pero parecía preocupada.

—El azul del cielo es diferente al del mar —murmuró para sí misma—; el azul de las olas grita, chilla... Y no puedo soportarlo... No puedo...

Su voz comenzaba a quebrarse, y él le acarició la mejilla tratando de consolarla.

—El mar está enfadado, hijo mío —prosiguió ella—, nos reclama... Pero aquí estamos a salvo, ¿verdad?

—Sí, lo estamos —confirmó Aidan sin negarle aquel plural.

Su madre reparó en el ramillete de flores entre sus manos y aspiró su aroma en actitud soñadora. Aidan recordó a la joven que había seleccionado las flores en la floristería y no pudo evitar que una extraña sensación lo embargase de nuevo. Ya había sentido lo mismo al fijar sus ojos en ella y ahora, al rescatar aquel rostro, volvía a percibir cómo el vello se erizaba en su nuca.

Sus facciones eran tan similares a las de su hermana Evelyn que todavía creía haber sido protagonista de un espejismo.

—Huelen a música... —dijo su madre con una sonrisa—. A una melodía que habla del sol y de la primavera.

Aidan la besó en la frente y se irguió, dirigiéndose hacia los dibujos de la pared.

En todos ellos aparecía coloreada la casita que él conocía tan bien. Pero había algo más. Algo que le había pasado por alto hasta aquel momento y que se repetía constantemente.

Una sombra negra parecía custodiar el acantilado, esbozada justo en sus límites.

Rozó el dibujo con la yema de los dedos y torció el gesto. La figura tenía la apariencia de un hombre fornido, y distinguió también unos ojos encendidos con un vivo color rojo en lo que se suponía que era su cabeza.

Aidan cerró los suyos un instante, intuyendo de quién se trataba.

La voz de su madre lo arrancó de sus pensamientos.

—El dolor es parte de la vida, Aidan —dijo en tono neutro—. Ignorarlo es ignorarnos a nosotros mismos...

Él se giró hacia ella, asombrado por aquella aserción tan lúcida.

—No olvido el dolor —respondió casi para sí—. Es lo único que me hace seguir adelante.

Su madre sonrió, como si no hubiese entendido sus tristes palabras, y volvió a perder la mirada en el jardín, más allá de la ventana.

Ante aquella expresión ausente, Aidan no supo qué más decir. Se sentó en la cama y la contempló en silencio.

La culpabilidad le roía el corazón y, aunque había aprendido a vivir con aquel sentimiento, sabía que nunca podría desprenderse de él. Impregnaba su esencia, sus entrañas, su cerebro, cada poro de su piel.

No existía un solo día en el que la culpa no cubriera el mundo a su alrededor con un descolorido velo, como un translúcido efecto fotográfico.

Recordó unas palabras de Renata: «Hay un remedio para la culpa... Reconocerla». Pero aquella solución no era satisfactoria para Aidan. Él ya había reconocido su culpabilidad, pero saber que con ello no solucionaría ni el pasado ni el presente había engendrado en su espalda unas invisibles alas negras con las que había comenzado a volar hacia un terreno peligroso. Y le gustaba hacerlo. Lo reconfortaba. Lograba que esa culpa menguase un poco más.

El secreto que ocultaba celosamente en su interior y que todavía se hallaba cristalizado en su memoria pesaba demasiado. Era como un verdugo sin rostro dispuesto a ejecutar contra él la pena máxima en un cadalso negro y solitario. Pero esta nunca llegaba a realizarse, prolongando su angustia en un bucle eterno. La liberación era algo inalcanzable y ya había aprendido a vivir con aquel dolor...

De repente, oyó cómo la puerta se abría dejando paso a Michael, que le indicó que era la hora de despedirse.

Su madre no alzó la vista cuando él la besó en la mejilla ni cuando pronunció su nombre. Parecía estar muy lejos de allí. Quizá en la casita del acantilado...

Cuando Aidan llegó a su casa, se dejó caer en el sillón, y su rostro preocupado no pasó desapercibido a su ama de llaves.

—¿Cómo ha ido todo? —preguntó ella con delicadeza.

Él se pasó una mano por la frente antes de responder.

—No creo que mejore nunca... Todavía puede reconocerme, pero... Hoy me ha preguntado por Evelyn.

—Entiendo —suspiró Renata mientras le tendía un periódico—. Vamos, te vendrá bien despejar la mente.

Aidan asintió y, con ojos distraídos, echó un vistazo a las primeras páginas.

Un titular llamó su atención.

> «Frederick Payne, condenado hace tres años por abuso de menores, es puesto en libertad.»

Apartó aquella hoja de las demás y comenzó a leer el artículo con avidez.

> «Frederick Payne, profesor de educación física de 56 años residente en Swords, ha sido puesto en libertad tras cumplir su sentencia íntegra de tres años.
>
> Fue condenado por abuso de menores al ser denunciado por la madre de uno de los niños que se atrevió a desvelar los hechos. Parece que hay al menos una veintena de alumnos que en su día afirmaron haber sido víctimas de Payne, que gracias a su puesto como profesor elegía a los niños y los invitaba a su casa con engaños y regalos.
>
> Su atrayente y carismática personalidad con los menores, así como el trato de confianza con sus padres y con los demás compañeros del profesorado, desviaron siempre cualquier sospecha sobre él.

Los psicólogos de la prisión no han certificado que pueda ser reinsertado en la sociedad, pero la justicia alega que Payne ya ha cumplido su condena al completo...»

La mirada de Aidan relampagueó y un nuevo brillo de ferocidad se instaló en sus oscuras pupilas.

«Otra oveja negra a la espera de mi sentencia.»

10

1981

Renata se dirigía al despacho de su señor recorriendo el pasillo revestido de retorcidas columnas salomónicas con una bandeja entre las manos. Sobre esta descansaban un vaso de whisky Midleton y un pequeño plato con un sándwich de pavo.

Pasó ante las frías miradas de aquellos retratos antiguos que tanto miedo le daban y se detuvo delante de la puerta cerrada. Golpeó dos veces con los nudillos. No obtuvo respuesta.

Se humedeció el labio inferior y entró tímidamente, sin hacer el más mínimo ruido.

Observó al hombre que permanecía frente a ella, sentado ante su mesa de trabajo, concentrado y absorto, sin percatarse siquiera de su presencia. Se fijó en sus fuertes hombros y en la cabeza que reposaba sobre sus manos en una actitud que se alejaba de la reflexión para aproximarse al agotamiento.

El ama de llaves depositó la bandeja de plata sobre una mesita cercana y el tintineo del hielo en el vaso logró que él se irguiera en el sillón.

—Ah, eres tú, Renata...

Su voz serena albergaba un tono grave, quizá cansado.

—Lo siento, señor. He creído conveniente traerle algo de cenar... No ha probado usted bocado en todo el día y debe de estar exhausto.

Aquel hombre se giró hacia los grandes ventanales que presidían su despacho y pareció asombrarse de que estuviera oscureciendo. Se asomó por ellos y vislumbró en el atardecer las tierras de sus plantaciones. Torció el gesto.

Encendió una lamparita y se volvió de nuevo hacia ella con una sonrisa meciéndose en su rostro.

—No me gusta que me llames «señor». —Renata se mantuvo en silencio y esperó a que él continuase—. Quiero conservar mis orígenes humildes y, aunque soy el dueño de la casa, espero ganarme tu confianza. Eres muy joven, ¿verdad? Creo que cuando os contraté a tu madre y a ti solo tenías catorce años... Y ya han pasado cuatro desde entonces.

—Sí, señor O'Connor. Tengo dieciocho —respondió ella.

—Por favor, llámame Angus. Tu madre lo hacía antes de... fallecer. Hace que no me sienta tan viejo ni tan lejos de mi Irlanda natal, y en cierto modo tú eres lo más parecido a una familia que tengo en este país.

Renata se sonrojó. No estaba acostumbrada a las familiaridades. Vio que Angus señalaba el vaso de whisky, y se lo ofreció solícitamente.

Él cerró los ojos unos instantes deleitándose con el licor mientras la joven paseaba su vista por el despacho.

Lo conocía de memoria. Aquella águila disecada con sus grandes alas desplegadas, la pequeña colección de minerales en una de las estanterías atestadas de libros y carpetas, los dos sillones de cuero marrón para las visitas, un busto del general Robert E. Lee...

Todo aquello le confería un aspecto señorial, asemejándose más a una especie de santuario personal.

Angus depositó el vaso en la mesa de trabajo con cuidado de no hacerlo sobre los numerosos documentos diseminados en ella y dejó escapar una exhalación de placer.

—Puede que los norteamericanos prefieran el *bourbon* —dijo mientras se pasaba una mano por su pelo negro—, pero no hay nada como un buen whisky irlandés.

En aquel momento, un trueno resonó en la oscuridad de la incipiente noche.

Angus dio un sonoro golpe contra la mesa.

—¡Maldita sea!

Renata quiso aproximarse, pero solo preguntó:

—¿Se encuentra bien?

Él hizo un gesto con la mano, indicándole el cielo.

—Esas malditas tormentas... ¡Este año han destrozado ya parte de la cosecha de tabaco!

La joven comprendió entonces la preocupación de su señor y las horas que había pasado encerrado en aquel despacho.

—Nunca podía haber imaginado —prosiguió Angus—, hace cuatro años, que el señor Crawford me legaría todas sus propiedades y el negocio de la plantación en su testamento. Siempre supuse que acabaría vendiéndola a una de esas enormes multinacionales ansiosas por aumentar su poderío en la industria del tabaco. En ocasiones pienso que habría sido mejor que él tuviera familia; algún hijo o sobrino al que haber cedido todo. No pensé que esta plantación fuera a darme tantas alegrías... y, al mismo tiempo, tantos quebraderos de cabeza.

El lunar cerca de los labios de Renata pareció bailar cuando ella habló:

—Pero entonces, usted no nos habría contratado a mi difunta madre y a mí. No nos conoceríamos y, créame, le estoy muy agradecida por este trabajo. Cuando entramos a su servicio, no teníamos ni un centavo y ahora...

Angus volvió a sonreír, y en su expresión se adivinaba la ternura.

—¿Y ahora? —repitió cariñosamente.

—Ahora somos... una familia.

La joven se mordió el labio, temerosa por haber dicho algo que no debía, pero tras varios años de trabajo junto a él, creía conocerlo lo suficiente para saber que estaría satisfecho con aquella respuesta.

Y en efecto, así era.

—Una familia... —murmuró él para sí mismo—. Sí, podría decirse que sí, Renata. Puede que el destino, que en tantas ocasiones huyó de mí en Irlanda, me sea propicio aquí, en Carolina del Sur.

Ella asintió, dejándose llevar por el creciente ánimo de su señor.

—Y ¿quién sabe? —continuó este—. Tal vez no esté todo perdido y salvemos buena parte de la cosecha. Todo tiene solución.

La joven sonrió antes de retirarse.

—Gracias, Renata.

—De nada, señor O'Connor.

Ante la divertida mirada de desaprobación de su señor, enmendó sus palabras.

—Quiero decir... de nada, Angus.

Tras salir Renata del despacho, Angus O'Connor volvió a sentir que aquella enorme mansión blanca donde vivían era ciertamente un excelente hogar. Quizá el que siempre soñó tener en Irlanda y nunca consiguió.

«Algún día... Algún día.»

11

1987

La salida del vuelo de Aer Lingus se había retrasado una hora en el aeropuerto de Charleston.

Tras haber facturado sus maletas, Angus O'Connor decidió tomarse una cerveza en alguna de las cafeterías de la zona internacional. Tenía el ánimo dividido y nervioso. Por un lado, iba a ser el primer viaje a Irlanda desde hacía mucho tiempo y aquello lo excitaba de forma positiva. Tenía sus razones.

Por otro, desconocía cómo estaría la familia de su hermano. Su hermano. Tan diferente a él... Nunca se habían llevado bien. Incluso cuando decidió abandonar Irlanda a los veintiún años en busca de una oportunidad mejor, su hermano criticó con dureza aquella aventura, ya que habría preferido que asumiera el trabajo de pescador, como él había hecho.

Supuso que ahora no lo criticaría de forma tan vehemente. Cada seis meses le enviaba dinero a sabiendas de que su economía lo agradecería.

Todavía no conocía a su sobrina Evelyn, nacida dos años atrás y de la que tenía una fotografía que le había enviado Maureen, su madre.

Todas estas cuestiones fluían en su cabeza al mismo tiempo que sus recuerdos trataban de asaltarlo con voracidad.

El anuncio de la salida del vuelo a Dublín hizo que despejara su mente con rapidez. Apuró su cerveza y se dirigió a la puerta de embarque que indicaba uno de los paneles electrónicos.

Veinte minutos más tarde se encontraba ya dentro de un Boeing 747.

Sabía perfectamente que aquel vuelo nocturno de casi catorce horas iba a ser muy pesado aun viajando en primera clase y, por tanto, teniendo acceso a todo tipo de comodidades.

La última vez que hizo el mismo trayecto fueron casi dieciséis horas, transbordo incluido en el J. F. K. de Nueva York.

El potente ruido de los motores le advirtió de que el despegue era inmediato. Poco después veía desde su ventanilla las últimas luces de tierra antes de sobrevolar el Atlántico.

Una hora más tarde, una de las azafatas le servía la cena en la clásica bandeja de plástico. Había pedido un buen vino de California para acompañar la comida y, después del postre, un whisky de doce años. La cena le sirvió para relajarse un poco y estiró todo lo que pudo las piernas. Miró afuera y el cristal de la ventanilla devolvió su imagen. La oscuridad total había envuelto el avión.

Cerró los ojos e intentó sumirse en un plácido sueño. No pudo. Imágenes de recuerdos comenzaron a salpicar su memoria en un pequeño caos.

Se vio trabajando de camarero en aquel tugurio de Queens, poco después de su llegada a Nueva York. «Qué joven era en 1965, Dios mío, solo tenía veintiún años.»

Una nueva imagen lo llevó hasta Richmond, en Virginia. Vendedor de coches de segunda mano. Sonrió al recordar que le obligaban a llevar americana y corbata de colores chillones para llamar la atención de posibles compradores. Fue un buen trabajo, pero duró poco. Encerraron al dueño en la cárcel por trucar los números de los bastidores.

La granja del señor Darrington, cerca de Florence, con sus vacas y cerdos. Casi un mes después de abandonar aquel trabajo, todavía estaba convencido de que el fuerte olor a establo lo seguía acompañando. Y algunos trabajos más hasta llegar a la plantación cerca de Chester.

Recordó la furgoneta Chevrolet del capataz buscando braceros para recoger las hojas de tabaco; las primeras semanas de trabajo durmiendo en una especie de cobertizo en el que se filtraba el agua de lluvia... El dolor de espalda. El insoportable calor húmedo de las noches de verano. Las vociferantes órdenes del señor Crawford, recién amanecido, haciéndolos salir a toda velocidad.

Tras pasar dos años fue nombrado capataz, siendo ya un entendido en el cultivo del tabaco. Poco después acompañó al señor Crawford a una de las ferias para subastar la cosecha. Sus primeros contactos con los avezados compradores. Sus primeras lecciones de economía en este campo. Sus primeros éxitos.

Transcurrieron los años y se convirtió en la mano derecha del dueño de la plantación. «¿Quién me lo iba a decir años atrás en Irlanda? Allí habría seguido sacando peces de las redes y cobrando un sueldo de miseria.»

El señor Crawford falleció de un cáncer... El hospital. El entierro. Y la tremenda sorpresa cuando fue requerido por un notario. En el testamento lo nombraba nuevo propietario de la plantación. No había otros herederos. No había más familia. Por aquel entonces tenía treinta y tres años.

El estruendo que produjo el avión al tomar tierra hizo que despertara bruscamente. Había dormido casi toda la travesía.

«De nuevo en Irlanda», pensó mientras observaba el exterior. La luminosidad de aquella mañana le hizo cerrar por un momento los ojos. Hacía un día despejado y el sol dominaba el cielo.

Tras pasar el control de pasaportes y recoger el equipaje, alquiló un coche en Europcar. Sabía que le quedaban cerca de tres horas para llegar a su destino, cercano al pueblo de Kilkee, en la costa oriental. Había hecho este viaje en varias ocasiones y aunque el cambio del volante se le hizo extraño los primeros kilómetros, se acostumbró con rapidez.

Se detuvo un par de veces para tomar café en los pueblos junto a la carretera y de esta forma despejarse después del largo viaje en avión.

Cuando estaba próximo a su destino, bajó la ventanilla y

sintió el aire húmedo que llegaba del océano. Aquella inmensa muralla de agua que separaba el continente de su amada isla.

Sin darse cuenta sonrió y se puso a cantar a pleno pulmón. Sí, volvía a sus orígenes.

12

Su corazón latía pausadamente, sosegado, al ritmo de su respiración. Setenta y cuatro pulsaciones por minuto. Las mismas que había tenido los días anteriores mientras preparaba el veneno en su laboratorio.

Había seleccionado con un cuidado extremo las semillas de ricino para extraer el aceite que contenía la toxina. Una ponzoña sumamente potente, capaz de corromper las células de un cuerpo humano hasta aniquilarlas con una rapidez extrema.

Los conocimientos médicos podían curar. Pero también ser utilizados para sesgar una vida.

Aquel pensamiento no aceleró sus latidos ni turbó su tranquilidad, incluso sintiendo la presencia de la pequeña aguja hipodérmica en el bolsillo de su anorak.

Conducía en dirección norte, hacia Swords, con el silencio reinante en el interior de su coche como única compañía.

No había sido sencillo averiguar dónde residía Frederick Payne, y casi no pudo creerlo cuando descubrió que no se había mudado de ciudad. Seguía viviendo en la misma casa donde había cometido los abusos antes de ser encarcelado durante aquellos tres años. Pena que él consideraba ridícula para los delitos cometidos.

Apretó los dientes mientras giraba el volante en una curva al pensar en lo que tendrían que estar sufriendo las familias de los niños afectados, sabiendo que aquel depravado seguía impertérrito tras su puesta en libertad, respirando en aquella vivienda. Apacible y normal en su exterior; siniestra y terrible entre sus paredes.

Así era la justicia. Una joven inexperta cuyos ojos vendados solo podían entrever la maldad de unos pocos.

Él la ayudaría, yendo más allá de los límites que ella no podía traspasar. Unos límites impuestos por personas que no comprendían que el mundo era un hormiguero de transgresiones y perversiones que las amenazan a ellas mismas. Habían cegado a la justicia, pero no a él. Se convertiría no solo en sus ojos, sino en su mano ejecutora. Y su trabajo no había hecho más que comenzar.

Al llegar a su destino, ni siquiera se fijó en el castillo que dejaba atrás. Una bandada de cuervos alzó el vuelo de sus gruesas almenas y se alejó de aquel enclave medieval. Vio sus negras siluetas por el espejo retrovisor y pensó que tal vez aquellos pájaros de mal augurio intuyesen lo que ese día iba a tener lugar no muy lejos de allí.

Cuando finalmente localizó la casa, aparcó a unos metros de distancia y apagó el motor.

Contempló el edificio, con sus pequeñas ventanas salpicando los ladrillos amarillos. Se le antojó como una casita de cuento, donde unos vistosos muros ocultaban lo que se había gestado en su interior...

Se recostó en el asiento del coche y clavó los ojos en la puerta principal.

Si todo iba según lo planeado, supuso que Payne aparecería. Si el destino le era propicio, no tardaría en verlo.

Esperaría lo que fuera necesario, no tenía prisa.

Recordó la mirada de reproche que le había dedicado Renata antes de irse y también su significativo silencio. Era consciente de que condenaba lo que se disponía a hacer, pero ella sabía que no podía detenerlo.

Aidan estaba perdiendo la noción del tiempo cuando finalmente lo vio salir.

Su rostro se hallaba cambiado por completo. Se había dejado crecer su canoso cabello y una poblada barba que le otorgaban un aspecto muy poco parecido al que se mostraba en la foto del periódico.

Desde el coche, Aidan se percató de lo violento de su mirada. Aquellos ojos grises desprendían cierta agresividad, como si de algún modo su escaso tiempo en prisión lo hubiera curtido. Los violadores o quienes han abusado de niños no son bien tratados por los demás internos de la cárcel. Pero aun con todo, aquello no significaba un castigo justo para indeseables como él.

Permitió que se alejara unos metros y esperó todavía unos interminables segundos más. Después salió del vehículo con lentitud.

Le gustaba la actuación previa a la muerte. Era como una representación teatral macabra donde el cazador perseguía a su futuro trofeo hasta que inevitablemente ambos interpretaban la escena final, cada uno en su papel.

Payne caminaba con paso firme sin sospechar que era seguido a poca distancia.

Aidan no ocultó su sorpresa al descubrir adónde se dirigía.

Era un campo de rugby al aire libre, y por las exclamaciones que resonaban en los alrededores, supuso que el partido ya había comenzado.

Se fijó en uno de los carteles, que anunciaba un encuentro entre equipos de diferentes colegios.

Su corazón, imperturbable hasta aquel momento, dio un leve vuelco en su pecho.

Niños. De unos doce o trece años quizá.

Por lo que parecía, Frederick Payne no había perdido sus viejas costumbres y se disponía a ver el partido con absoluta naturalidad.

Ambos entraron en el pequeño estadio, como dos visitantes más. Aquel hombre no era consciente de que la cacería en la que estaba inmerso sin saberlo estaba próxima a finalizar.

Aidan observó cómo Payne se sentaba en una de las gradas mientras sus gruesos labios se curvaban en una extraña sonrisa.

Introdujo su mano en el bolsillo del anorak y sintió la hipodérmica con su diminuta caperuza protectora. Si hubiera dependido de su instinto, habría acabado con él de una forma diferente. Pero no quería dejar rastro, y el veneno era un procedimiento tan sutil, tan invisible, casi elegante...

Se acomodó en un asiento libre justo detrás de su presa y simuló ver el partido escuchando cómo los familiares de los muchachos jaleaban a su equipo.

Sus dedos jugaban con la pequeña arma. Permanecía sereno, con las pupilas reducidas a un punto negro, como puntas de alfiler.

Su intuición milimétrica le diría cuándo era el momento propicio. Y este no se hizo esperar.

El equipo local marcó un tanto y la grada donde se hallaban sentados enloqueció entre vítores. En aquel instante, Frederick Payne, al igual que el público, levantó los brazos en señal de victoria.

Ni siquiera notó el leve pinchazo en la parte posterior del cuello.

Aidan no tuvo que presionar demasiado el émbolo. La toxina del ricino era tan efectiva que con tan solo aspirar su vapor, podía acabar con la vida de una persona. Sabía que con menos de un miligramo en la sangre el efecto sería incluso más rápido.

Únicamente quedaban cinco minutos para que el partido finalizara, pero fueron solo necesarios tres para que Payne comenzara a desabrocharse los botones del abrigo y posteriormente de la camisa.

Cuando el juego terminó, su presa esperó unos instantes antes de levantarse. Parecía tener problemas para respirar y se había llevado ambas manos al abdomen en actitud de dolor.

Aidan seguía sus temblorosos pasos de cerca.

«Primero, dolor abdominal intenso; segundo, dificultad para respirar; tercero, opresión en el pecho; cuarto, insuficiencia en órganos vitales; finalmente, la muerte.»

Payne salió del recinto deportivo jadeando, tratando en vano de caminar con normalidad.

La mayor parte del público ya había abandonado el estadio.

Aquel hombre se dirigía a su casa, recorriendo la misma solitaria calle que había escogido para ir al campo de rugby.

«Perfecto —pensó de nuevo Aidan—. Sin testigos ni ayuda.»

Faltaban aún varios metros para llegar a su destino cuando Payne se dobló sobre sí mismo, emitiendo unos gemidos entrecortados.

Las pulsaciones de Aidan no variaron. Se acercó hacia donde estaba y, en silencio, se colocó frente a él.

—Ayúdeme... —murmuró Payne. Su voz sonó ronca a causa de los estertores, y Aidan se arrodilló a su lado.

Los ojos de Payne se hallaban inyectados en sangre mientras lo miraban con expresión aterrorizada. La expresión de quien ya está en manos de la Parca.

Aidan aproximó sus labios lentamente a su oído derecho y, siendo consciente de que le quedaban segundos de vida, susurró:

—Adiós, Payne. La justicia ha dejado de ser una dama ciega.

13

Aquella fría y lluviosa mañana de enero no era la más apropiada para salir de casa e ir hasta la comisaría andando, pero él prefería no romper sus hábitos. No obstante, se subió el cuello de la gabardina y apretó el paso. No era cuestión de coger una pulmonía. Ya había tenido tiempo atrás problemas con los bronquios por culpa del tabaco y aunque se encontraba perfectamente, no quería arriesgarse de nuevo. Lo había dejado hacía cinco años y no estaba dispuesto a recaer en el vicio, pero en su interior lo echaba de menos. Aquel cigarrillo de buena mañana era el mejor. Y qué decir del primer café bien cargado exhalando el humo por la nariz. Sí, lo echaba de menos.

Cuando llegó, saludó al policía de la entrada con un leve gesto de la mano y se dirigió directamente a su despacho en el primer piso del enorme edificio de la Garda.

En los pasillos tropezó con una de las señoras que terminaba la limpieza y, al llegar a su puerta, la abrió con un movimiento decidido. Siempre se atascaba el pomo.

Colgó la gabardina en un viejo perchero de madera y se sentó en su agrietado sillón de cuero.

Encontró su mesa tal y como la había dejado la noche anterior. Carpetas y documentos esparcidos sin orden alguno. «Es un desorden ordenado», solía decir con convicción. Además, era cierto. Siempre sabía dónde había colocado cada papel por intrascendente que fuera.

Encendió el ordenador rutinariamente y esperó a que la pantalla se iluminara. En esos momentos entró un joven subordinado suyo, Steve Philbrook, con los periódicos matutinos y una taza de café en la mano.

—Buenos días, señor. Uno de la brigada especial me ha dicho que ya había llegado usted. Le traigo la prensa y lo que me pidió ayer: la relación de homicidios cometidos en Dublín durante el año pasado. No ha habido más que el anterior, lo cual es buen síntoma.

Steve dejó una carpeta verde sobre el escritorio y observó a su jefe, esperando una respuesta. Llevaba con él casi dos años y comenzaba a conocer las costumbres del inspector Brian Gallagher. Primero se colocaría las pequeñas gafas metálicas para ver de cerca. Se ajustaría el puente de las mismas y después se pasaría un dedo por la afilada nariz. Eran gestos casi obligados.

—Gracias, Steve. Más tarde les echaré un vistazo. Hoy tengo reunión con el comisario Cunningham y no le gusta que le hagan esperar.

Cuando el joven policía hubo salido, Gallagher desplegó el *Irish Examiner* y ojeó con rapidez la portada. Sorbió un poco de café y agradeció el calor que dejaba al deslizarse por su garganta. Aunque echaba en falta el que le había preparado durante años su difunta esposa, ya se había acostumbrado al de la comisaría. Mucho más diluido en color y sabor. Pero agradecía que Steve se lo trajera todas las mañanas.

El sonido del teléfono rasgó su quietud. Al otro lado de la línea alguien le estaba comunicando un suceso que se había producido en Swords, una población cercana a Dublín.

Un pederasta recién salido de la cárcel había muerto en plena calle la tarde anterior. Según la primera apreciación del médico, la causa de la muerte había sido un paro cardíaco.

El inspector Gallagher apuntó el nombre del fallecido en su libreta y colgó el aparato. Cerró los ojos y mantuvo un gesto pensativo durante unos minutos. Acto seguido escogió una carpeta de su archivador y buscó entre los distintos documentos. A pesar de estar a las puertas de la jubilación, su memoria podía competir todavía con la de los elefantes.

En su cabeza había estallado una luz que le apremiaba a buscar un nombre entre aquellos papeles. Cuando lo encontró, se giró hacia el ordenador y tecleó su contraseña personal. Transcurridos unos minutos halló el nombre: Víctor Spanovick.

Comenzó a leer su ficha policial:

Lugar de nacimiento: Lodz (Polonia).
Lugar de residencia: Dublín (Irlanda).
Sexo: masculino.
Edad: 48 años.
Altura: 1,73 m.
Peso: 88 kg.
Color pelo: castaño claro.
Color ojos: marrón.
Estado civil: divorciado.
Profesión: vendedor comercial.
Rasgos físicos de interés: tatuaje de figura femenina en el antebrazo izquierdo. Cicatriz apendicitis.
Observaciones:
Fecha de llegada a Irlanda: 10 abril 2002.
Absuelto cargos violación falta pruebas (2012).

El inspector examinó detenidamente la fotografía que figuraba en la ficha policial y recordó el caso con precisión. Aquel tipo supuestamente había violado de noche a una joven en el parque St. Stephen's Green cuando la chica volvía de una fiesta. El proceso judicial duró cuatro meses, y su abogado defensor logró que no lo condenaran al no poder asegurar la joven con absoluta certeza que el acusado fuera el culpable del crimen que se le atribuía.

Fue un suceso muy seguido por los medios de comunicación, e incluso hubo manifestaciones a favor y en contra del inmigrante polaco, que finalmente, y tras permanecer aquellos meses en prisión, salió absuelto de todos los cargos que se le imputaban.

Su memoria recordó que este individuo había fallecido durante el pasado verano en un tranvía. El forense determinó que la causa de la muerte había sido un paro cardíaco. No hubo autopsia puesto que la familia que tenía en Polonia reclamó su cuerpo para ser enterrado en su ciudad de origen.

El inspector cabeceó con gesto circunspecto.

Un pederasta y un supuesto violador muertos en similares circunstancias en menos de seis meses.

Gallagher se quitó las gafas y comenzó a frotarse los párpados en actitud reflexiva.

Descolgó de nuevo el teléfono y marcó un número concreto.

—Dana, ¿es usted? Soy el inspector Gallagher. Creo que tiene un nuevo huésped en el centro forense, ¿me equivoco?

Una voz femenina respondió afirmativamente:

—Veo que está bien informado. Sí, el sujeto se llama Frederick Payne. Mañana a primera hora realizaré la autopsia.

—Perfecto, Dana. Allí estaré.

14

Eran las siete de la tarde cuando Ciara y Liam terminaron su jornada en la floristería.

Aunque la noche había desplegado ya sus alas sobre las calles de Dublín, Henry Street bullía de actividad.

Liam convenció a su amiga para tomar una copa en uno de los pubs cercanos, The Church, llamado así por estar asentado en el interior de una iglesia.

Ciara nunca había estado allí y se asombró al descubrir que la fachada del enclave antiguamente religioso estaba intacta. Las vidrieras iluminadas desde dentro y las dos columnas dóricas que protegían la entrada parecían invitarlos a entrar.

Liam no pudo evitar sonreír con satisfacción al ver el rostro de Ciara cuando se sentaron en una de las mesas de la planta superior, donde en tiempos debía de encontrarse el triforio. La joven contemplaba boquiabierta el enorme órgano central que presidía aquel pub, la barra circular donde los atareados camareros servían distintos cócteles y la iluminación de diversos colores que emanaba sutilmente de cada rincón.

No estaba acostumbrada a la vida nocturna, y aquel lugar se le antojó precioso.

Liam pidió un licor de crema de menta, y ella un Baileys.

—Llevas ya unas semanas trabajando en la floristería —comentó él con un pícaro brillo en sus ojos verdes—. ¿Qué tal te va?

Ella sonrió, ajustándose su melena recogida en una coleta.

—Me gusta. Se me da bien atender a los clientes y poco a poco voy aprendiendo a manejar las plantas y las flores. La señora Moore tiene mucha paciencia conmigo...

—No seas modesta. Has nacido para este trabajo, ¿eh?

Ciara emitió una leve risa e involuntariamente consultó su reloj. Eran las siete y media.

—Bueno... —respondió un tanto seria de repente—, tampoco es para tanto. Al menos trabajo a jornada completa... y es un alivio.

Liam, que no comprendió aquella explicación, mantuvo su vista fija en la de ella y acto seguido, muy suavemente, cubrió la mano de Ciara con la suya.

—Puedes contar conmigo si tienes algún problema, ya lo sabes.

Ciara no retiró su mano, pero esta se crispó bajo la de Liam, que percibió su rigidez.

Fue entonces cuando el joven lo entendió todo. Su amiga ya le había confiado días atrás los problemas familiares a los que debía hacer frente.

—Es por tu padrastro, ¿verdad? —preguntó—. Por eso quieres trabajar todo el día: para no volver a tu casa.

Ella bebió un sorbo de su copa y frunció los labios.

—¿Cómo te sentirías si tu propio hogar fuera un infierno, Liam? —No quiso que su tono de voz sonara irónico, pero no lo consiguió—. Lo siento... Me conoces desde que éramos pequeños y...

—Lo sé, tranquila —dijo Liam, retirando su mano—. Entiendo que no debe de ser fácil.

Ella volvió a mirar el reloj. Las ocho menos cuarto.

Después, dirigió su vista hacia el destello rojizo que emitía uno de los focos y que paulatinamente iba tornándose amarillo.

—Es solo que... —comenzó a explicarse— Jeff ha estado demasiado sereno estos últimos días. Sin gritos ni discusiones. Temo mucho más su calma que su ira.

—¿Por qué no lo denunciáis? Ahora ya...

Ciara negó con la cabeza.

—Ahora poco o nada ha cambiado. Al menos eso dice mi madre. Nos aplastaría. Somos... como dos polillas volando a su alrededor... Además..., no podríamos subsistir con mi sueldo. —Suspiró mientras hacía tintinear el hielo y prosiguió—: Si buscaba cierta independencia con un trabajo, estaba muy equivocada. Por esa razón me alegro de pasar en la floristería tantas horas. Al menos, no solo estoy entretenida y dejo de pensar en mis problemas, sino que no tengo que vivir entre las paredes de mi casa durante el día. Lo único que lamento es que mi madre tenga que estar más tiempo a solas.

Liam apuró su licor de menta. Con su pelo rubio, su rostro ligeramente ovalado y aquellas pecas en sus mejillas, a Ciara le pareció estar viendo todavía al niño al que había conocido por primera vez en el parvulario.

Sus ojos verdes la seguían observando con detenimiento.

—Me gustaría poder ayudarte —dijo él al fin—, pero sabes que tampoco voy bien de dinero. El poco que gano trabajando para la señora Moore lo ahorro para ayudar a mi familia y para pagar mis estudios nocturnos de Derecho...

Ciara sonrió con tristeza.

—Cuando seas un abogado de prestigio, no dudes en apoyar nuestro caso.

—No digas eso, Ciara... Todo se arreglará.

Ella miró de nuevo su reloj. Las ocho y cinco. Un sudor frío comenzó a extenderse por su cuerpo.

—Lo siento, pero debo irme ya —se disculpó mientras cogía su bolso.

Liam se percató de la tensión reflejada en su rostro. Se levantó para besarla en las mejillas y preguntó:

—Lo entiendo. ¿Nos vemos mañana en la floristería?

—Sí, gracias por todo. —La música se tragó parte de sus palabras al tiempo que se apresuraba a salir del local.

Corrió hacia la parada del autobús y se subió en él justo a tiempo.

Cuando se acomodó en uno de los asientos libres, se sintió los latidos del corazón retumbar en su pecho, pero no supo si estaban acelerados por la precipitada carrera o por el incipiente miedo que comenzaba a ascenderle hasta la garganta.

Observó la vida nocturna de Dublín y apoyó su mano derecha en el cristal de la ventanilla como si con aquel gesto pudiera abarcar cada luz de neón, cada farola encendida, cada foco que deslumbraba los edificios principales... Quería atesorar aquella luz artificial, retenerla en su mente para cuando estuviera tumbada en la cama y la sensación de soledad volviera a golpearla.

Su casa le pareció un monstruo agazapado entre las tinieblas. Solo la luz de la entrada permanecía encendida, como un único ojo brillante.

Al entrar, volvió a contener el aliento. Pero comprobó que en el salón no había nadie y que en la cocina solo estaba su madre, que sonrió al verla.

—Hoy llegas más tarde de lo habitual, hija. Comenzaba a preocuparme.

Ciara sabía que no lo decía por su propia seguridad; sabía cuidarse muy bien. Sino porque su padrastro podría haber llegado antes que ella.

—Liam me ha invitado a tomar algo.

Su madre le sirvió un sándwich y asintió.

—Me alegro. Ese chico es un cielo, y divertirse de vez en cuando a tu edad es casi una obligación.

Ambas rieron soterradamente, como si Jeff pudiera escucharlas incluso sin estar en casa.

Su presencia lo inundaba todo, convirtiéndolo en una cárcel de la que sus prisioneras no podían escapar aunque el carcelero hubiera cometido el descuido de abandonar las llaves.

Después de cenar y ver un rato la televisión, Ciara besó a su madre y subió a su habitación para acostarse.

Tras desvestirse, se puso su pijama de flores y se metió en la cama, sintiendo el suave roce de las sábanas en la piel.

Pero supo que no lograría dormir. Aquella era una de esas noches en las que su cerebro se mantendría en vela atosigándola con escenas del pasado.

No obstante, cerró los ojos y procuró despejar su mente de todo pensamiento. El sueño llegaría tarde o temprano.

No sabía cuánto tiempo había transcurrido cuando oyó abrirse la puerta de casa.

Ciara se arrebujó bajo las sábanas al suponer quién había entrado.

Escuchó las pisadas de Jeff al ascender las escaleras y percibió el silencio posterior.

«¿Dónde está ahora? Sus pasos no han seguido hasta su dormitorio. ¿Qué demonios hace?»

La mente de Ciara era una ametralladora de interrogantes.

En aquel momento, la puerta de su habitación comenzó a abrirse poco a poco.

La joven permaneció con los ojos cerrados mientras la presencia de su padrastro se hacía evidente en el interior del cuarto.

Apretó los dientes sintiendo cómo sus pulsaciones se aceleraban hasta hacerle daño en el pecho.

Pudo oler el alcohol en el aliento de su padrastro, que se aproximaba a ella intentando no hacer ni el más mínimo ruido. Solo lo delataba su respiración.

Ciara procuró no mover un solo músculo.

De repente, sintió que las sábanas que la cubrían eran retiradas paulatinamente dejando su cuerpo al descubierto.

Una descarga de terror se abrió paso entre sus entrañas al sentir la gruesa mano de su padrastro recorrer sus muslos.

—¡¡Basta!! —gritó al tiempo que se incorporaba.

La tenue luz de la noche que se filtraba por la ventana acentuó cada ángulo del rostro de Jeff, que sonrió bobaliconamente.

—Te estás convirtiendo en una jovencita muy guapa... —farfulló en tono gangoso.

Ciara sintió un fuerte golpe de adrenalina que recorrió todo su cuerpo, agarrotado por el miedo.

Se levantó y señalando la puerta de su habitación, volvió a gritar con voz levemente quebrada:

—¡Vete de mi cuarto!

Su padrastro arrastró los pies hacia el pasillo. Ciara pudo

escuchar su risa entre dientes antes de que finalmente bajara las escaleras murmurando:

—Esta sigue siendo mi casa, y algún día... algún día... Ya verás, pequeña Ciara...

El terror era un peso congelado en su estómago, y la joven no encontró las fuerzas suficientes para volver a acostarse. En lugar de ello, siguió apoyada en la puerta de su habitación durante lo que le pareció una eternidad.

En el dormitorio contiguo, el llanto de su madre llegaba hasta sus oídos en un eco triste y amargo que oprimió su corazón, fragmentándolo por completo.

Cerró los puños. Odiaba la oscuridad y todo lo que en ella se engendraba. Monstruos con forma humana, pesadillas con un nombre concreto...

Pero finalmente y sin que ella pudiera volver a hacer nada por impedirlo, la noche la digirió en su negro vientre estrellado.

15

El inspector Gallagher había pasado parte de la noche dándole vueltas a la cabeza.

Por los años que llevaba de servicio en la Garda, sabía que pocas veces era por casualidad que dos hechos fueran coincidentes. Que un pederasta y un posible violador hubieran muerto por un fallo del corazón, uno en un tranvía y el otro en plena calle, no encajaba en su mente. Su instinto le decía que podía haber un hilo conductor que uniera ambos sucesos.

Al pertenecer a la sección de homicidios, no tenía motivo para investigar los dos casos, al menos en principio.

Su ayudante, Steve, lo había informado de que el fallecido no tenía familiares conocidos, y por consiguiente no era necesario pedir autorización a los mismos para realizar la autopsia.

Así que sin ser un asunto oficial, aquella mañana se presentó en el instituto forense. Supuso que la doctora Dana Mitchell ya estaría dentro preparando el instrumental.

Enseñó su identificación al vigilante de la entrada y siguió por un largo pasillo débilmente iluminado. Recordaba que la sala de disecciones estaba en el primer sótano de aquel vetusto edificio.

Con paso firme bajó las escaleras. No le gustaba mucho el ascensor viejo y enorme que siempre olía a cadáver. Sobre todo desde que años atrás se había quedado atrapado en él con uno.

Cuando llegó ante las puertas dobles de la sala se detuvo un momento y se quitó la gabardina. Sabía que debería ponerse una bata y una mascarilla.

A pesar de las muchas veces que había pasado por aquella

experiencia, no le agradaba en absoluto. Era una de las partes más ingratas de su trabajo.

Respiró profundamente y entró con decisión.

—Buenos días, inspector. Llega justo a tiempo. Iba a comenzar sin usted. Tengo una mañana un poco ajetreada y debo darme prisa. Dentro de dos horas me esperan en un hospital.

La doctora Mitchell era una mujer de mediana edad y con una complexión física fuerte. Llevaba guantes y gafas protectoras. Con un gesto indicó al inspector lo que debía ponerse. Acto seguido se ajustó un micrófono cerca de la boca conectado a una grabadora que guardaba en un bolsillo de la bata.

—Vamos a comenzar con un examen externo desde el cráneo hasta los pies.

La potente luz emanada por los dos focos que colgaban del techo iluminaba con total claridad el cadáver que yacía sobre la mesa de autopsias.

—Por el *rigor mortis* del individuo se establece una hora aproximada entre las dieciocho horas y las diecinueve horas de la tarde del día...

Mientras la doctora continuaba con sus descripciones, Gallagher observaba sus precisos movimientos alrededor del cuerpo inerte. La conocía desde hacía años y mantenían una excelente amistad profesional. Recordó que en más de una ocasión le había ayudado a resolver algún caso con sus dictámenes médicos. Sabía hacer perfectamente su trabajo.

—No se advierten anormalidades externas como hematomas o heridas recientes. —Tras las gafas protectoras, sus analíticos ojos grises parecían más grandes de lo que realmente eran.

Gallagher se apartó hacia atrás para que ella pudiera examinar los pies. De un dedo colgaba una etiqueta identificativa de color amarillo.

Habían transcurrido treinta minutos cuando la doctora Mitchell se detuvo y se dirigió al inspector:

—Voy a comenzar la disección. ¿Desea permanecer aquí o prefiere salir? Ya sabe lo agradable que es esto.

Gallagher captó la ironía y frunció el ceño indicándole que saldría afuera.

—Me tomaré un café mientras.

La doctora sonrió.

—Yo que usted me tomaría al menos dos bien cargados. Tardaré una hora aproximadamente. Si veo algo extraño lo llamaré al móvil.

Gallagher salió del edificio y se dirigió a un bar cercano. Pidió un café y se sentó en una mesa próxima a la salida.

Al cabo de unos minutos sonó su móvil. Era la doctora.

—Gallagher, debería venir y ver esto.

Cuando volvió a entrar en la sala en lo primero que se fijó fue que bajo la nariz de la forense se hallaban dos manchas blancas. Ella pareció comprender dónde había fijado su vista y le extendió un pequeño tarro.

—Es por el olor. Póngase un poco. Respirará mejor.

Tras ella se encontraba otro hombre con bata blanca.

—Es mi ayudante para las disecciones.

—¿Qué ocurre? —preguntó Gallagher.

La doctora hizo un gesto hacia el cadáver.

—Este hombre tiene una descomposición demasiado avanzada de los riñones, intestinos e hígado. No es lo habitual en un cadáver de cuarenta y ocho horas.

El inspector se cubrió la boca al examinar el cuerpo. No hacía falta ser un entendido en anatomía para ver que aquello no era normal.

—¿A qué puede ser debido? ¿Drogas, exceso de alcohol?

—No lo creo —respondió ella—. Deberé ser más exhaustiva en este caso concreto. Extraeré sangre, orina y muestras de los órganos. Los enviaré al centro de análisis histológicos y bioquímicos. Supongo que ellos sabrán decirnos la causa concreta de esta afección tan inusual.

—A primera vista, ¿se le ocurre algo? —volvió a preguntar Gallagher.

—Solo soy patóloga forense y aunque llevo años en esta jodida profesión, sigo diciendo que no es lógico encontrar tal descomposición en tan pocas horas. No acabo de comprender qué ha podido ingerir para mostrar este estado.

Gallagher se rascó la nariz como hacía habitualmente.

—¿Podría haber sido envenenado? —inquirió casi como una afirmación.

La doctora había cerrado su micrófono hacía ya unos minutos. Solo grababa lo concerniente a la disección. Sus opiniones personales no tenían por qué aparecer en la cinta.

—Inspector, solo le diré que si esto es obra de un asesino, sabía lo que hacía. Un trabajo casi perfecto.

16

Aunque Liam a veces se quedaba en Henry Street para comer en alguno de los restaurantes de comida rápida, Ciara prefería regresar a casa. Pensar que su madre pudiera estar sola hasta que ella regresara del trabajo a las siete de la tarde le provocaba una sensación de culpa que solo podía aliviar volviendo al mediodía para estar juntas.

Pero aquel día supo que algo iba mal incluso antes de entrar.

Después de convivir demasiados años frente a frente con el miedo, había aprendido a detectarlo. Sus oscuros y afilados dedos ya se habían apoderado de su pecho desde hacía tiempo y solían cerrarse en torno a su contrito corazón cuando intuía que ocurría algo aciago.

Los gritos procedían de la cocina, pero resonaban en toda la casa.

Ciara dejó su bolso sobre el sofá y tragó saliva.

«No. Otra vez no, por favor.»

La mano del miedo se volvió de hierro, y sus latidos comenzaron a retumbarle fuertemente en las sienes.

—¡Más dinero! ¡Eso es lo que necesito, joder!

La voz de su padrastro parecía escupir las palabras.

—Entonces ¡trabaja más! ¡Solo eres un vago!

Ciara abrió la boca y con la respiración entrecortada se aproximó con rapidez a la cocina. Su madre, que siempre había adoptado el papel de sumisa y callada, ahora gritaba con todas sus fuerzas.

De un manotazo, Jeff derribó los vasos que había apilados sobre la mesa y los hizo añicos. El estrépito no sobresaltó a Tara. Aquella acción se había repetido demasiadas veces.

—¡Es tu hija quien tendría que buscarse otro trabajo! ¡Seguro que en esa floristería le pagan una mierda! ¿Sabes cuánto me ha costado la entrada para el partido de esta tarde?

Asomada por el quicio de la puerta, Ciara vio cómo su madre estallaba, indignada.

—¡A mi hija no la metas en esto, cerdo!

Las aletas de la nariz de Jeff se abrían y cerraban al ritmo de su hedionda respiración.

—¿Cerdo? ¡No tendrás valor para repetirlo!

La voz de su madre se quebró durante un instante.

—¿Crees que no vi lo que intentaste hacer anoche? ¡No se te ocurra tocarla!

El pulso de Ciara se disparó. Intuía que su madre lo sabía, pero oírselo decir fue un golpe demasiado duro.

—¡Es mi casa! —respondió amenazadoramente su padrastro—. ¡Y en ella haré lo que me dé la gana! ¿Ha quedado claro? ¡Todo lo que hay bajo este techo es mío!

—¡No mientras yo viva!

Jeff, con los ojos enrojecidos y los puños cerrados, resopló como un animal salvaje.

—¡Algún día te quitaré de mi camino! ¡No eres más que basura, y uno siempre se deshace de la basura!

Cuando comenzó a alzar la mano contra su madre, Ciara entró en la cocina y se interpuso entre ellos.

—¡Fuera! —bramó su padrastro.

Ciara clavó en él sus ojos azules.

—Si la golpeas de nuevo, juro que te mataré.

El labio inferior de Jeff volvió a colgar grotescamente.

Ciara sabía que aquella amenaza tan directa lograría acobardarlo. Al menos durante un tiempo. El suficiente para que se fuera de casa.

Supuso que regresaría horas más tarde tras pasar por la taberna y con una furia redoblada. Pero estaba dispuesta a correr ese riesgo.

Durante unos instantes, pensó que su intimidación no había funcionado y que ella sería la siguiente víctima de sus golpes.

El reloj de la cocina marcaba los segundos casi a cámara lenta, derritiendo el tiempo.

Sin embargo, al cabo de un momento, su padrastro, con los ojos encendidos, se giró y salió de casa dando un portazo.

Madre e hija fueron al salón, desde donde le vieron caminar a grandes zancadas calle abajo.

Tara se desplomó en el sofá. Se cubrió el rostro con una mano, y Ciara se percató de que estaba temblando.

Se sentó junto a ella y humedeció sus labios antes de hablar.

—Mamá...

—Te prometo que mientras viva, ese hombre no volverá a acercarse a ti. —Su madre habló con voz trémula pero contundente.

Ciara la obligó suavemente a apartar su mano del semblante y descubrió unos ojos cansados, afligidos..., exánimes.

Su padrastro le estaba absorbiendo la vida, dejándola inerte y rota.

—Juntas lo conseguiremos, mamá. Tienes que resistir, no puedo enfrentarme a él sola si tú cedes. Si caes, yo caigo contigo. Debemos ser fuertes.

Su madre rompió a llorar en un silencio agónico.

Ciara la rodeó con sus brazos sintiendo cómo sus propias lágrimas pugnaban por emerger, pero las sorbió una por una.

—Tranquila. Me quedaré contigo esta tarde.

Tara no se desprendió del abrazo, pero negó con la cabeza.

—No, cielo. Debes ir a trabajar. No puedes faltar tras haber conseguido ese empleo hace tan poco tiempo. Yo estaré bien.

Ciara apoyó su mejilla contra el pecho de su madre.

—Mamá, sabes que Jeff volverá. Y lo hará más enfadado que antes, así que...

—No, hoy se va a ver ese partido de fútbol... al Aviva Stadium, creo... No entiendo mucho de estas cosas, pero al menos...

Ciara asintió y terminó la frase de su madre:

—Pero al menos, no estará en casa durante unas horas.

Las dos permanecieron en un triste mutismo, una en brazos de la otra. Protegiéndose contra la angustia, haciéndose fuertes frente a un miedo del que no podían escapar.

Tara acariciaba el cabello de su hija con ternura, como queriendo retenerla con ella todo el tiempo del que disponían. Sus latidos, un tanto acelerados, llegaban hasta Ciara a través del calor que emanaba su cuerpo.

Por un momento, la joven sintió que los años de su infancia regresaban más nítidos que nunca.

Ella abrazaba a su madre, rogándole que le leyera otro cuento, uno de los que sabía narrar tan bien, mientras esperaban a que su padre llegara del trabajo y se uniera al relato.

De repente, una voz la despertó de su ensoñación. Una voz conocida, pero más apagada. Tardó unos segundos en comprender que era su madre. El presente había retomado el control de sus vidas.

—Te he preparado unos sándwiches para llevar... Es muy tarde ya, hija.

Ciara consultó el reloj y suspiró, rompiendo el abrazo.

Cuando se despidió, sintió una punzada en el pecho. Los acerados dedos del miedo volvían a atenazarla y por muy fuerte que aparentara ser, siempre temía que aquella sensación pudiera definitivamente con ella.

En la floristería, la señora Moore se dio cuenta enseguida de su nerviosismo.

—¿Estás bien, Ciara?

—Sí, no se preocupe.

La florista sonrió.

—Acaban de llegar estas flores del vivero. Hoy te encargarás tú de ellas. En primer lugar, elimina o rehidrata las que estén dañadas.

—¿Pueden recuperarse las flores dañadas?

—Algunas sí. Únicamente debes quitar las hojas mustias y cortar el tallo en diagonal. Si crees que es irrecuperable, tírala. Puede que alguien la comprase, pero el dinero ganado no serviría para nada, ya que habríamos perdido a ese cliente. ¡Una flor hidratada y bonita es siempre garantía de éxito!

Ciara comenzó la tarea que le habían encomendado. El vivero había traído rosas blancas envueltas en papel grueso.

Tal como la señora Moore había dicho, algunas de ellas presentaban los pétalos superficiales un tanto mustios, pero eran recuperables. A excepción de una.

Ciara la tomó entre sus manos con delicadeza y contempló su aspecto marchito, pero un súbito sentimiento le impidió tirarla de inmediato.

Aquella rosa... de alguna forma le recordó a su madre. Fuerte y bella en el pasado más próximo; apagada y abatida en el presente más cruel.

Acarició los lánguidos pétalos amarillentos sin percatarse de que la florista la observaba.

—Eso es a lo que me refería —dijo la señora Moore—, esa rosa es inservible, tírala.

Ciara frunció los labios e hizo lo que le pedía.

Inservible, irrecuperable... «¡No eres más que basura, y uno siempre se deshace de la basura!»

«Lo denunciaré —pensó apretando los dientes—. Mañana a primera hora iré a la comisaría. Mañana Jeff estará fuera de nuestras vidas. Correré el riesgo. Mañana.»

Sintió que un estremecimiento le recorría la espalda, pero siguió trabajando hasta que la noche se cernió sobre la ciudad.

Una parte de Dublín se disponía paulatinamente a descansar mientras que su otra cara quería divertirse en los céntricos pubs que invitaban a desprenderse de los problemas cotidianos.

Ciara, sentada en el autobús de regreso, pensaba en su madre. La visualizó sola y aterrada, preparando la cena mientras su padrastro regresaba tras ver el partido. Según había escuchado a un cliente, la selección irlandesa jugaba un encuentro amistoso de fútbol contra la de Dinamarca.

Al llegar a casa, le extrañó no ver ninguna luz encendida en su interior.

El miedo le clavó sus garras en el estómago al tiempo que abría la puerta.

Cuando iluminó el salón, ahogó un grito.

Todo estaba revuelto y destrozado. Un caos que se extendía ante su desorbitada mirada.

Solo pudo pensar en una persona, y una exclamación de terror se agolpó en su garganta.

—¡Mamá!

Se dirigió a la cocina.

Nadie.

La mano del miedo acentuó la violenta presión sobre su pecho al tiempo que subía las escaleras.

Nada podía prepararla para lo que iba a presenciar al encender la luz del dormitorio principal.

—¡¡Mamá!!

Su madre se hallaba tendida en el suelo en una posición grotesca.

La cabeza ensangrentada. La lengua asomando por la boca. El color violáceo de su rostro...

Ciara sintió una fuerte arcada que paralizó su respiración. El dolor le perforaba las entrañas.

Su grito desesperado rasgó la ilusoria quietud de la noche.

Con manos espasmódicas, extrajo su móvil y llamó a la policía.

Cuando su vista volvió a posarse en el cuerpo inerte de su madre, se fijó en sus ojos. Estaban abiertos, mirando a un negro infinito con una expresión de terror petrificada en ellos.

Dentro de la cabeza de Ciara se encendió una luz roja que lo cubrió todo.

No fue consciente de que caía desmayada junto a su madre.

La casualidad hizo que sus manos permanecieran juntas en el suelo. Como si, incluso desde la muerte, Tara quisiera tocar una vez más a su hija.

17

A menudo pensaba que tenía dos rostros.

Dos partes simétricas de sí mismo, pero bien diferenciadas.

Sentía cierto placer al saber que nadie conocía esta dualidad.

No la buscaba, no la había planeado. Se había convertido en algo innato. Su invisible existencia se ceñía a su pasado y lo ataba al presente con un hilo de acero trenzado demasiado fuerte.

Cuando aquella mañana en el hospital acompañaba a Colm Atkins, el médico jefe de pediatría, su mente estaba muy lejos de los hechos sucedidos hacía tan solo cuarenta y ocho horas.

Sus diestras manos podían, con la misma serenidad, esgrimir una hipodérmica de contenido letal en su interior o aplicar un fonendoscopio sobre el pecho de un niño.

Al recorrer el pasillo principal, vio a un enfermero empujar una camilla en dirección al ascensor que bajaba a los quirófanos. Sobre ella, yacía una niña de unos diez años.

Aidan conocía su caso y sabía que aquel día iban a operarla. Pero no había previsto que ella aferrase su bata al pasar junto a él.

El enfermero detuvo la camilla y él, con una cálida sonrisa, se inclinó sobre la niña.

—Claire, cariño, todo irá bien.

Claire, sin dejar de sujetarle la bata, abrió la boca, pero de sus labios no brotó una sola palabra. Sus ojos vidriosos buscaron su mirada y se clavaron en ella, como queriendo retenerla.

Aidan acarició su mejilla al tiempo que se percataba de la expresión que se había cincelado en el rostro de la pequeña. Estaba aterrada.

Claire tragó saliva y dijo muy bajito:

—Tengo miedo.

En aquel instante, todas las puertas de su palacio de la memoria se estremecieron y convulsionaron a la vez, pugnando por abrirse, por dejar escapar su contenido tantas veces silenciado y rechazado por la parte racional de su cerebro.

No pudo evitarlo.

Una de aquellas habitaciones retenidas en lo más profundo de su mente tuvo la fuerza suficiente para romper el candado y abrirse con un violento golpe para el que Aidan no estaba preparado.

Sin quererlo, entró en su interior, obligado por un impulso extraño y ajeno a su voluntad.

De repente, pudo ver su casa cerca del acantilado, con aquella hiedra cruzando su rostro de ladrillo que tanto lo atemorizaba. Estaba atardeciendo y las sombras anaranjadas producidas por los últimos reflejos del sol proyectaban siniestras sombras sobre el pequeño edificio.

Sintió el peso de una mochila escolar en su espalda y recordó que aquel día regresaba tarde por haberse entretenido con los muchachos del pueblo jugando un partido de fútbol en el colegio.

Echó a correr colina arriba percibiendo el aroma del mar no muy lejos de allí.

No quería que su padre se enfadase por el retraso y sabía que su madre estaba en casa de una vecina enferma, por lo que una vez más tendría que ser Evelyn quien preparase la cena.

Al entrar en casa, percibió un silencio casi sólido, irrespirable.

Dejó la mochila en el suelo y pensó en llamar a Evy. Quería disculparse por haber llegado tarde; seguramente su padre volvería a pegarle... y prefería que fuera él mismo el objetivo de sus bofetadas y no ella.

En aquel momento, una corpulenta figura abrió la puerta de la habitación que compartía con su hermana.

Era su padre.

Aidan lo oyó murmurar.

—Y no lo olvides. Si cuentas algo de esto, tu madre pagará las consecuencias.

Cuando pasó por su lado en dirección hacia la cocina, ni siquiera reparó en su presencia.

Aidan sintió un escalofrío. Aquella calma era siempre el preámbulo de la violencia.

Frunció los labios y se encaminó a su habitación, donde sabía que se encontraba Evelyn.

Al entrar, todo estaba en tinieblas. Las persianas bajadas, las cortinas ocultando las ventanas. La tenue luz del pasillo era la única que acariciaba las facciones de su hermana.

La encontró tumbada en la cama, casi desnuda y acurrucada, con las manos cubriéndole el rostro.

Aidan se acercó a ella de puntillas y rozó con la yema de los dedos su enmarañado cabello rojizo.

Ella dio un respingo.

—Evy... Soy yo.

Su hermana ahogó un gemido y se echó a llorar. Su cuerpo temblaba al tiempo que repetía en entrecortados susurros:

—¿Se ha ido? Dime que se ha ido...

Aidan no sabía qué hacer.

—No —respondió finalmente, entendiendo a quién se refería—, está abajo, en la cocina.

Evelyn emitió un nuevo sollozo, y él sintió cómo la rabia ascendía hasta su pecho.

—¿Te ha pegado, Evy? ¿Qué te ha hecho?

Ella pareció reprimir su llanto y clavó en él sus ojos azules.

La expresión de su rostro, vista a través de las sombras reinantes, revelaba un terror pulsante y helador.

Las palabras que articuló su hermana con un hilo de voz se quedaron impresas en lo más profundo de su memoria:

—Aidan, tengo miedo.

18

Cuando el inspector Gallagher llegó a la casa de Ciara era un poco más tarde de las nueve de la noche. Las luces de las sirenas de los coches de policía y de la ambulancia seguían encendidas. Los colores ámbar y azul se entremezclaban en el húmedo asfalto componiendo un cuadro de pintura abstracta.

Antes de entrar observó el viejo edificio de dos plantas rodeado por un pequeño jardín mal cuidado. Siempre le había gustado echar una detenida ojeada al lugar donde se había cometido un crimen.

Cruzó la acera y se dirigió hacia la puerta flanqueada por dos policías que lo saludaron militarmente al verlo llegar.

Su ayudante Steve salió a su encuentro con una libreta de notas en la mano.

—Buenas noches, inspector. Parece que tenemos un caso típico de robo y asesinato. La víctima es una mujer de edad mediana, de unos cuarenta y cinco años. Parece que el móvil ha sido...

Gallagher lo interrumpió:

—No adelantemos conclusiones. Primero examinemos las pruebas. A veces no todo es tan sencillo como uno cree. ¿Quién halló el cadáver?

—Su propia hija, y al parecer se ha quedado ciega por el *shock*. Está siendo atendida por un médico del servicio de emergencias en la ambulancia.

Gallagher asintió con lentitud e hizo una indicación a Steve para que le mostrara el camino.

—Veamos a la fallecida.

Subieron al piso superior y una vez en el dormitorio su vista se posó en el cuerpo sin vida de la madre de Ciara. Un policía le estaba haciendo fotografías. El sonido del *flash* rebotaba en las paredes.

El inspector se agachó cerca del cadáver y examinó con detenimiento la herida de la cabeza. Después hizo un gesto a su ayudante señalando un hematoma a lo largo del cuello de la víctima.

—La forense deberá dictaminar si la muerte fue por el golpe en el cráneo o por estrangulamiento. ¿Ya sabemos la hora en la que se produjo?

—Todavía no ha venido, inspector. Se la ha avisado y no tardará.

Gallagher hizo una mueca de desaprobación.

—Que nadie toque el cadáver hasta que llegue. Mientras, que tomen huellas. Quiero ver el objeto con el que ha sido golpeada.

Steve lo señaló. Una lámpara de la mesilla de noche con la base de mármol manchada de sangre.

—¿Y se sabe con qué la han estrangulado?

—No. Por las moraduras parece que debió de ser con algo muy delgado. Quizá una cuerda o...

Gallagher lo interrumpió mientras examinaba la lámpara.

—O un cable eléctrico. Posiblemente este.

—Inspector, debería ver la ventana de la cocina. Quien fuera entró por ella rompiendo el cristal. No ha sido muy cuidadoso. Es de suponer que pensaría que la casa estaba vacía y la mujer lo descubrió. El resto se puede deducir.

—No deduzcamos nada todavía, Steve. Es posible que esté en lo cierto y haya sido como dice, pero me resulta demasiado obvio. ¿Sabemos si falta algo de valor, joyas, dinero? ¿La hija ha dicho algo que pueda servirnos?

—No hace sino repetir que ha sido él.

—¿A quién se refiere? —preguntó Gallagher sin dejar de mirar los cajones revueltos de una cómoda.

—No lo sabemos. Balbucea constantemente desde que llegamos. Creo que el médico le ha administrado un sedante.

—¿A qué hospital se la llevan? Vamos, pregúntelo.

En ese instante entró en la habitación la forense Dana Mitchell. Saludó a Gallagher con la mirada y se puso a trabajar de inmediato.

—Dana, necesito saber cuanto antes la hora de la muerte y la causa real de la misma.

—Necesitaré unos minutos, inspector. Déjenme sola y después le daré mis conclusiones.

Gallagher bajó a la calle con la intención de hablar con la hija, pero la ambulancia había partido ya.

Su ayudante salió a su encuentro.

—La llevan al Hospital Royal Victoria.

—Necesito los nombres de toda la familia. Pregunte a los vecinos más cercanos, es posible que los conozcan. Y aléjeme a los periodistas, por favor.

Habían pasado unos minutos cuando vio descender por las escaleras a la doctora, que se estaba quitando los guantes blancos.

—Le interesará saber que la herida de la cabeza no era mortal. Una buena brecha, un poco de sangre, pero nada más. La muerte fue por estrangulamiento, sin duda alguna. Los signos son claros: ojos desorbitados, rostro amoratado, lengua fuera de la cavidad bucal... En principio calculo que la hora aproximada del fallecimiento sería entre las siete y las ocho de esta noche. El cuerpo todavía está caliente y no hay rigidez cadavérica. Supongo que sabe que esta comienza a las tres horas de la muerte, por lo tanto...

—Gracias, Dana. Ordenaré que lleven el cadáver al instituto forense. Manténgame informado si encuentra algo más de relevancia para el caso.

—Inspector, a primera hora de la mañana le enviaré por fax un informe preliminar. Y como médica le aconsejo que descanse. Tiene aspecto de necesitarlo.

Una media sonrisa surcó su rostro mientras se despedía.

Gallagher agradeció mentalmente el comentario y pensó que tenía razón. Los años de servicio le habían dado una experiencia magistral, pero a cambio le habían ido succionando poco a poco las fuerzas. No recordaba cuántos casos había llevado ni cuántos homicidios había podido esclarecer, pero pensó que ya habían sido los suficientes para merecer una jubilación digna y tranquila.

En el vestíbulo de la casa había un espejo de pared. Se miró en él, y lo que vio reflejado vino a darle la razón a la doctora Mitchell. Sus ojos estaban enrojecidos y su semblante revelaba una verdad que no admitía dudas: los años dejaban huellas que no se podían borrar.

Cuando llegó el vehículo mortuorio, bajaron el cadáver dentro de una bolsa de plástico negro y lo introdujeron por la parte trasera del mismo. La potente luz de una cámara de televisión iluminó el momento, mientras el reportero, micrófono en mano, hacía la crónica del suceso.

«Siempre como buitres acechando las malas noticias —pensó Gallagher—. Claro que a fin de cuentas también es su maldito trabajo.»

En ese momento su ayudante se acercó hasta él y sacó una pequeña libreta de su anorak.

—Ya tengo los nombres de la familia: la madre, Tara Brown, el padre, Jeff Brown y la hija, Ciara Lynch. Según he podido averiguar por los vecinos, la fallecida había estado casada anteriormente y se quedó viuda; la chica es hija del primer marido. El tal Jeff Brown es el padrastro. Y por lo que me han contado, no es que las tratara muy bien que digamos, parece ser que las broncas estaban a la orden del día, al igual que sus borracheras.

Gallagher se ajustó el cuello de la gabardina. Estaba haciendo frío y volvía a lloviznar.

—Que una patrulla permanezca en la casa y la precinte. Yo voy al hospital para intentar hablar con la hija. Si aparece el padre, avíseme inmediatamente. Sea la hora que sea. ¿Entendido, Steve?

Este acató la orden y contempló cómo el inspector arrancaba su coche. Pensó que aquella noche iba a ser más larga de lo que hubiera deseado. Tendría que llamar a su novia, con la que convivía desde hacía un año, y decirle que no lo esperara para cenar. Debería darle explicaciones y, como de costumbre, todo acabaría en un enfado que duraría días. Ya se había acostumbrado a ello.

Encendió un cigarrillo y entró en la casa. Se estaba empapando.

«¿Por qué elegiría este jodido oficio?»

Los de las huellas habían acabado y se marcharon en uno de los coches. Los periodistas, al comprobar que ya poco podían hacer allí, también fueron desapareciendo. La gente congregada frente a la casa comenzó a dispersarse entre murmullos, de los que sobresalía algún comentario. Poco a poco el silencio volvió a adueñarse de aquel viejo barrio y tan solo el rumor de la lluvia lo alteraba.

El ayudante del inspector y los dos policías que se habían quedado acabaron de acordonar con cinta de señalización toda la casa. Al acabar, Steve pensó que la habían rodeado con vendas de color amarillo y azul.

Se estaba encendiendo otro cigarrillo cuando por la emisora de radio que llevaban los policías llegó un aviso diciendo que habían encontrado al marido en un bar no muy lejos de allí.

Tiró el cigarrillo al suelo con celeridad y llamó al móvil del inspector para comunicarle la noticia.

La respuesta de Gallagher fue breve y concisa: «Ordene que lo lleven a la comisaría central. Yo iré en cuanto acabe aquí, en el hospital. Acuda usted allí y que nadie lo interrogue hasta que yo llegue».

El ayudante transmitió la orden por radio y se subió a un coche patrulla.

«Decididamente va a ser una noche muy larga», pensó.

19

Hacía horas que la noche se había adueñado de la ciudad, y Aidan, consciente de que no podía conciliar el sueño, se hallaba frente al televisor, absorto en el noticiero local.

Renata, que dormía ajena a su desvelo, le había preparado una cena que en cualquier otro momento le habría parecido muy apetecible, pero no ese día.

Las palabras de aquella niña del hospital habían abierto una de las puertas más ocultas de las mazmorras de su memoria y cerrarla le había supuesto un gran esfuerzo.

Sabía que aunque luchase por enterrar su pasado, este siempre saldría a la superficie arañando con sus ansiosas manos la tierra de sus recuerdos.

No podía escapar de sí mismo.

Esta aseveración se bifurcaba en dos poderosas corrientes internas.

Una de ellas alimentaba su introspección, la nostalgia de una vida que pudo ser y no fue, un sentimiento de ausencia y soledad cuyas raíces se enroscaban en los recodos de su mente.

La otra le instaba a proseguir con su misión, nacida de la muerte y que llevaba consigo ese mismo fin: matar.

De algo sí estaba seguro. Nadie lograría detenerlo. Aquel cometido era como una promesa que no rompería bajo ningún concepto.

Se ajustó el batín sobre su cuerpo desnudo y volvió a fijar la vista en el televisor.

De repente, sus pupilas se dilataron.

La imagen de una joven había aparecido en la pantalla. Una joven que no le era completamente desconocida.

Subió el volumen.

«... Ciara Lynch, a quien podemos ver subiendo a la ambulancia ayudada por dos enfermeros, ha relatado a la policía cómo encontró el cuerpo sin vida de su madre en el dormitorio principal. No podemos confirmarlo, pero la joven parece haber sufrido algún tipo de *shock* traumático que le ha producido ceguera, por lo que deberá ser tratada en el Hospital Royal Victoria. Todo apunta a que el homicidio de la madre, Tara Brown, se produjo al sorprender esta a un ladrón en el interior de su domicilio. No obstante, la policía no confirma ni desmiente esta información.»

Los ojos de Aidan memorizaron con avidez el rostro de aquella joven, su mirada perdida, sus bucles pelirrojos, sus pálidas mejillas, su expresión de desamparo.

Se pasó una mano por la frente, que había comenzado a perlarse de un sudor frío poco común en él.

«Ciara Lynch.»

Repitió aquel nombre, deleitándose secreta e inconscientemente con su sonoridad y con el recuerdo que su poseedora le suscitaba.

La había visto en la floristería de Henry Street y en aquel momento supo, como un vaticinio del futuro, que se encontrarían de nuevo.

No había vuelto a pensar en ella durante las últimas semanas, pero verla una vez más había generado un extraño impacto en su interior.

Físicamente era tan parecida a su hermana Evelyn...

Se acercó a la ventana, apoyando su brazo derecho en el frío cristal.

Los oscuros hilos del destino no podían equivocarse. Estaba seguro de que el azar se mostraba ante él como un dios pagano cuya sonrisa lo incitaba a mover ficha, a jugar en el cautivador territorio de las casualidades.

Apagó la televisión y la luz procedente de la gran araña que presidía el salón para, posteriormente, dirigirse a su habitación en el piso superior.

En un impulso inusual en él, cerró la puerta y echó el cerrojo.

Todo permanecía en penumbra, pero sus pupilas se habituaron con rapidez a la oscuridad.

¿Quién o qué temía que irrumpiese en su habitación? ¿Por qué le molestaba la luz?

No se había dado cuenta de que lo que él no quería que penetrara había entrado ya; lo que quería cegar lo miraba con sus ojos escrutadores. La culpa.

Sin embargo, en aquel momento se sentía como cuando era niño: con el cerrojo echado se creía a salvo, y apagando la luz, era invisible. La culpa no llegaría hasta él tan fácilmente.

Se sentó en la cama y apoyó la cabeza entre las manos.

Su cerebro, siempre frío, siempre bajo control, había perdido la fuerza para retener los pensamientos. Estos retumbaban como el rugido de las olas que recordaba de su infancia.

Poco a poco, vagas líneas luminosas comenzaron a formarse en su mente.

Era consciente de que aquello no podía ser casualidad.

Había visto a la chica dos veces en menos de un mes. No se trataba de algo fortuito.

Pero... si seguía la voz de su instinto, si finalmente decidía estrechar el cerco y ver a aquella chica... ¿Desencadenaría algún tipo de consecuencia?

Se levantó y abrió la ventana, y se asomó a una noche sin estrellas.

Aspiró el aire, impregnado de un suave aroma a lluvia, y lo retuvo durante unos segundos en sus pulmones.

Había tomado una determinación.

Iría al hospital donde la habían llevado. Tenía que verla una vez más. Tan solo serían unos instantes.

Quizá así lograría acallar definitivamente los súbitos gritos que reverberaban en las paredes de su mente.

Quizá así cerraría para siempre las puertas de su palacio de la memoria, detrás de las cuales su hermana Evelyn lo observaba con ojos vidriosos desde el pasado.

20

Cuando el inspector llegó al Hospital Royal Victoria había dejado de llover. Bajó del coche y se encontró ante su fachada de ladrillo rojo y ventanales blancos. Era un edificio imponente de tres plantas construido a principios del siglo XIX, que actualmente se dedicaba al tratamiento de enfermedades de la vista y del oído. Recordó haber estado en él, muchos años atrás, por un problema que había tenido su mujer en un ojo al salpicarle lejía mientras lavaba. Por suerte solo fue un susto y aquel accidente se arregló en unos días.

Atravesó la entrada conformada por arcos de piedra gris y, al llegar al mostrador de información, enseñó su placa.

—Soy el inspector Gallagher de la Policía de Dublín. Esta noche han traído a una joven en ambulancia, Ciara Lynch, necesito hablar con ella. ¿Me puede indicar dónde se encuentra ahora?

La recepcionista examinó su ordenador y tras unos segundos le respondió:

—Los médicos la están atendiendo en estos momentos en un box de urgencias. Espere unos minutos e intentaré decirles que está usted aquí.

Media hora después, Gallagher hablaba con uno de los doctores junto a la puerta del box.

—Tiene un fuerte *shock* emocional que, por lo que hemos podido comprobar, le ha causado la pérdida de la visión. Lo denominamos ceguera psicosomática, algo poco frecuente, y desconocemos el tiempo que puede continuar en este estado. Necesita mucho descanso. En una hora la subiremos a planta.

—¿Puedo hablar con ella? —inquirió el inspector.

—Solo unos minutos —respondió el médico—. Todavía está muy alterada, incluso con los efectos del sedante.

Gallagher aseguró que sería muy breve y entró en la pequeña habitación. Una enfermera acababa de examinar el gotero de suero que le habían colocado a Ciara y, al ver al inspector, salió.

Ciara permanecía con los ojos cerrados, y aunque parecía estar dormida, sus dedos se movían con pequeños espasmos por encima de la sábana.

Gallagher la miró unos instantes y pensó que se asemejaba a un pajarillo frágil e indefenso en una jaula blanca.

—Ciara, soy el inspector Gallagher y solo quiero hacerte una pregunta, te ruego me contestes y te dejaré descansar. Comprendo que has sufrido una fuerte impresión y no deseo atosigarte en estos momentos. Necesito que me digas a quién te referías cuando decías insistentemente que había sido él. ¿Quién es esa persona?

Ciara movió lentamente la cabeza y tras unos segundos en los que el silencio se adueñó de la pequeña estancia, abrió los ojos.

Gallagher vio aquel precioso iris mirando a ningún sitio y sin darse cuenta apretó la mandíbula en un gesto de rabia contenida.

«Pobre criatura», pensó.

—Por favor, Ciara, solo un nombre.

La joven se giró despacio hacia donde le sonaba que procedían aquellas palabras sin rostro.

—Mi padrastro.

Su voz, aunque muy débil, había sonado como una sentencia.

—¿Estás segura de lo que dices? —preguntó—. ¿Cómo puedes saberlo?

Ciara respiró profundamente y con su mano libre buscó a tientas la del inspector. La apretó fuerte y lo atrajo hacia ella. Cuando lo sintió a la altura de su rostro susurró con rabia:

—Mi padrastro es un hijo de perra.

21

La rotunda frase de la joven todavía resonaba en la cabeza de Gallagher mientras salía del hospital. Había percibido en ella no solo odio, sino también miedo. Un miedo que supuso que no había nacido hacía poco tiempo, más bien todo lo contrario. Sus años de policía le habían dotado de un sexto sentido que le permitía intuir casi con absoluta certeza el calvario sufrido por madre e hija: malos tratos, palizas, intimidación y posiblemente algo más sórdido...

Arrancó su coche y se dirigió a la comisaría.

La lluvia hizo de nuevo acto de presencia en aquella noche. Absorto en sus pensamientos, no se percató de las gotas que emborronaban el parabrisas y que le impedían ver con claridad. Los faros de un coche lo deslumbraron por unos segundos y tuvo que maniobrar para esquivarlo.

Tras accionar el limpiaparabrisas se comunicó por radio con su ayudante.

—¿Está ya ese individuo en la comisaría?

La respuesta fue afirmativa.

—Así es, inspector, le hemos tenido que dar un par de cafés para despejarlo de su borrachera. La había pillado buena.

Cuando llegó a las dependencias policiales, Steve lo aguardaba junto a la sala donde permanecía el hombre al que se disponía a interrogar. Antes de entrar miró a través del cristal de efecto espejo que se utilizaba para proteger a los testigos.

Lo examinó con detenimiento: alrededor de la cincuentena, barriga prominente, grandes manos, cuerpo y hombros anchos...

«Parece un estibador del puerto», pensó.

—¿Le habéis informado de lo sucedido?

Steve asintió.

—Sí, señor. Su nombre es Jeff Brown. Y mantiene que él estaba en el estadio de fútbol con unos amigos. Nos ha mostrado su entrada y hasta nos ha dado detalles de cómo ha transcurrido el encuentro. Cuando lo encontraron estaba celebrando la victoria de Irlanda. Hemos indagado entre los vecinos de la zona y aseguran no haber visto ni oído nada, pero confirman que es un hombre problemático. Borracheras, peleas conyugales, algún altercado en la calle... En fin..., lo clásico en estos casos.

Gallagher se mantuvo en silencio unos segundos. Si la hora de la muerte coincidía con aquel partido de fútbol y sus supuestos amigos declaraban que había estado con ellos, no tendría argumentos para detenerlo. Al menos, no de momento. Dejó su gabardina en una silla y decidió interrogarlo personalmente.

Entró en la iluminada sala de interrogatorios y se sentó frente a él. Examinó su rostro y sus enrojecidos ojos. Las bolsas bajo sus párpados, así como sus venosos pómulos, denotaban su inclinación hacia el alcohol.

—Señor Brown, soy el inspector Gallagher. Tengo que hacerle algunas preguntas. Espero que pueda contestarlas y le rogaría dijera la verdad. ¿Me ha comprendido?

El aludido cabeceó afirmativamente sin ni siquiera mirarlo.

—La muerte de su esposa no parece haberle afectado. ¿No es así?

Aquella pregunta hizo que levantara la vista hacia el inspector.

—Solamente me han dicho que ha aparecido muerta en nuestra casa. No sé nada más. Ni siquiera sé por qué estoy detenido.

Gallagher lo escrutaba con avidez. Quería ver sus reacciones, sus gestos y, sobre todo, si hacía pausas antes de responder. Estas podían significar que sus palabras estaban siendo meditadas y por lo tanto su veracidad admitiría dudas.

—Es usted sospechoso de la muerte de su mujer. Ha habido alguien que lo ha acusado de este crimen.

Los ojos de Brown centellearon.

—¿Quién ha podido decir tal cosa? Eso es mentira, está intentando engañarme con algún truco de policía.

—No, señor Brown, no es ninguna mentira. Se lo puedo asegurar.

La voz de Gallagher había sonado intencionadamente pausada. De algún modo trataba de poner nervioso a aquel sujeto que tenía ante sí y pillarlo en contradicciones.

—Lo han visto saliendo de su domicilio a la hora en la que estamos seguros que tuvo lugar la muerte de su esposa. Todo hace sospechar de usted. Hemos encontrado sus huellas dactilares...

Brown cortó al inspector gritando.

—¡Es mi casa! ¿Cómo no va a tener mis propias huellas? ¡Vaya policías de mierda! ¿Y quién asegura haberme visto? ¿Algún vecino? No sé de qué hora está hablando, lo único que puedo decirle es que esta tarde he ido a ver el partido entre Irlanda y Dinamarca con unos amigos. Ellos le dirán si es cierto o no. Yo no he matado a nadie.

—A nadie no, señor Brown. A su mujer —contestó Gallagher—. Y por eso está aquí.

Las gruesas manos de Jeff Brown se retorcían, lo que indicaba cierto nerviosismo.

Gallagher prosiguió con su interrogatorio.

—Nos ahorraremos tiempo y trabajo si me dice la verdad. ¿Por qué lo hizo?

—Le repito, inspector, que yo no he matado a mi mujer. ¿Por qué iba a hacerlo? No soy un asesino. Pregunte a los que me conocen.

—Lo hemos hecho, y no sale muy bien parado que digamos. Tiene fama de armar jaleo, incluso dentro de su casa. ¿En qué trabaja, señor Brown?

Aquella pregunta lo pilló por sorpresa e hizo un gesto dubitativo con las manos.

—En lo que puedo, inspector. La crisis me ha pegado fuerte. Yo trabajaba en la construcción y me ganaba bien la vida, pero eso era antes. Ahora hago cualquier cosa. Cargar o descargar camiones en los muelles. Cajas de pescado o de fruta en los mercados...

Gallagher se levantó muy despacio de su asiento y se aproximó a la puerta. Miró su reloj: las tres de la madrugada.

—De momento permanecerá esta noche en la comisaría. Mañana veremos qué hacemos con usted, señor Brown.

Al salir y cerrar la puerta, volvió a observarlo tras el cristal. Aquel hombre había hundido la cabeza entre sus manos.

Su ayudante, Steve, esperaba con unos papeles.

—Tengo su ficha policial. Ha sido detenido un par de veces por alteración del orden en varias tabernas cercanas al puerto. Nada importante. Por lo demás, está limpio.

—Hasta ahora —afirmó Gallagher—. No estoy seguro, pero tengo el presentimiento de que este hombre nos dice verdades a medias. No puedo asegurar nada y sin embargo...

Se llevó la mano a la frente de forma pensativa. Su intuición le decía que había algo en el señor Brown que no le encajaba.

—Averiguad quiénes eran los amigos con los que dice que fue al partido. Necesitamos saber si su coartada es cierta. De ser así, tendremos que soltarlo. Esta noche que la pase en un calabozo. Hasta mañana, Steve.

Su ayudante sonrió.

—Inspector, mañana es hoy.

22

Había sido muy sencillo infiltrarse aquella mañana en el Hospital Royal Victoria como un visitante más. Algunas de las enfermeras lo saludaron con una sonrisa.

Se había fijado en el cuadro médico a la entrada del hospital y eligió un nombre al azar.

Tampoco fue muy complicado averiguar la habitación en la que se hallaba Ciara. Pero una vez estuvo ante la puerta de la misma, vaciló.

Una parte de él le susurraba con voz convincente que estaba haciendo lo que era correcto y que, si no seguía adelante, se arrepentiría de forma inequívoca tarde o temprano.

Pero sus pensamientos más lógicos le suplicaban que no diera un solo paso más.

Siempre había huido del pasado, y ver cara a cara a esa chica de nuevo podría remover los oscuros cimientos de su niñez.

Cerró los puños y permitió que la zona racional de su cerebro se apagase.

Cuando llamó con los nudillos, nadie le respondió desde el interior.

Abrió con suavidad y entró sin hacer ruido; una vez dentro, cerró la puerta a sus espaldas.

Ciara estaba recostada en la cama, con la bata azul del hospital dejando al descubierto la pálida piel de sus brazos inertes. Los bucles pelirrojos enmarcaban sus mejillas, y su rostro mantenía una expresión distante, como una hierática y hermosa estatua de un ángel.

El impacto fue el mismo que sufrió al verla por primera vez en la floristería.

Era como haber retrocedido en el tiempo y estar junto a su hermana Evelyn de nuevo.

Fue entonces cuando Aidan se fijó en sus ojos.

Estaban abiertos, pero no lo miraban. Al menos no directamente. Su azulado iris se perdía en un lejano infinito.

Recordó que el noticiario había hablado de un *shock* traumático que, al parecer, le había producido ceguera. Por esa razón la habían trasladado al Hospital Royal Victoria, especializado en problemas oculares.

Observó cómo ella arrugaba la nariz sin decir una sola palabra y de repente se sintió incómodo, sin recordar que a fin de cuentas estaba allí por voluntad propia.

—Buenas tardes, Ciara —dijo, y su voz profunda y cálida pareció resonar en la habitación.

Ella dio un leve respingo y dirigió torpemente sus ojos hacia el lugar de donde procedían aquellas palabras.

No obstante, permaneció en silencio.

—Soy el doctor Wilkinson, psicólogo clínico —mintió—; me han informado de tu caso y venía a hacerte una visita. ¿Cómo te encuentras?

Ciara flexionó las rodillas bajo las sábanas y apoyó los brazos sobre ellas, como lo haría una niña pequeña.

—No me apetece hablar más. Estoy cansada.

Aidan se acercó a ella y frunció los labios, a pesar de que sabía que no podía verlo.

—Lo entiendo, pero... necesito saber qué ha ocurrido para tratar tu ceguera.

La joven cerró los ojos.

—Ya le he dicho todo cuanto sé a la policía la pasada noche. Y también a los otros médicos...

—Pero no a mí.

Él se sentó en el borde de la cama, y Ciara se irguió al notar su cercana presencia.

Ambos permanecieron unos instantes en un tenso mutismo hasta que ella lo rompió con una voz casi inaudible:

—Todos me dicen cómo se llama esta ceguera..., «traumática», «psicosomática», «histérica»... Pero nadie me ha explicado a qué se debe. Tampoco saben cuánto tiempo permaneceré ciega.

Aidan la miró durante unos segundos. No podía creerlo. Estaba ilusoriamente junto a su hermana..., quizá los ojos de Ciara fueran más grandes y sus mejillas poseyeran unas diminutas pecas que Evelyn no tenía, pero las dos eran tan parecidas que sintió un súbito escalofrío.

Trató de recomponerse y dejó que su voz fluyera de forma natural.

—Estoy seguro de que tus globos oculares no presentan patología alguna, tu cerebro, en la zona de la recepción visual, debe de encontrarse sano, y no existe ninguna interrupción en la vía óptica desde un punto de vista neurológico. Es decir, biológicamente tendrías que estar perfecta.

Ciara resopló con un cansancio no disimulado.

—Entonces ¿qué me ocurre?

—Has debido de sufrir una conmoción muy fuerte y de manera inconsciente te «niegas a ver». Puede durar días, semanas, meses... Todo depende de ti misma. Por esa razón, necesito saber qué ha sucedido, entender la causa que produce tu ceguera.

Le había dicho la verdad desde una perspectiva médica, pero él tenía sus propias razones para intentar averiguar la historia personal de la chica.

—Si se lo digo, ¿prometerá no psicoanalizarme ni hacerme esas extrañas pruebas que les gustan tanto a los psicólogos?

—Por supuesto.

Ciara se recostó de nuevo en su cama y cerró los ojos.

—Yo estaba muy unida a mis padres... Éramos lo que se podría definir como una familia feliz. Ahora parece imposible de creer... Todo se vino abajo cuando mi padre murió hace seis años. Un accidente. Tan simple y tan complicado como eso. —Tras un breve silencio, añadió—: Desde aquel momento nuestras vidas cambiaron.

Cuando volvió a abrir los ojos, Aidan advirtió el brillo de unas lágrimas prisioneras y comprendió que estaba haciendo un terrible esfuerzo por contenerlas.

—Mi madre perdió su trabajo y al cabo de un año se casó con... Jeff —pronunció aquel nombre con rabia y tragó saliva antes de continuar—. Según ella, al principio era un hombre decente y bueno... Si le digo la verdad, yo no recuerdo tal cosa. Solo gritos, golpes, bofetadas... y miedo.

Aidan apretó los dientes. Sus pupilas se habían dilatado como las de un felino.

Ciara continuó.

—Por su silencio, veo que ya lo ha adivinado. Sí, ese tipo era un maltratador. Éramos prisioneras en su propia casa. En la última discusión le dijo a mi madre que acabaría con ella, como se hace con la basura...

Su voz, aunque temblorosa, no se quebró en ningún momento.

—Por eso, estoy convencida de que... —No pudo terminar aquella afirmación, un poderoso nudo se había instalado en su garganta.

—... De que fue él quien la mató —concluyó Aidan con la ira bullendo en su interior.

—Es todo culpa mía —dijo trémulamente, y algo en el cerebro de Aidan restalló con furia antes de que ella prosiguiera—. Le pedí mil veces que lo denunciara, que llamara a la policía... Tendría que haberlo hecho yo. Pero el miedo era siempre más fuerte...

—A veces el miedo paraliza nuestras acciones... No permitas que te domine.

Ciara curvó sus labios en una sonrisa herida.

—Parece que sabe de lo que hablo, doctor. Prometió no psicoanalizarme, pero lo tomaré como un consejo.

Aidan la observó en silencio; en los ojos azules de la joven podía vislumbrar su propio reflejo. Se acercó tanto a ella que habría podido tocarla. Quería hacerlo. Algo le impulsaba a acariciar su mejilla, a rozar su cabello, a tomar sus manos...

Pero en el último instante se contuvo.

—Dígame que volveré a ver de nuevo —suplicó Ciara.

—Eso solo depende de ti.

—Usted no lo entiende —dijo ella con voz estremecida—. No puedo quitarme una imagen de la cabeza, como si la ceguera la hubiera impreso en mis retinas y no fuese capaz de ver otra cosa.

—¿Y qué es?

Ciara tardó unos segundos en contestar.

—Los ojos sin vida de mi madre.

Aidan se levantó de la cama, y ella se percató de sus movimientos.

Tras prometer visitarla de nuevo con voz deliberadamente serena, salió de la habitación con la mente agitada.

El destino volvía a jugar con él de la forma más extraña y cruel.

Aquella muchacha no solo era la viva imagen de Evelyn, sino que su historia era prácticamente la misma. Y no permitiría que se repitiera.

Su niñez había quedado atrás, sepultada bajo las paredes de la casa del acantilado. El Aidan adulto tenía muy claro qué debía hacer.

Las cartas de la fatalidad estaban, una vez más, sobre la mesa de su vida y en esta ocasión una destacaba sobre las demás, la que muestra en su brillante superficie un esqueleto portando una afilada guadaña...

Mientras tanto, recostada sobre su almohadón, Ciara también estaba intranquila.

Había percibido un aroma muy peculiar en el momento en el que aquel psicólogo había entrado en la habitación... Un perfume penetrante que le resultaba vagamente familiar.

Comenzó a rastrear en su memoria, pero esta se negaba a responderle.

«¿Dónde he olido antes esta fragancia?»

Cerró los ojos para tratar de dormir, pero el miedo la seguía dominando.

La oscuridad hormigueaba dentro de sus párpados y sabía que, aunque los abriera, seguiría rodeada de negrura.

Soñaba que las tinieblas la penetraban, invadiéndola por completo con sus largos y húmedos dedos.

De repente, su cerebro la asaltó con una respuesta reveladora: «¡El perfume! ¡Es enebro! ¡Como el de aquel hombre que entró en la floristería mi primer día de trabajo! ¿Será la misma persona?».

23

Eran las diez de la mañana y el inspector Gallagher estaba tomando un café bien cargado en el bar cercano a su casa cuando sonó su móvil. Era la doctora Mitchell.

—Buenos días, Dana. ¿Algo para mí?

La voz al otro lado de la línea inalámbrica se oía con claridad.

—Buenos días, inspector. Acabo de terminar la autopsia. Dentro de dos horas le enviaré el informe detallado, aunque creo estar bastante segura de que la muerte debió de producirse alrededor de las ocho de la tarde. Creo recordar que era lo más importante para usted, ¿no es así?

—Sí, doctora, veo que ha madrugado usted. Pero necesito su confirmación por escrito para poder actuar en consecuencia. Tengo al presunto autor del asesinato encerrado en la comisaría y no podré retenerlo por más tiempo si no tengo pruebas concluyentes. De cualquier forma, si lo que me ha dicho usted es cierto, me temo que este tipo tiene la coartada perfecta. Ah, se me olvidaba decirle que es el marido de la fallecida.

La voz de la doctora volvió a sonar, pero esta vez con un marcado tono irónico.

—Es que hoy en día ya no se puede fiar uno ni de la propia familia. De cualquier modo, estoy segura de que podrá resolver este caso. Suerte, inspector.

Gallagher apuró la taza y depositó unas monedas en el mostrador del bar antes de salir. Se ajustó la gabardina y permaneció unos instantes contemplando a la gente que caminaba por la calle. No llovía, pero el intenso frío matinal hacía que todo el mundo fuera abrigado hasta el cuello. No obstante, sus pensamientos no estaban allí.

Aquella última frase de la doctora Mitchell había activado de manera fortuita su memoria. Y esta, en ocasiones, le jugaba malas pasadas.

Recordó su primer caso como inspector, hacía ya muchos años. El comisario jefe de entonces le había encomendado que se ocupara de investigar la desaparición de una niña de ocho años. Tras semanas de intensa búsqueda, la encontraron en un pozo abandonado en el extrarradio de Dublín. Había sido violada y asesinada por un psicópata al que detuvieron un mes más tarde.

El caso quedó resuelto, pero la muerte de aquella niña le dejó una herida que no cicatrizó nunca. Fue su primera actuación como inspector y no pudo hacer nada para salvarla.

Las palabras del comisario fueron las mismas que había empleado la doctora Mitchell: «Estoy seguro de que podrá resolver este caso. Suerte, inspector».

Salió de sus recuerdos y se dirigió a la comisaría con paso decidido.

Su ayudante lo esperaba en el despacho contiguo al suyo.

—Buenos días, inspector. Hemos interrogado ya a los amigos del señor Brown y efectivamente le acompañaron al partido de fútbol. Parece ser que quedaron con él en un bar cercano al estadio un poco antes de las ocho. Según sus declaraciones, llegó sobre esa hora y no daba muestras de nerviosismo ni de estar alterado. Tomaron unas pintas y entraron en el estadio. No han podido decirme nada más. Lo siento.

Gallagher se colocó sus gafas metálicas y examinó los nombres y las declaraciones de aquellos hombres. Hizo una mueca de desaprobación y se sentó en su viejo sillón mirando al vacío. Con el testimonio de ellos, la coartada de Brown era perfecta y tendría que soltarlo sin cargos, aunque para él seguía siendo el sospechoso principal.

—¿Qué hacemos ahora? —preguntó su ayudante.

El inspector se tomó unos segundos antes de responder.

Su cabeza le decía que había un detalle que se le estaba escapando y no daba con él.

—Esperaremos a que llegue el resultado de la autopsia esta misma mañana y después decidiré. No estoy seguro todavía, pero ese individuo no es trigo limpio. Lo presiento.

Gallagher pidió a su ayudante que le trajera un café y la ficha policial de Brown. Quería examinarla, aunque sabía que no encontraría nada relevante en ella.

Pensó que si la muerte de la mujer se había producido antes de las ocho, tendría una posibilidad de acusarlo, pero, en realidad las pruebas estaban a su favor. No tenía restos de sangre en la ropa, nadie lo había visto entrar ni salir de su casa, había mostrado el tique de entrada al partido y por añadidura estaba la declaración de los dos amigos...

Nada. No tenía nada. Y sin embargo...

Abrió la ventana que tenía a su espalda. La calefacción del despacho era demasiado fuerte y necesitaba sentir el aire frío de la mañana. El tibio sol y el ligero viento le produjeron una agradable sensación en el rostro. Era uno de esos días en los que habría preferido estar cerca del mar, oliendo la espuma y escuchando plácidamente su fuerza embravecida.

Recordaba con agrado los paseos por la costa con su mujer. A ella le encantaba contemplar los acantilados y ver cómo las enormes gaviotas sobrevolaban las aguas y las rocas.

Steve, portando su café, lo sacó de su ensimismamiento.

—El señor Brown lleva vociferando en el calabozo desde que se ha despertado. Grita que lo dejemos salir, que no ha hecho nada. Uno de los guardias ha tenido que amenazarlo con esposarlo si no se calmaba.

Gallagher cerró la ventana y comenzó a girar la cucharilla en la taza.

—Me temo que tendremos que hacerlo esta misma mañana.

En ese momento el ruido del fax hizo que los dos policías miraran hacia el aparato. Estaba llegando el resultado de la autopsia enviado por la doctora Mitchell.

Gallagher se puso a examinar el informe y buscó las conclusiones finales: «Muerte producida por ahorcamiento. Hora de la misma: 20 h, aproximadamente. Evidente signo de Martin. Desgarro de la adventicia en la arteria carótida externa...».

Los resultados eran definitivos. Se quitó las gafas con lentitud y miró a su ayudante, que aguardaba frente a él.

—Debo ver al comisario jefe. Lo más seguro es que decrete su puesta en libertad de inmediato. Quiero que sea él quien firme la orden.

Acto seguido y con los informes de la autopsia se dirigió al despacho del comisario jefe para informarlo.

Una hora más tarde Jeff Brown había sido puesto en libertad y caminaba aceleradamente por las calles de Dublín.

24

Cuando despertó, abrió los ojos, aunque no quería hacerlo y tener que confrontar una vez más la realidad de su ceguera.

Aquella noche, la tercera en el hospital, había vuelto a tener el mismo sueño absurdo, pero angustioso.

Estaba sola, rodeada de una oscuridad perenne, pero a diferencia de lo que ocurría en la realidad, podía ver sus manos y lo que estas sostenían. Una rosa blanca. La misma flor marchita que se había visto obligada a tirar en la floristería días atrás.

Aspiró su perfume y descubrió que su aroma dulzón se mezclaba con el fuerte olor del enebro. Una combinación extraña e intensa a la vez.

Sin embargo, en el sueño, sucedía una escena que lo cambiaba todo.

Las espinas de la rosa se le clavaban en las yemas de los dedos, y ella dejaba caer la flor, que se disolvía en la negrura.

Mientras se observaba las llagas en la piel, un súbito susurro llegaba hasta donde se encontraba. El lejano murmullo lograba abrir las puertas de sí misma y revelar todos sus secretos, como un hechizo.

El sonido se tornaba cada vez más fuerte y ella no podía evitar alzar la vista hacia un horizonte cambiante.

En la penumbra se había gestado un acantilado de sombras y siluetas rocosas. Aunque su aspecto era lúgubre y frío, le transmitía una acogedora serenidad.

Más allá, la música del mar seguía su ritmo, siempre latiendo.

Ciara se sentía atraída por sus negras aguas, por sus palabras seductoras, por su impetuoso aliento.

Se aproximó al borde del abismo y percibió el viento, que parecía brotar del mismo mar para rozarle la piel y calmar todo el dolor acumulado en su interior.

En aquel momento sonreía, y algo en su mente le decía que pertenecía a aquellas olas. El deseo de reunirse con las aguas sombrías y tranquilas se apoderaba de sus sentidos. Ya no importaba la rosa ni el dolor que esta le había producido.

Solo el mar ante ella.

Siempre daba aquel último paso. Siempre vencía la barrera del miedo.

Se dejaba caer desde el acantilado con la esperanza de sentir una paz que, estaba segura, solo hallaría en aquel océano insondable.

Nunca lograba descifrar el significado de aquel sueño, pero por alguna razón que no llegaba a comprender, odiaba despertarse. O tal vez sí sabía la razón...

El día devoraba todas las sombras gestadas durante la noche, pero para Ciara esas sombras persistían en lo más profundo de sí misma.

La oscuridad de sus ojos la obligaba a escudriñar su interior, a enfrentarse con sus propios pensamientos. Y la batalla que se libraba entre ellos no se realizaba en terreno neutral, sino en las pantanosas tierras del pasado. Un pasado que no podía cambiar y que hundía sus raíces en un presente demasiado aciago.

A su mente, el único medio en el cual podía vislumbrar una realidad llena de recuerdos, acudió la imagen de su madre.

Tras el fallecimiento de su padre, Ciara se había prometido ser fuerte y no permitir que la debilidad asomara a su rostro o a sus actos en presencia de ella. Pero no solo no lo había conseguido, sino que ahora se daba cuenta de que por querer simular una fortaleza que verdaderamente no sentía, había dejado de expresar sus sentimientos más reales.

Se acurrucó en la cama y se cubrió con las sábanas, sin moverse, respirando únicamente el oxígeno necesario en una contención tan honda que llegó a no percibir más que sus propios latidos.

¿Cuándo había sido la última vez que le había dicho «te quiero» a su madre?

¿Por qué no trató de pasar más tiempo con ella?

El silencio se había adueñado de su personalidad, mermando cada día su deseo de ganarle la batalla al miedo. Existían tantas cosas que no había compartido con su madre..., tantos sueños, esperanzas, ilusiones...

Contuvo la respiración intentando retener un sollozo y se levantó de la cama para dirigirse torpemente hacia la ventana.

Su ceguera se fundía con la ausencia del tiempo. Era como estar atrapada en un cristalino reloj de arena, sintiendo cómo los diminutos granos se precipitaban retumbando en su cabeza.

Podía oír el repiqueteo de la lluvia en los cristales. Tras abrirlos, se asomó, apoyándose en el alféizar, y permitió que las frías gotas le golpearan la cara.

Aquellos días en el hospital no había dejado de pensar que se sentía muerta. Al borde mismo de la vida. Quería dejar de pensar, de sentir..., y dejar de tener la perturbadora sensación de estar disolviéndose en la oscuridad.

Pero no era así. Estaba viva. Viva con un vacío absoluto alojado en el pecho que le recordaba a cada instante la presencia de su propio cuerpo.

Una voz femenina interrumpió su abstracción.

—Por amor de Dios, ¿qué haces en la ventana? ¡Cogerás una pulmonía! ¿No ves que está lloviendo?

Reconoció el tono de Rose, una de las enfermeras.

Se giró hacia ella con las gotas de lluvia perlando su rostro.

—No puedo ver la lluvia. Solo quería sentirla.

—Lo lamento, Ciara, no era mi intención...

Ciara comprendió que las palabras de Rose, mientras la guiaba de nuevo hacia la cama, eran la única disculpa que el mundo le ofrecería.

25

Mayo, 2000

Evelyn se encontraba en el dormitorio que compartía con su hermano.

Todo permanecía a oscuras. No obstante, la luz de la luna llena, hechicera y subyugante, se deslizaba hacia el interior de la habitación para desplegar un manto de tibieza plateada.

Sabía que Aidan estaría contemplando aquel cielo nocturno cerca del acantilado. Era peligroso aproximarse tanto, pero ya no podía convencerlo de lo contrario. Entendía perfectamente el amor que sentía por el mar y por su lenguaje secreto, lleno de antiguas canciones que hablaban de aventuras y travesías.

No quiso encender la luz. Le molestaba, recordándole que existían cosas que era mejor no ver. O quizá, al igual que su hermano, ella también creía que, en la negritud, su propio cuerpo se tornaba invisible, camuflado entre las sombras.

Se agachó junto a su cama y extrajo de debajo de la misma una caja de tonos azulados.

La luminosidad de la luna se reflejó en los arabescos dorados de su superficie y Evelyn los acarició con cariño, percibiendo su relieve.

Se sentó en el suelo y cruzó las piernas.

Al alzar la tapa, apareció la figura de la bailarina que ella conocía tan bien. Esta permanecía inmóvil en el interior. Evelyn rozó con la punta de los dedos su diminuto tutú blanco y acto seguido giró la llave situada en la parte trasera de la caja.

Una musiquilla nació de forma sutil e impregnó el dormitorio con un tintineo melancólico.

La bailarina comenzó a girar sobre sí misma con los bracitos extendidos y el rostro de labios sonrientes.

Evelyn no pudo evitar contener la respiración al escuchar la melodía. Era un bálsamo, un ancla que devolvía sus recuerdos a aquel último día en el que su tío los había visitado.

Aquella caja de música había sido su regalo para ella. Un regalo traído desde Estados Unidos y que había cruzado el océano tan amado por ambos hermanos.

Evelyn y Aidan adoraban a su tío. Siempre agradecían el afecto en sus ojos, la amplitud de su sonrisa, el optimismo en sus palabras.

Cuando él los visitaba, su padre callaba y su madre reía; cuando se iba, la casa volvía a sumirse en el territorio de las pesadillas.

Hacía años que el tío Angus no regresaba a Irlanda. Ya solo quedaba aquella musiquilla como parte de su recuerdo, y cada vez que Evelyn la escuchaba, sentía que todo iba bien, que no tenía nada que temer.

Mientras el tintineo la mecía en la penumbra, se fijó en los diferentes objetos que había ido guardando en el interior de la caja de música.

Una minúscula caracola nacarada que Aidan había encontrado hacía unos veranos, una pluma de águila americana que su tío le había traído desde Carolina del Sur, un pequeño broche con forma de corazón, una fulgurita... Eran su pequeño tesoro.

En aquel momento, la puerta del dormitorio se abrió lentamente y una corpulenta silueta se recortó en el umbral.

—Baila, baila, bailarina...

La voz desagradablemente calmada de su padre sobresaltó a Evelyn, que cerró de golpe la caja de música.

—Tienes secretitos ahí escondidos, ¿eh?

La joven permaneció en silencio, como un ratoncillo nocturno que se sabe atrapado por una comadreja.

Él avanzó hacia el interior de la habitación y cerró la puerta sin hacer ruido.

—¿No quieres darle el regalito de buenas noches a tu padre?

El cuerpo de Evelyn tembló, y sus dientes comenzaron a castañetear.

—Papá, no, por favor... ¡Vete...! Déjame en paz...

—No querrás que a tu madre, dormidita en su cama, le ocurra nada malo, ¿verdad? ¿O quizá prefieras que sea a tu hermano?

Evelyn cerró los puños y se levantó del suelo mientras comenzaba a desprenderse de su camisón.

No había un lugar donde pudiera esconderse. La oscuridad no la tornaba invisible después de todo.

26

—Buenas tardes. El señor Brown, supongo.

Los ojos negros de Aidan se clavaron en la figura que tenían enfrente.

Lo había seguido desde la taberna hasta su casa y en la distancia se adivinaba, por su modo de caminar y por su constante tambaleo, que el alcohol ya corría por sus venas.

Jeff apoyó el peso del cuerpo sobre su pierna derecha y torció el gesto antes de contestar.

—Sí, soy yo. ¿Qué quiere? ¿Es de la policía otra vez?

Aidan sonrió para sí mismo.

—No. Soy el doctor Wilkinson —mintió—, el médico que ha tratado a su hija en el hospital.

Brown pareció serenarse, y en sus ojos enrojecidos, brilló un destello de extraña voracidad.

—Ah, Ciara... Pero no es exactamente mi hija, ¿sabe? Ni siquiera lleva mi apellido.

Aidan hizo un frío ademán afirmativo. Había aprendido desde la niñez no solo a controlar su expresión corporal, sino a analizar la de los demás. Y aquel hombre, ebrio y aborrecible, era un libro abierto. Fácil de manejar, fácil de llevarlo a su terreno.

Incluso sintió el característico cosquilleo de la impaciencia en la punta de los dedos. Había sido buena idea llevar puestos los guantes de piel.

—No obstante —prosiguió Aidan—, usted es su única familia, y me gustaría comentarle algunos temas sobre su estado de salud. ¿Puedo pasar?

No esperó a que Jeff lo invitase y entró en el salón con total naturalidad.

Era una residencia humilde, no cabía duda. Pero aquel maldito sujeto no había escatimado gastos en una enorme televisión de plasma.

La vivienda olía a cerveza, violencia y muerte. Una combinación que restalló en su cerebro, haciéndole recordar una época que no podía olvidar.

Advirtió que no había ningún retrato familiar, ni una sola foto de Ciara ni de su madre.

Contuvo el impulso de subir las escaleras que conducían al piso superior y se giró hacia Jeff, que súbitamente pareció reparar en su presencia allí.

—¿Qué me dice, doctor? ¿Quiere un trago? ¿Por qué no se pone cómodo y se quita los guantes y el anorak?

Aidan se sentó en el vetusto sofá y sonrió con fingida complicidad.

—Preferiría no hacerlo. Estoy helado, seguro que me comprende... —«Un animal salvaje no se desprende de su camuflaje natural cuando acecha a su presa, señor Brown», pensó—. Pero, por supuesto, aceptaré ese trago, es usted muy amable.

—Es bueno conocer a un médico al que le guste tomar un buen whisky irlandés y no sermonee sobre sus malos efectos, ya me entiende —farfulló mientras abría un pequeño mueble auxiliar donde guardaba algunas botellas.

Cogió una y sirvió dos vasos.

—¿Y bien? —resopló con desgana—. ¿Qué quería decirme sobre Ciara?

Aidan ladeó la cabeza.

—Señor Brown, no parece interesarle mucho el estado de su hija.

Jeff bebió un largo trago y dejó el vaso ya vacío sobre la mesa con un golpe seco.

—Oiga doctor, un inspector de la bofia me detuvo acusándome de la muerte de mi mujer, y estos últimos días no han sido precisamente un camino de rosas... ¿y quiere que me preocupe por esa desagradecida con pecas? Tengo mejores cosas en las que pensar.

Con serenidad, Aidan volvió a verter whisky en el vaso de su anfitrión, que no dudó en deleitarse de nuevo con el licor.

—Ya veo, pero como médico, querría...

—No me interesa, ¿comprende? Su madre ya me dio bastantes quebraderos de cabeza.

Aidan asintió, observando cómo la mirada de Jeff se tornaba vidriosa.

—El sexo opuesto siempre será nuestra perdición, ¿eh, señor Brown?

Su voz sonó impasible, casi irónica, pero los ofuscados sentidos de aquel hombre no lo percibieron.

—¡Qué me va a contar usted! Son todas unas zorras. Tara, mi mujer, solo supo darme problemas, siempre metiéndose donde no la llamaban. —Tras decir esto, bebió otro trago de whisky.

Aidan lo taladró con la mirada.

—Es mejor que no esté ya entre nosotros, ¿verdad? —preguntó cambiando el tono, que se tornó cómplice.

Jeff sonrió bobaliconamente.

—Empieza usted a caerme bien, doctor. Claro, es sabido que los hombres nos apoyamos los unos a los otros... Tendría que habérselo explicado a ese inspector entrometido. Seguro que me habría comprendido sin necesidad de hacerme tantas preguntas... «Lo han visto a la hora de la muerte de su esposa...», decía ese tipo. ¡Imbécil! Yo tenía la entrada para el partido a las ocho de la tarde, sí... ¡Y no quería perdérmelo, joder! Por eso vine aquí un poco antes y...

Aidan no cambió la expresión de su rostro, y Jeff ni siquiera se percató de que desviaba la mano derecha hacia el bolsillo de su anorak.

—Por supuesto —apostilló Aidan—, siempre hay que terminar el trabajo que se queda a medias, ¿no le parece?

La voz gangosa del señor Brown le revolvió las entrañas.

—Sí, sí, es usted muy inteligente... Todos sabemos que

nuestras mujeres son una carga que dura lo que nos resta de vida, ¿eh? Por eso hay que saber cuándo deshacerse de esa carga, llegado el momento.

Volvió a colmar el vaso de whisky y vio cómo Jeff lo apuraba.

—Tendría que haberlo hecho antes, mucho antes... —masculló este mientras se rascaba su prominente barriga.

Aidan no parpadeó, manteniendo sus ojos fijos en él. Si el señor Brown no hubiese estado bajo los efectos del alcohol, habría podido descubrir un extraño brillo en aquellas pupilas contraídas que lo vigilaban como un felino al acecho.

—Y dígame, entre nosotros..., ¿fue muy complicado acabar con «esa carga»?

Jeff soltó una carcajada antes de responder.

—Las mujeres han sido y serán siempre algo que los hombres utilizan para su placer, y la sociedad también, aunque esta quiera negarlo con tanta igualdad y feminismo... ¡Bah, sandeces! Pero ¿sabe una cosa, doctor? En el fondo, son el eslabón débil... Frágiles como un gorrioncillo. Un golpe seco —hizo un gesto significativo con la mano—, una fuerte presión en el cuello, y solo hay que esperar para ver cómo su cara se va volviendo azul...

Ni siquiera pudo concluir la frase.

Aidan ya había extraído la aguja hipodérmica de su bolsillo y, con un movimiento certero, la había clavado en su sudoroso cuello.

Jeff se lo quedó mirando con el asombro reflejado en su rostro.

—Pero ¿qué...?

Aidan dibujó una media sonrisa.

—No se preocupe, señor Brown. Solo estoy erradicando de esta sociedad que usted mismo ha nombrado lo que verdaderamente sobra...

Su interlocutor se llevó las manos al pecho mientras trataba de respirar con grandes bocanadas.

—¿Qué me ha hecho, hijo de...?

—¿Las mujeres son seres débiles? Permítame que le exprese mi disconformidad —dijo como respuesta Aidan—. Tipos tan repulsivos como usted tendrían que besar el suelo que ellas pisan.

Jeff se tambaleó y cayó al suelo entre espasmos de dolor. Ni siquiera tenía fuerzas para gritar. Su corazón latía a un ritmo frenético, y las punzadas en el abdomen eran cada vez más intensas.

Aidan se dirigió hacia las escaleras, pero antes se detuvo frente a Brown, que jadeaba hecho un ovillo.

—Alégrese. Conforme usted va desapareciendo del mundo, este no lo echará de menos. Es más, creo que con su muerte habrá contribuido a mejorarlo. ¿No se siente feliz, señor Brown?

No se quedó en el salón para comprobar cómo aquel hombre perdía los pocos minutos que le restaban de existencia.

Subió la escalera y torció a la izquierda. Su instinto lo había guiado bien: aquella debía de ser la habitación de Ciara.

No sabía la razón, pero quería ver su dormitorio. Saber cómo era el lugar donde ella había pasado parte de su vida.

En silencio, al igual que si se hallase en un lugar sagrado, observó la estancia pensando en la joven e imaginando su cuerpo tendido en aquella cama, con el rostro sereno y el cabello extendido sobre la almohada como una sedosa tela de un rojo potente.

Se fijó en los libros ordenados en el pequeño estante cercano al espejo. Muchos de ellos eran cuentos infantiles que parecían armonizar con el oso panda de peluche y la cajita de música...

El corazón de Aidan abandonó su frío compás para desbocarse por completo.

Tomó con cuidado aquella caja y acarició su cubierta.

Al abrirla, una sencilla melodía se extendió por la habitación mientras una esbelta bailarina giraba en su interior.

Intentó calmar los latidos de su corazón, pero estos no frenaban su ímpetu, resonando en sus sienes con celeridad.

Cerró la cajita y se la llevó consigo.

Al bajar de nuevo la escalera, ni siquiera posó la mirada en el cuerpo sin vida de Jeff.

Cogió una botella de coñac del mueble y derramó lo que quedaba de su contenido en el suelo, formando un reguero que llegaba hasta el sofá.

Posteriormente, introdujo la mano en el bolsillo de su pantalón y extrajo un mechero, que encendió sin inmutar la expresión de su rostro.

A Ciara nada la ataba ya a aquel lugar, testigo mudo de crueldad y violencia.

Ahora, él sería su protector.

Su misión no había concluido, solo estaba sufriendo una bifurcación inesperada.

El destino lo unía con aquella joven, y no iba a cerrar los ojos ante sus designios.

«Tengo otra oportunidad. Y pienso aprovecharla.»

27

El inspector no solía beber, pero en esa ocasión le había apetecido una copa de un buen coñac Courvoisier. Necesitaba algo que tonificara su estado de ánimo, un tanto decrecido desde la puesta en libertad de Jeff Brown.

Seguía convencido de que aquel individuo tenía mucho que ver en la muerte de su propia esposa.

Sorbió un trago y respiró profundamente. A través de la ventana observó que la luna había hecho ya acto de presencia.

El móvil sonó en su americana. Era la doctora Mitchell.

—Inspector, tengo el resultado de la autopsia de Frederick Payne. Creo que esto le va a interesar. Aquel hombre fue envenenado con ricina.

—Perdone, doctora, pero creo que no la he entendido bien. ¿Ha dicho ricina?

—En efecto. Es una potente toxina natural que se extrae de la planta del ricino y que actúa con rapidez en el cuerpo humano provocando la muerte en pocos minutos, dependiendo del sujeto y determinados factores fisiológicos. Puede dar la apariencia de un colapso cardíaco natural.

Gallagher quedó pensativo unos instantes. Su memoria estaba analizando datos de un caso anterior con el que podía guardar similitudes: el de Víctor Spanovick.

—Gracias, doctora. Envíeme su informe a la comisaría en cuanto pueda, y, por cierto, extraordinario trabajo el suyo. Ha sido de gran ayuda.

Apuró su copa y comenzó a pasear por el salón. La posibilidad de que se tratase de asesinatos en serie estaba llamando a la puerta de su mente. La cuestión era hallar el nexo de unión entre los casos.

Consideró la posibilidad de que los dos sujetos se conocieran y tuvieran un enemigo común. Podía darse esa circunstancia, tendría que examinar de nuevo el informe.

Absorto en sus pensamientos, no pudo menos que dar un pequeño respingo al oír de nuevo su móvil.

—Inspector, soy Steve, perdone que lo moleste a estas horas, pero creo que esto es importante. Me acaban de informar de que la casa de Brown está ardiendo. Los bomberos trabajan ya sofocando el fuego y me indican que ha aparecido un cuerpo calcinado.

—Ve ahora mismo, Steve. Que nadie toque el cuerpo. Estaré allí en diez minutos.

Gallagher salió con tanta celeridad de su domicilio que incluso dejó las luces del salón encendidas.

Atravesó las calles de Dublín con la sirena puesta en su coche y llegó al lugar del siniestro cuando todavía salía una negruzca humareda del piso superior.

Bomberos de dos dotaciones lanzaban a su interior potentes chorros de agua a través de una de las ventanas. La gente se agolpaba en las inmediaciones tras las cintas de señalización colocadas por la policía.

Se acercó hacia donde estaba su ayudante, que hablaba con un sargento de bomberos.

—¿Dónde está el cadáver? —preguntó abruptamente.

Steve, sorprendido, le indicó con un gesto el cuerpo bajo unas mantas junto a uno de los vehículos policiales.

—Viene una ambulancia, pero creo que no va a hacer falta.

El inspector se dirigió hacia él y levantó una manta. La imagen del cuerpo carbonizado no lo impresionó en absoluto. No era la primera vez que veía uno, y a pesar de las graves quemaduras, reconoció a Jeff Brown.

Sacó el móvil de su gabardina e hizo una llamada.

—Doctora Mitchell, tengo más trabajo para usted.

28

Ciara no abandonaba el irresistible deseo de seguir asomada en el alféizar de la ventana.

Las pisadas de los médicos y enfermeras, así como los murmullos de familiares o de otros pacientes, llegaban hasta ella en un rumor persistente, más allá de la puerta de su habitación en el hospital. Era algo que no podía evitar. Los sonidos se colaban en su conciencia de forma ininterrumpida, caótica, avasalladora. Cuando alguien no quiere presenciar una escena, solo debe cerrar los ojos. Pero Ciara no podía cerrar sus oídos. Estos no constituían un interruptor con opción de apagado. Oír representaba para ella el único vínculo con la realidad y, al mismo tiempo, un suplicio que aletargaba sus otros sentidos.

Quería sentir el aire fresco en la piel, la lluvia, el sol cuando decidía asomarse...

Y olvidar lo que la policía le había comunicado por la mañana. Pero no podía.

—Jeff... ha muerto —dijo en voz alta, como si así aquellas palabras cobraran más sentido.

Oyó el trino de un pájaro a lo lejos y experimentó la acuciante necesidad de salir de allí, de percibir el suelo adoquinado de Dublín bajo los pies, de regresar a Merrion Square y respirar el aroma de la hierba, incluso de tocar la estatua de Oscar Wilde y confirmarse a sí misma que, a pesar de lo sucedido aquellos últimos días, todo seguía su curso.

En un principio, permaneciendo en el hospital se sentía segura, a salvo de algún modo.

Ahora era una prisión.

La oscuridad reinante en sus ojos había transformado el mundo en un laberinto negro, donde lo único que ella podía hacer era extender los brazos en un torpe intento por atravesarlo y no caer.

Y aun así, necesitaba huir de aquellas cuatro paredes y enfrentarse a su ceguera lejos del hospital.

—Pero... —murmuró para sí misma— ya no tengo a donde ir.

En aquel momento, oyó unos tímidos golpes en la puerta, que se abrió muy despacio.

—Buenas tardes, Ciara, ¿cómo te encuentras hoy?

Reconoció la voz de Liam.

Su amigo la había ido a ver en un par de ocasiones cuando el trabajo y el horario de visitas se lo permitían.

Ciara buscó a tientas la cama y se recostó en ella; sintió un beso en su mejilla y esbozó una sonrisa forzada.

Era consciente de que le costaba sonreír cada vez más, incluso de forma fingida. Pero ¿por qué? Lo había pensado aquellas noches. Tal vez hubiera perdido la voluntad de hacerlo..., o quizá... fuera la falta de respuesta. Nunca sabía si le estaban devolviendo la sonrisa. Ya no podría ver iluminarse de alegría el rostro de un amigo, o de un extraño. Era como si su esfuerzo no tuviera recompensa. Como... enviar una carta sin remitente.

¿Y si poco a poco se olvidaba de aquel sencillo gesto? ¿Y si no volvía a sonreír... jamás?

—Mejor, Liam. Me alegra que hayas venido a verme, necesitaba hablar con alguien.

Liam se sentó cerca de ella, y por el sonido de su respiración, Ciara intuyó que estaba inquieto.

Finalmente, el muchacho habló.

—Me he enterado de la muerte de tu padrastro...

Ciara asintió mientras su amigo continuaba.

—Ha salido en las noticias. Dicen que ha sido un accidente, que él estaba bebiendo y...

—Liam, no me entristece su muerte. He intentado pensar que morir abrasado en tu propia casa debe de ser horrible, pero... me es imposible sentir lástima por él. —Tras un breve silencio, dijo—: ¿Me convierte eso en mala persona?

Su amigo negó con la cabeza hasta que se percató de que ella no podía verlo.

—Has pasado por mucho, Ciara... Eres muy valiente, ¿lo sabías?

Ella suspiró.

«No quiero llorar —pensó—. No voy a hacerlo.»

Liam observó su mirada perdida y le cogió la mano.

—Puedes vivir con nosotros. Ya sabes, con mis padres y conmigo. Se lo he comentado a ellos y están encantados. Así estarás más segura.

—Gracias, Liam. A ti y a tus padres. Pero aquí, en el hospital, hay un psicólogo que se ha ofrecido a alojarme unos días en su residencia médica para intentar solucionar mi problema. Me ha asegurado que es posible. No sabía qué hacer con mi vida ahora que he perdido lo que más quería... Lo único que siento es un vacío aquí —se señaló el pecho— que no me deja dormir ni respirar. Y aunque al principio no quería tener nada que ver con médicos ni análisis, he decidido que es lo mejor... Estando en esta cama no voy a conseguir nada. Creo que ya han agotado todos los recursos para devolverme la vista, y quizá pasar un tiempo alejada del mundo no me vendría mal...

—Lo entiendo —afirmó su amigo.

—Pero ¿por qué dices que estaría más «segura»? ¿A qué te refieres?

Liam, nervioso, se pasó una mano por el pelo antes de contestar.

—Es que... me ha dado por pensar y...

—Vamos, dime.

—¿Y si la persona que mató a tu madre es la misma que ha acabado con Jeff?

Aunque no podía ver nada, Ciara parpadeó un tanto confusa. No obstante, Liam continuó:

—¿No es extraño? Dos muertes espantosas en la misma semana... Puede que el hecho de que ardiera la casa no fuera un accidente después de todo.

—Eso es una locura. Significaría que hay alguien tras nuestros pasos. ¿Por qué, para qué?

Liam, que no había soltado la mano de Ciara, la sujetó con más fuerza.

—No lo sé, son conjeturas mías. Pero ¿y si tengo razón? ¡Tú serías la siguiente!

El corazón de la joven dio un vuelco.

Pensó de forma inmediata en las compañías de su padrastro y en los amigos de la taberna que solía frecuentar.

Puede que Jeff debiera una gran cantidad de dinero... y que alguien quisiese saldar esa deuda con una brutal venganza...

Parecía una película hollywoodiense, pero en esos instantes, esta hipótesis tenía cierto sentido.

—Lo siento —dijo Liam en tono entristecido—, creo que confesándote lo que pensaba solo he conseguido asustarte todavía más...

—No..., en realidad, tienes razón. Pasado mañana me dan el alta; los médicos dicen que no pueden hacer más, que es todo psicológico... Te llamaré desde la residencia del doctor Wilkinson.

Liam se incorporó.

—Tranquila, todo se arreglará. Además, la señora Moore me ha comentado que no te inquietes por el trabajo en la floristería. Esperará a que te repongas del todo. Y yo también. Cuando puedas ver, iremos de excursión a Sandycove para que contemples la puesta de sol desde la playa, como cuando éramos pequeños. Lo prometo.

Ciara sintió el abrazo de Liam al despedirse y deseó volver a ver sus ojos verdes y su pícara sonrisa.

La impotencia dominaba sus emociones, y estaba segura de que, cuanto más crecía ese sentimiento de preocupación, la ceguera se enroscaba en sus nervios oculares tratando de permanecer en ellos para siempre.

El miedo se nutría a sí mismo en un ciclo que Ciara no sabía romper.

Tragó saliva cuando Liam cerró la puerta tras asegurarle que la llamaría al móvil.

Jamás imaginó que llegaría a temer la soledad o que la noche, el momento que más odiaba, se instalaría en sus retinas para cubrirlas de una oscuridad sin estrellas.

29

Aidan permanecía de pie entre las flores de su invernadero privado. Observaba, absorto, cómo su propia sombra bañaba algunos de los pétalos bajo la luz menguante del atardecer.

De pronto se sintió terriblemente cansado, como si desde su infancia hubiera tenido que soportar el peso del mundo.

«Un Atlas moderno —pensó mientras acariciaba una orquídea amarilla—. Un titán condenado a sostener la tierra por toda la eternidad...»

A su mente acudió el rostro de Ciara.

La había visitado en el hospital los últimos días, prometiéndole una curación segura si se alojaba en su residencia médica. Acababan de conocerse y ya le había mentido.

Podía intentar devolverle la vista, sí, pero no estaba seguro de conseguirlo.

Hacía unas horas que había consultado internet en busca de información. Todavía recordaba las palabras del psiquiatra Seymour Kety acerca de la ceguera psicosomática: «Puede ser propiciada por eventos traumáticos como la pérdida de un familiar, un accidente o incluso tener una vida muy estresada, por lo que el paciente literalmente y de manera inconsciente "no quiere ver". Quizá se niegue a vivir una realidad que lo agobia o que lo ha marcado negativamente; es como un mecanismo por el cual su cerebro bloquea los nervios oculares. No existe una cura con fármacos, y su duración es completamente variable. En ocasiones, los pacientes que han padecido este tipo de ceguera han sanado por sí mismos... Sin embargo, en otras, su rehabilitación ha sido posible gracias a determinados factores, como un nuevo *shock* traumático».

Aquella web únicamente le había generado más dudas.

Estaba fingiendo ser un psicólogo solo para ver a Ciara, y esa ansiedad por estar con ella lo había impulsado a ofrecerle algo que escapaba a su competencia. Él era pediatra, jamás había tratado un problema de ceguera psicosomática. Sabía que la solución radicaba en la mente de la muchacha, pero no estaba preparado para ahondar en ella. ¿O tal vez sí?

A fin de cuentas, ¿por qué estaba haciendo todo aquello?

Ir a visitarla, hacerse pasar por un especialista que no era, invitarla a una residencia ilusoria que en realidad se trataba de su propia casa... ¿Acaso se estaba volviendo loco? ¿A qué estaba jugando?

Aquella joven reavivaba sus recuerdos más profundos. Estos siempre lo habían acechado en todo cuanto lo rodeaba: en una canción, en un olor determinado, en una palabra acertada dicha casualmente... Pero había aprendido a dominarlos. Casi siempre abría su palacio de la memoria solo cuando él quería. Casi siempre.

Y ahora la vida le presentaba a Ciara. Como si le brindara la oportunidad de redimirse.

¿Estaba realmente preparado para acogerla allí, junto a él y a Renata?

Había hablado ya de este tema con su ama de llaves, que, en un principio, se negó rotundamente.

Pero Aidan solía ser muy convincente, y las razones que argumentó apaciguaron en cierta medida a Renata. Ella siempre era su conciencia. El punto blanco en el yin y el yang de su oscura vida.

Tomó una pequeña flor de jazmín y la arrancó de su tallo para posteriormente sostenerla en la palma de la mano.

Durante los últimos meses, un único pensamiento se había instalado en su cerebro.

Su misión.

Venganza, muerte, absolución.

Y ahora, de forma súbita, todo aquello que lo seguía manteniendo vivo se derrumbaba como un castillo de arena arrasado por una ola del mar.

Nunca pensó que se estuviera transformando en un monstruo.

Cerró el puño con fuerza y sintió que el jazmín se deformaba bajo sus dedos.

Si quedaba algo en su interior de lo que una vez fue, quería ofrecérselo a aquella chica.

En una de sus últimas visitas al hospital, ella le había revelado que tras el fallecimiento de su padrastro en el incendio, se había quedado sola. Sin ningún familiar que pudiera acogerla.

Él sería su tabla de náufrago.

No sentía arrepentimiento alguno por aquella muerte que él mismo había causado. Aquel maltratador, Jeff Brown, merecía su suerte, y el destino se lo había entregado en bandeja de plata.

Sin embargo, no podía evitar pensar que había contribuido a forjar la soledad que cercaba a Ciara.

Había tomado conciencia de que ella necesitaba su ayuda. La vida la había puesto a prueba, y aunque adivinaba que era una joven fuerte, sentía el acuciante deseo de protegerla del mundo, de ocultarla en el suyo propio y no permitir que nadie volviera a hacerle daño.

Y menos él mismo.

30

La mañana en la que le dieron el alta a Ciara, Aidan estaba aguardándola a la salida del hospital. Una enfermera la condujo en silla de ruedas hasta la puerta principal y, al verlo, le sonrió, gesto que él devolvió no sin cierta tirantez.

Intuía que el personal del hospital lo había visto pululando por sus pasillos en tantas ocasiones que lo relacionarían con algún amigo o familiar de la joven.

Ciara asió su brazo derecho para alzarse y bajar las escaleras de la entrada.

Cuando la enfermera se hubo ido, a Aidan lo embargaron dos sensaciones bien distintas.

La primera, una extraña impresión de libertad que recorrió su cuerpo como un soplo de aire fresco. Ciara estaba a su lado, sin más médicos y enfermeros que él mismo. Sería como Pigmalión, el rey que esculpió a su mujer soñada en el blanco mármol para que Afrodita pudiera obrar el milagro de darle vida. Él cincelaría la torturada memoria de Ciara hasta devolverle la vista. Crearía una nueva mujer en ella; la despojaría de sus recuerdos más amargos, moldearía un futuro en el que pudiera ser feliz y arrastraría al olvido aquella infancia donde la joven se había anclado.

Pero otra sensación inquietante se abría paso en su interior al percatarse de que ya no había vuelta atrás. Estaba llevando a ambos a un punto sin retorno.

Debería ser inflexible en según qué detalles, y no estaba seguro de poder mantenerse firme al respecto y no doblegarse.

Él, cuyas manos no temblaban al esgrimir una aguja hipodérmica preñada de veneno, se sentía en cierta forma vulnerable ante lo incierto que supondría vivir los días que se avecinaban.

Quizá Renata tuviera razón y aquella idea fuese una locura. Pero, paradójicamente, había sido ella quien había adecuado la habitación de invitados y quien había comprado ropa nueva para Ciara basándose en unas hipotéticas medidas que Aidan le había indicado. Por la delgada constitución de la joven, supusieron que una talla 12 sería la correcta, incluso un poco holgada.

Sí, en realidad era demasiado tarde para dar marcha atrás.

Sujeta a su brazo, vio caminar a Ciara con paso lento y torpe. La luz llovía como una inusual cascada de sol sobre la ciudad, pero de algún modo ella era inmune a la luminosidad. Parecía un espectro, un reflejo borroso de una muchacha antaño feliz.

Ella se sentía insegura ante el mundo de oscuridad que la rodeaba. Siempre se había considerado una joven fuerte, y ahora depender de los cuidados de un psicólogo le parecía un signo de debilidad. No obstante, durante los últimos días, aquel médico se había convertido, junto con Liam, en su mejor aliado. Él entendía a la perfección lo que ella trataba de explicarle: su miedo, su soledad, el amor hacia sus padres ya fallecidos...

Nunca decía una sola palabra de más, la escuchaba en un silencio casi reverencial y, en más de una ocasión, se había sentado a su lado indicándole que podía confiar en él.

Sin embargo, Ciara nunca se explayaba más de lo necesario. Era como si una señal roja se iluminase en su mente cuando hablaba de ciertas cuestiones, impidiéndole profundizar en ellas. Si el doctor Wilkinson lo había notado, nunca dio muestras de ello, y eso, casi siempre, lograba tranquilizarla.

Aidan la ayudó a subir al asiento del copiloto de su coche y, tras sentarse, arrancó el motor.

Ciara palpó el interior del vehículo hasta dar con el interruptor de la ventanilla. La bajó por completo y permitió que el aire acariciara su rostro.

Aidan sonrió.

—¿Te encuentras bien? —preguntó, desviando la vista de la calzada para posarla en ella.

Ciara asintió, y varios mechones de su pelo rojizo se deslizaron hacia su rostro.

Parecía un ser de leyenda, pálida y frágil, una joven nacida de un cuento misterioso a la que habían volcado en la fría realidad.

Aidan creyó oír en su cerebro su propia voz, muchos años atrás, dirigiéndose a su hermana: «Eres un hada...».

Intentó concentrarse en la carretera. No obstante, siguió hablando:

—Tranquila, pronto llegaremos.

Ciara sacó su móvil del bolsillo del pantalón y marcó el número de Liam.

Aidan la miró con los músculos en tensión.

—¿A quién llamas?

—A mi amigo Liam. Nos conocemos desde que éramos pequeños... Solo quiero decirle que estoy bien y que vamos hacia la residencia médica.

Él no tuvo tiempo de contestar.

—¿Liam? Sí, soy Ciara. Ya me han dado el alta. Estoy con el doctor Wilkinson...

Ciara no le había hablado de ningún amigo. ¿Y si la partida que había planeado se iba al traste con la aparición de aquel nuevo jugador?

Frunció los labios y prestó atención a la conversación.

—Estoy bien, de verdad. Solo serán unas semanas, en serio. —Tras un breve silencio, continuó en tono dubitativo—. Pues... no, no sé exactamente dónde es...

Aidan se tensó mientras conducía. Un impulso lo obligó a hablar.

—Ciara, ya llamarás a tu amigo más adelante. Por ahora, es mejor desconectarse del mundo por unos días, ¿no crees?

Procuró que su voz sonase distendida y, por la tibia sonrisa que se dibujó en los labios de la joven, supo que había pulsado la tecla correcta.

—Ya hablaremos, Liam. Sí, me cuidaré. Un beso.

Una vez hubo colgado, Aidan respiró hondo.

«Pero ¿qué te ocurre? ¡Ha sido solo una llamada! Serénate.»

Destensó la presión que sus manos ejercían sobre el volante y dejó que la tranquilidad inundase sus sentidos al adentrarse en el barrio residencial donde se hallaba su casa.

Cuando apagó el motor, Ciara parpadeó y alzó el rostro. Aunque sus ojos solo veían negritud, sus actos reflejos seguían intactos.

—¿Hemos llegado?

—Sí, y en la puerta nos espera Renata, mi ayudante. Es una mujer encantadora.

Ciara sonrió para posteriormente hacer un gesto de preocupación.

De repente ya no se sentía tan segura de querer estar allí. No estaba enferma ni tenía nada grave. Su ceguera podía curarse con el tiempo... ¿O no?

Al salir del coche, notó unas cálidas manos que cogían las suyas.

—Debes de ser Ciara —afirmó una voz femenina de tono dulce y sosegado—. Me llamo Renata, seguro que Aidan te ha hablado de mí. Tranquila, cariño, aquí estarás muy bien, te cuidaremos como te mereces.

Aidan le dirigió una mirada híbrida entre la reprobación y el consentimiento. Hasta aquel instante, no había revelado su nombre de pila a la joven.

—Encantada, Renata —dijo ella, y seguidamente, preguntó—: ¿Se llama usted Aidan?

—Así es; y tutéame, por favor. Me gustaría que, aparte de paciente y médico, fuéramos amigos.

Renata la guio hacia el interior de la casa y le indicó que acababan de entrar en el recibidor.

Ciara aspiró la fragancia que gravitaba en el aire y giró la cabeza hacia donde imaginaba que estaría Aidan.

—Huele muy bien... ¿Utilizan ambientador?

Aidan llevó la mano derecha de Ciara hasta una de las flores de jazmín que decoraban aquella estancia y permitió que rozara sus pétalos.

—En realidad son flores naturales. Jazmines para ser exactos. Aquí, en la residencia, tenemos un... —dudó unos instantes. No quería nombrar su invernadero por ahora— un pequeño jardín interior.

—Entiendo —murmuró ella—. Ojalá tuvierais rosas..., rosas blancas...

Aidan y Renata cruzaron una breve mirada. Ambos comprendieron que aquellas flores debían de contener un significado especial para la joven.

—Ven, cielo —le indicó el ama de llaves—, te acompañaré a tu habitación. Está en la planta de arriba. Deberás acostumbrarte a los escalones y guiarte por el pasamanos. No te preocupes si al principio te cuesta, es normal.

Cuando llegaron, Renata la orientó para que pudiera saber dónde estaba la cama, la mesilla, el armario... Ciara abrió las puertas de este y palpó las prendas guardadas en su interior.

—¿Tengo... ropa nueva?

—Claro, querida. Aquí pensamos en todo.

Ciara sonrió, y acto seguido su estómago emitió un hambriento quejido.

Renata rio levemente.

—Tranquila, ahora mismo serviré la comida, tienes que estar desfallecida con ese horrible menú del hospital.

—Lo siento..., no tengo hambre..., de verdad, se lo agradezco, pero es como si tuviera un nudo en el estómago...

—De acuerdo, no obstante, voy a preparar algo... Quizá más tarde te apetezca. Sabes que puedes llamarnos tanto al doctor como a mí cuando quieras. —Acto seguido hizo sonar una pequeña campana—. He dejado esta campanilla encima de la mesita, no dudes en utilizarla si necesitas cualquier cosa.

Cuando Renata salió de la habitación, se cruzó con Aidan. Los dos asintieron al unísono, pactando en silencio una charla posterior.

Al entrar, la vio sentada sobre la cama, con las manos reposando en su regazo. Aunque ella no pudiera verlos, los rayos del sol se filtraban por la ventana cercana, creando alrededor de su cuerpo una especie de tímida aureola de luz.

Era como contemplar un hermoso cuadro prerrafaelista.

—Extiende las manos —le pidió Aidan.

Ella, aunque sin mudar la expresión melancólica de su semblante, hizo lo que él le pedía.

—Es un regalo de bienvenida. Seguro que te gustará. Pero ten cuidado con las espinas.

Ciara percibió la fragancia de la rosa incluso antes de que él la posara en las palmas de sus manos.

Sonrió abiertamente mientras acariciaba su aterciopelada corola.

—¿Es blanca?

—Por supuesto.

En los ojos de la joven brillaron lágrimas sin derramar, y fue en ese instante cuando Aidan supo lo complicado que sería que aquella muchacha volviera a confiar no solo en el mundo que la rodeaba, sino en sí misma.

«Tenemos una ardua tarea por delante.»

31

Aquella noche, Ciara se removía inquieta en su nueva cama.

Se hallaba en el delgado filo que separa el sueño de la vigilia, y las imágenes que su mente proyectaba mientras dormía parecían más reales que nunca.

En la pesadilla, volvía a estar frente al acantilado que había visitado en sus viajes oníricos del hospital.

No obstante, sabía que algo había cambiado. Las aguas, allá abajo, no presentaban ese halo de magnetismo que la atraía hacia ellas. Las olas, al romperse contra las rocas, emitían un siseo casi metálico que erizaba la piel.

Un aura tenebrosa teñía de cenizas el horizonte del atardecer.

La joven alzó las manos. En ellas, la rosa blanca que tan bien conocía. Su instinto le rogaba que la soltase, pero sus dedos no lo obedecían.

Entonces, justo cuando las últimas ascuas del sol se derretían disolviéndose en el océano, el agua detuvo su encrespada marcha y el silencio restalló como un presagio de lo que iba a ocurrir.

De la flor comenzaron a brotar viscosas enredaderas cubiertas de espinas. Ciara asistía a aquella metamorfosis petrificada en el borde del acantilado. Sus pupilas no podían apartarse de aquellos tentáculos negros que rápidamente se agarraban a su cuerpo y trepaban por sus extremidades. Notaba cómo se introducían en su piel, en sus uñas, en su boca..., hasta alcanzar los ojos, asestándoles un postrer golpe cegador.

Al despertar, Ciara sintió una profunda presión en el

pecho. Persistía la angustia al entender que la finalidad de aquellas enredaderas era hacerla desaparecer. Disolverla por completo. El espejismo del sueño permanecía latente en su recuerdo... y en sus miedos.

Jadeante, parpadeó varias veces y encendió la luz de la lamparita que reposaba en la mesilla.

Tardó unos instantes en darse cuenta de que sus ojos seguían inmersos en la negritud más absoluta y soltó un breve juramento al comprobar que todavía no era consciente de su ceguera.

Al apagar la luz accionando el inútil interruptor, rozó el vaso de agua que horas antes había colocado allí Renata y este cayó al suelo. Ciara dio un respingo, pero por el sonido que produjo, supo que no se había roto. La tarima de madera había amortiguado el golpe.

Volvió a recostarse en la cama con las manos cruzadas sobre las sábanas, como cuando era niña.

Tuvo la impresión de que la oscuridad zumbaba en derredor suyo, pero en realidad era su propia sangre lo que sentía, bullendo con rapidez en un pulso descontrolado.

Abrió la boca y respiró hondo. Había leído en alguna parte que inhalar así oxigenaba mejor los pulmones en caso de nerviosismo.

Pensó que no quería volver a dormirse y estuvo tentada de hacer sonar la campanilla de cerámica que Renata había dejado allí por si necesitaba algo.

Pero nadie podía ayudarla a superar lo que ella había vivido. Estaba segura de que el doctor Wilkinson no conseguiría borrar la imagen de su madre exangüe con los ojos mirando al vacío, como vitrificados cristales negros. Ni de devolverle la luz a sus ojos.

Aquella afirmación hecha para sí misma logró acentuar su inquietud.

¿Y si no recuperaba la vista? ¿Era realmente posible esa probabilidad? ¿La ceguera se quedaría adherida a su vida para siempre?

Apretó los dientes al tiempo que sus dedos asían con fuerza las sábanas.

De repente, aguzó el oído. Un suave repiqueteo resonaba en la habitación que hasta aquel momento había permanecido sumida en el silencio.

Ciara se incorporó y, al posar los pies desnudos en el suelo, sintió el agua que había derramado minutos antes.

Tras levantarse, se dirigió con torpeza hacia donde Renata le había indicado que se hallaba la ventana. Extendió los brazos tanteando el vacío.

Se sentía mareada; era una desazón que no se había evaporado del todo desde que sus ojos se habían apagado. Un constante vértigo que no cesaba nunca.

Después de unos primeros pasos indecisos y renqueantes, sus pies tropezaron con algo sólido.

Mientras caía trató de mitigar el golpe anteponiendo las manos.

—Mierda...

Detestaba su indefensión, aquel estado de debilidad que únicamente conseguía enfurecerla y entristecerla a partes iguales. Pero al menos no se había hecho mucho daño.

Se acarició la palma de sus doloridas manos y permaneció sentada durante unos instantes.

Palpó el objeto con el que había chocado. Era una mesa que hacía las veces de escritorio. No pudo entender para qué podría servirle; desde luego, no para leer ni escribir sobre él.

Se levantó y siguió avanzando, ahora con más cautela.

Finalmente tocó el cristal de la ventana; la abrió con suavidad y exhaló una leve exclamación al sentir cómo el aire, que portaba diminutas gotas de lluvia, le acariciaba el rostro.

La lluvia.

Parecía su eterna compañera aquel invierno.

Ciara pensaba en ella como un catalizador de recuerdos, un puente que los unía desde el pasado hasta el presente.

Sintió, una vez más, unas terribles ganas de llorar, pero se conminó a sí misma a no hacerlo.

Permaneció inmóvil, repentinamente arrobada por la belleza.

Con su particular magia, la lluvia transformaba el mundo invisible en algo sólido; extendía bajo su melena de plata mojada el eco de un entorno vedado para Ciara. La acústica se hacía visible por unos momentos, la realidad abandonaba la negritud para embrujar todos sus sentidos.

Podía oír las gotas repiqueteando en el tejado, deslizándose a izquierda y derecha, desgranándose por las paredes exteriores. Y, más allá, incluso distinguía el murmullo del agua sobre el pavimento de la calle, tal vez también sobre un árbol frondoso a lo lejos...

Escuchándola, era capaz de reproducir mentalmente la silueta del vecindario. Supo además que este se elevaba a la derecha en una pequeña loma. La lluvia cambiaba allí de sonido y la ayudaba a delinear en su imaginación el posible sendero que separaba la carretera de la entrada a la casa.

En algunos sitios, las gotas arrancaban ecos al cemento, en otros chapoteaban en los charcos.

El agua contenía en sí misma tantos matices que Ciara se permitió sonreír, agradecida de ser consciente de ellos.

La lluvia le hablaba. Solo a ella.

Dejó la ventana entornada para poder escuchar su susurro.

Aquella melodía uniforme y serena continuó sonando mientras Ciara se adentraba en un intenso insomnio.

32

El sueño en que se hallaba sumido Aidan había llegado a un punto crucial, donde la mente no podía defenderse de sí misma ni de su memoria cristalizada.

En él, un niño de doce años regresaba a su casa junto al acantilado, tras haber jugado en el bosque cercano. Por alguna extraña razón, su padre le había permitido ir allí aquella tarde, cuando nunca antes había accedido. Pero últimamente estaba de mejor humor, mezcla insólita entre la bravuconería y la mordacidad. No había vuelto a ponerle la mano encima, pero el niño vislumbraba en aquellos ojos un velo sombrío que le hacía estremecerse lo mismo.

También había insistido en que su madre fuera al pueblo a comprar algunas cosas para cenar. Incluso le dio más dinero de lo habitual.

Evelyn se había quedado en casa. Hacía meses que ya no iba al colegio, y su rostro, siempre sereno pese a las circunstancias, últimamente reflejaba un miedo que el niño atribuía a las palizas de su padre.

Tener miedo en aquella casa era algo aprendido, asimilado.

No había empezado a atardecer todavía cuando el pequeño abrió la puerta principal y entró, procurando moverse en silencio. Su padre aborrecía los ruidos, y estos podían ser una causa más que frecuente para que alzase su enorme mano.

No vio a nadie en el salón ni en la cocina.

Tal vez su padre hubiera cambiado de idea y habría ido al pueblo junto con Evy.

Decidió ir a su habitación; quizá pudiera dibujar un poco

ahora que nadie podía interrumpirlo gritando que aquellos esbozos solo eran tonterías.

Sin embargo, la puerta del dormitorio que compartía con su hermana estaba cerrada.

Frunció el ceño. Su padre siempre ordenaba que todas las puertas estuvieran abiertas. De repente, oyó un sonido metálico, chirriante, rítmico.

Era como si alguien estuviera saltando encima de la cama. Tal vez fuera Evy. Ya tenía quince años, pero si papá se enteraba de aquella travesura infantil seguro que habría consecuencias, y él no quería que nada malo le sucediese a su hermana.

Giró el pomo y abrió la puerta con lentitud con la intención de prevenirla. Pero no pudo decir nada. Las palabras habían expirado en sus labios.

El niño vio a su padre moverse sobre el cuerpecillo desnudo de Evelyn, que yacía en la cama inerte como un cadáver. Pero los muertos no lloran.

Su hermana desvió la vista hacia él y lo descubrió.

Su mirada se clavó en el alma del pequeño como un cuchillo. Sintió su gélido filo penetrarle en las entrañas, dejándolas marcadas con un dolor que no desaparecería nunca.

—No... —gimió ella muy bajito, inmóvil bajo el cuerpo de su padre—. ¡Aidan...!

Al despertar, se inclinó hacia un lado y vomitó con una sonora arcada.

Se pasó una mano por la frente, empapada de un sudor frío, y encendió la luz tratando de disipar los fantasmas del pasado.

Una nueva arcada ascendió hasta su garganta al recordar el desenlace de aquella pesadilla.

El niño ya no reconoció a su hermana.

El rostro de Evelyn, sollozante y pálido, se había transformado en el último segundo.

Era el de Ciara.

33

—Aidan, estoy preocupada —confesó Renata a la mañana siguiente al salir de la habitación de Ciara—. Ayer no quiso comer ni cenar nada. Y hoy se niega a desayunar. La he ayudado a vestirse y parece que se vale muy bien por sí misma, pero si no come algo temo que acabará enfermando.

Aidan deslizó su mirada hacia la puerta cerrada del dormitorio.

—Veré lo que puedo hacer.

—Fue idea tuya traerla aquí —lo reprendió su ama de llaves con suavidad—. Te necesita. —Tras un breve inciso, prosiguió—: Me ha preguntado si hay más pacientes en la «residencia». Le he dicho que ella era la única y que para ti se trataba de un reto personal. No es como traer un pajarillo herido de la calle, como hacías con tu tío cuando eras pequeño y llegaste a esta casa; requerirá toda tu atención y cuidado.

—Lo sé, Renata. Ya no estás hablando con un crío. Incluso he pedido unos días libres en el hospital para poder estar con ella.

Renata suspiró mientras bajaba las escaleras, camino de la cocina.

Aidan llamó dos veces antes de oír un «Adelante» desde el interior del dormitorio.

Al entrar, la vio de pie, apoyada sobre la mesa, como si el mundo bajo ella fuera a resquebrajarse de un momento a otro.

Los pantalones vaqueros nuevos le sentaban bien, quizá un poco grandes, al igual que el jersey color azul pastel, cuyo cuello le quedaba tan holgado que se había deslizado hacia su hombro derecho, dejándolo al descubierto.

La larga melena pelirroja le caía sobre la espalda y enmarcaba su rostro, en el que se había dibujado una triste sonrisa.

—Buenos días —dijo ella.

—Buenos días, Ciara... ¿Cómo te encuentras?

—Bien. —Por su tono, Aidan supo que estaba mintiendo.

—Renata me ha comentado que no quieres desayunar. No me gustaría darte medicación, lo sabes, pero tienes que comer o no tendrás fuerzas suficientes para recuperarte.

Ciara se encogió de hombros.

—Es solo que el estómago no me admite nada. Lo siento.

Aidan dio un paso más hacia ella y se mantuvo en silencio durante un instante.

Finalmente, respondió con voz contundente pero serena:

—No tienes la culpa de todo lo ocurrido, Ciara.

Ella alzó la vista. Sus pupilas se movían imprecisas y rápidas, sin tener un punto donde fijarse.

—Yo no...

Ni siquiera sabía qué decir.

Aidan repitió con idéntica contundencia:

—No te sientas culpable. No lo eres.

Ciara volvió a bajar la cabeza y se giró, dándole la espalda.

—No me hagas esto —murmuró al tiempo que se abrazaba a sí misma.

Él la obligó a darse la vuelta con firme suavidad y dejó sus manos posadas sobre los hombros de ella.

—No tienes la culpa —reiteró, esta vez con más fuerza.

El rostro de Ciara permaneció impasible unos segundos. Aidan pensó que realmente parecía estar sosteniéndole la mirada. De repente, se contrajo en un gesto aciago y rompió a llorar.

El sonido de sus sollozos invadió la habitación, y Aidan recordó que, desde que la conocía, no la había visto llorar ni una sola vez.

Ciara se cubrió el rostro con las manos y permitió que el llanto limpiara el miedo y la tristeza que albergaba en su interior.

Hacía tanto tiempo que se había obligado a ser fuerte que ya no podía contener las lágrimas acumuladas.

Aidan, que no se había separado de su lado, la contemplaba en silencio.

Quería abrazarla, sentir cómo su frágil cuerpo se cobijaba en el suyo, notar su cabeza recostada en su pecho. Sin embargo, no lo hizo.

Ciara, entre hipos, se secó los ojos con el dorso de las manos y respiró hondo.

—¿Te sientes mejor? —preguntó Aidan con ternura.

Ella asintió.

—Sí... Vamos a... desayunar... Y luego..., si quieres, empezamos la... terapia...

Aidan sonrió, sabiendo que la joven no podía verlo.

—La terapia ya ha comenzado, Ciara.

34

Después de desayunar, Aidan la condujo hasta su despacho.

Ciara tomó asiento en uno de los sillones de cuero y oyó sus pasos dirigiéndose al otro extremo de la estancia.

Entonces, tras unos instantes, oyó un sonido que ya creía perdido en el sótano de su mente. Estaba casi segura de que aquel roce continuo pertenecía a un tocadiscos, como el que solía utilizar su padre.

No se equivocaba. Al cabo de unos segundos, *Las cuatro estaciones* de Vivaldi resonaron en la habitación. Distinguió el característico murmullo de la aguja sobre el disco mientras los violines tocaban una melodía que le era conocida.

—¿Es *La primavera*? —preguntó inclinando la cabeza hacia abajo.

Desde su estancia en el hospital, había adquirido una terrible necesidad: la de ocultar su rostro.

Aidan ya se había percatado de ello. De cuando en cuando la joven procuraba, pretendiendo que nadie se diera cuenta, cubrirse la boca con las manos o apretar el mentón contra el pecho. Parecía querer llevar una máscara constante.

Él ya se había formulado alguna hipótesis. Tal vez Ciara empezase a sentir el terror que le suponía la ausencia de facciones. La cara como el espejo del yo. Una marca única y personal que se desvanecía poco a poco entre negras brumas...

—¡Buen oído! —Aidan se sentó frente a ella—. Sí, he creído conveniente emplear la música para lo que vamos a hacer a continuación.

Aidan había leído sobre varios métodos para tratar los traumas emocionales. Uno de ellos era el DRMO o Desensibilización y Reproceso por el Movimiento de los Ojos. Según los científicos, solía dar buenos resultados, aunque todavía nadie había podido desvelar las verdaderas razones. El proceso consistía en mirar un punto de luz que variaba su dirección de izquierda a derecha y al que acompañaba una serie de sonidos extraños.

Pero seguro que a ningún especialista se le había ocurrido que uno de aquellos traumas pudiera conllevar la ceguera.

Por lo tanto, el DRMO estaba descartado.

Además, no se sentía cómodo utilizando el método que otros habían inventado como resultado de los nuevos avances tecnológicos.

Prefería su propio sistema, más íntimo y ancestral.

Sin embargo, sabía que la música podía ayudar a destensar, apaciguar y mejorar el ánimo, así que había decidido probar con Vivaldi.

Ciara también había oído hablar de la musicoterapia e intuía lo que Aidan se proponía, agradeciendo en silencio que la melodía escogida no fuera tan triste como el *Adagio* de Albinoni o el *Canon* de Pachelbel. Estaba impaciente por saber cómo iba a desarrollarse la terapia en cuestión.

—Voy a enseñarte a crear un palacio de la memoria.

Ciara intentó dirigir sus pupilas hacia el lugar donde debía de hallarse Aidan.

—Nunca he oído hablar de eso. ¿Qué es? ¿Es difícil?

Él dejó escapar una leve risa, lo que hizo que Ciara se encontrara más relajada. Era la primera vez que lo oía reírse. Era siempre tan serio y reservado que su presencia contenía cierta aura de sempiterno misterio.

—El método del palacio de la memoria tiene sus orígenes en el siglo v antes de Cristo, cuando Simónides de Ceos, un poeta, era el anfitrión en un banquete en Tesalia. Mientras iba a la puerta para atender a un correo que preguntaba por él, el techo del comedor se derrumbó, matando a todos los comensales.

—Vaya, sí que es mala suerte... ¿Seguro que no era gafe? —dijo Ciara en tono divertido.

—No había manera de reconocer los cadáveres —continuó Aidan—, y las técnicas de CSI no estaban tan avanzadas como en la tele...

Ciara se rio muy bajito.

—Pero Simónides se dio cuenta de que no tenía ningún problema en recordar quién estaba en el comedor y en qué lugar concreto, sin prácticamente ningún esfuerzo.

—Creo... que ya entiendo. Es como tener memoria fotográfica.

—Más que eso. Es confeccionar un lugar mental que rememore lo que tú más quieres.

Se abstuvo de comentarle que su propio palacio de la memoria también albergaba habitaciones siniestras y oscuras donde no quería adentrarse y que, sin embargo, se abrían cada vez con más frecuencia.

Ciara no necesitaba saberlo. Solo debía almacenar recuerdos felices.

—Pero —interrumpió ella— no lo comprendo del todo. ¿Quieres decir que piense en mis... padres?

—En las cosas que os hacían felices. Existen palacios de la memoria tan gigantescos como tu propia mente, con escenas y pasajes que pueden remontarse en el tiempo tanto como tú quieras.

Ciara bajó la cabeza.

—No sé para qué puede servir...

Aidan se inclinó hacia ella, y Ciara percibió el intenso aroma a enebro.

—Las personas desaparecen cuando mueren. Su voz, su sonrisa, sus gestos... Todo termina. Pero no en nuestra memoria. Allí podemos recuperarlos, atesorarlos, permitir que su recuerdo viva. Y así, con esta especie de magia que solo nosotros podemos crear, ellos no morirán por completo.

Ciara, de forma inconsciente, había cerrado los ojos. La voz de Aidan penetraba en ella y acariciaba sus sentidos como un bálsamo; era una melodía que se superponía a Vivaldi y que estaba compuesta de sonidos tan insondables y enigmáticos que, durante un momento, pensó que lo único que quería era escucharlo hablar.

Él continuó:

—Quizá de esta forma, los que ya no están puedan percibir que no los olvidamos. Tal vez seamos un pequeño destello de luz en su oscuridad. Y ellos en la nuestra.

Ciara abrió los ojos y asintió.

—Vale. Dime qué debo hacer.

Aidan se recostó en el sillón mientras *La primavera* de Vivaldi daba paso al sereno *El verano*.

—Empecemos con algo sencillo. Imagina una puerta que dé acceso a una habitación.

En la mente de Ciara se creó una puerta eduardiana roja con jambas blancas.

—Estoy preparada para entrar —murmuró ella.

La profunda voz de Aidan pareció gravitar en la estancia, creando una especie de mundo paralelo que, junto con la ceguera, acentuaba la imaginación de Ciara.

—Visualiza una habitación con cuatro esquinas. Algo pequeño por ahora, sin complicaciones. Debes sentirla como tuya, un lugar personal donde te encuentres bien.

Ciara se dejó llevar por aquellas palabras y dibujó mentalmente un cuarto de paredes blancas. Olía a rosas blancas y a enebro.

Aidan prosiguió.

—Comencemos por tu padre. Me refiero a tu verdadero padre.

La joven trató de no romper la magia que había creado en su mente, aunque, por un momento, las paredes de su habitación imaginaria parecieron estremecerse.

—Mi padre...

—Piensa en algo que os hiciera felices a ambos. Lo que tú quieras. Un objeto, por ejemplo.

Ciara tragó saliva. No pudo evitar pensar en Merrion Square, en la estatua de Oscar Wilde, en las mariquitas que volaban allí en verano, en las flores...

—Una flor —dijo finalmente—, una flor de cerezo.

Aidan tomó sus manos con delicadeza, rozándola tan solo con las yemas de los dedos.

Ella sintió un cosquilleo eléctrico en la piel. Desde que la ceguera había irrumpido en su vida, las personas habían pasado a convertirse en meros sonidos. El contacto corporal resultaba ahora chocante, inesperado. Una simple caricia, un abrazo..., todo era sobrecogedor. Debía enfrentarse de pronto a cuerpos extraños que cobraban una súbita realidad. Una realidad completamente nueva y siempre abismal.

—No solo pienses en la flor. Siéntela —le pidió Aidan—, incluso puedes tocarla si lo intentas. Imagina que está en tus manos y que notas la suavidad de sus pétalos...

Los labios de Ciara temblaron, y creyó que iba echarse a llorar de nuevo, pero luchó contra ese impulso y juntó las manos formando un cuenco.

Visualizó la pequeña flor rosa junto a su delgado tallo verde y, en un gesto que a Aidan lo pilló por sorpresa, pareció cogerla realmente para luego prendérsela en el pelo.

—Mi padre solía hacer esto cuando íbamos al parque —susurró Ciara señalando la flor invisible—. Yo me sentía especial, como las princesas de los cuentos que me leía. —Emitió una leve risa—. Ya, lo sé, es una tontería, pero... Él sonreía, y en su rostro se formaban esos hoyuelos que tanto me gustaban... Cuando murió, me di cuenta de que las princesas no saben valerse por sí mismas, solo los fuertes sobreviven.

—Pero los fuertes también tienen sentimientos y debilidades —respondió Aidan, y no supo si en realidad se estaba refiriendo también a él mismo—. Y abandonar esas emociones por mucho tiempo tampoco es bueno.

Ciara frunció los labios durante unos instantes y cambió rápidamente de tema.

—Y... ¿qué debo hacer ahora con la flor de cerezo?

—Debes dejarla en la primera esquina de tu habitación personal. No añadas nada más en ella, como ventanas o cuadros, o será complicado acordarte de todo cuanto alberga.

Ahora, piensa en otro objeto: más adelante quizá los cambiemos por pasajes completos de tus recuerdos.

Ciara no dudó.

—«El príncipe feliz».

Aidan se acarició el mentón en actitud reflexiva.

—¿A qué te refieres?

—Mi padre adoraba ese cuento de Oscar Wilde, creo que era su autor favorito. Y me lo leía por las noches, siempre que yo se lo pedía, aunque ambos nos emocionáramos con el final.

Ciara recordó que su padre, en ocasiones, le recitaba el cuento casi de memoria, incluso introduciendo pequeñas variaciones con las que ella soñaba al irse a dormir. Juntos imaginaban distintos finales, la mayoría felices, y Ciara se sentía mejor ayudando a la estatua del príncipe, imaginando que en algún lugar del mundo era real. Tan tangible como el libro del que procedía la historia.

Aidan esbozó una sonrisa que la joven no vio.

—¿Tienes una imagen mental de ese libro?

Ciara rememoró su cubierta, con aquella estatua infantil del príncipe portando una espada y una corona de oro, y cuyos ojos de zafiro derramaban lágrimas mientras una pequeña golondrina lo besaba en los labios.

Colocó el libro en el segundo rincón de su habitación y contempló los dos objetos con una mezcla de alegría y añoranza.

—Ahora lo entiendo —dijo—, aunque mis padres ya no estén conmigo, sí lo están sus recuerdos, y puedo visitarlos siempre que quiera.

La mente de Aidan voló hacia su adolescencia y recordó cómo comenzó a crear su propio palacio de la memoria. Por aquel entonces ya vivía con su tío en Dublín y su vida había cambiado, pero el dolor que sentía era más fuerte que cualquier otro sentimiento.

Sus recuerdos amenazaban con ahogarlo, y a menudo se despertaba en mitad de la noche con una opresión en el pecho que le impedía respirar, o llorando sin saber la razón.

Poco a poco, fue seleccionando fragmentos de su memoria, dividiéndolos en felices y en no deseados, y su palacio personal fue naciendo de la forma más casual.

Años más tarde, buscando en internet, descubrió que algo así ya existía y en cierto modo, se sintió aliviado de no ser el único en recurrir a él.

Jamás pensó que las imágenes más oscuras que había ocultado en lo más profundo de aquel palacio resurgirían desde el pasado golpeándolo fuertemente.

—Eso es —dijo finalmente—. Recuerda que aún te faltan dos objetos.

En aquel momento, la música de Vivaldi dio paso a *El otoño*. Ciara reaccionó ante la nueva melodía como un resorte.

—¡La música! Mi padre también tenía un tocadiscos... y le encantaba la música clásica, sobre todo un vals...

Aidan se inclinó hacia ella con interés.

—¿Cuál?

—El vals número dos de Shostakóvich. Me parecía misterioso, rítmico, emocionante. Lo escuchábamos juntos y era como compartir algo especial... No sé cómo explicarlo.

Aidan recordó la cálida voz de Evelyn al cantar para él, y un estremecimiento relampagueó en su cuerpo. También era un momento especial en el que ambos compartían soterradamente la única música que su padre les permitía. La voz de su hermana lograba que los momentos aciagos se desvaneciesen por unos instantes.

Cerró los puños sobre el reposabrazos del sillón pensando que daría todo lo que tenía, absolutamente todo, por escuchar a su hermana una vez más.

—Colócalo en su lugar —le pidió. El proceso de construir un palacio de la memoria para Ciara estaba suponiendo también hurgar en su propia mente.

Vio que ella cambiaba el gesto, como si le costara trabajo mantener la habitación ilusoria en pie con aquellos objetos en su interior. Supuso que al igual que le sucedía a él, también los recuerdos conseguían herirla.

—Solo falta el último elemento —apostilló Aidan—, piénsalo bien.

—Existían muchas cosas que a mi padre le gustaban, pero... había una en especial...: su álbum de sellos.

Aidan sintió una punzada de curiosidad. ¿Cómo había sido el padre de Ciara, un hombre al que le gustaba la cultura, la música, la literatura...?

—¿En qué trabajaba tu padre, Ciara?

Los labios de ella se curvaron en una amplia sonrisa.

—Trabajaba en una oficina de correos. Por eso he elegido el álbum de sellos. No tenía una colección tan exclusiva como para exponerla, pero le encantaba contemplarlos con una pequeña lupa las tardes que tenía libres, y solía explicarme de dónde procedían. Era su pequeño tesoro personal.

Tras un breve silencio, dijo a media voz:

—Cuando Jeff entró en nuestras vidas, lo vendió todo: el álbum, el tocadiscos, la música... Solo logré quedarme con los cuentos...

«Por esa razón sigue anclada en su infancia —pensó Aidan—. Ni siquiera le permitieron mantener los recuerdos tangibles de su padre. Ese tipo, Jeff, quiso borrar la memoria de él en el mismo instante en que se supo dueño absoluto de sus vidas, y ella atesoró lo poco que le quedaba de su padre y que la unía a esa niñez feliz que tanto añora. Es fuerte, sí, pero en el fondo sigue siendo inocente e ingenua. No necesita un psicoanálisis, sino los cuidados y el afecto perdidos.»

Posó su vista en la joven y descubrió que la expresión de su rostro, hasta ahora serena, cambiaba sensiblemente.

Ciara no podía sostener la habitación mental que ella misma había construido. Sus paredes se desmoronaron aplastando los objetos que yacían en cada rincón. Solo quedaron escombros y polvo.

Aidan comprobó que los ojos de ella se humedecían rápidamente y entendió lo que estaba ocurriendo en el interior de su cabeza.

—Tranquila —su voz sonó sosegada—, puedes volver a

entrar en esa habitación cuando quieras. No importa que ahora te resulte difícil. Está en tu interior. Dentro de ti sigue intacta.

Ciara respiró hondo y se prometió a sí misma regresar a su pequeño palacio de la memoria esa misma noche. Se había sentido bien entre aquellas blancas paredes, con sus queridos objetos, que podía ver y tocar cuando quisiera.

Era como un sueño lúcido, donde la fría realidad no tenía ningún tipo de poder.

Se adentraría en su habitación mental cuantas veces desease y cerraría la puerta tras de sí.

Pero... ¿y si no conseguía abrirla de nuevo? ¿Y si la realidad que tanto temía, pero que a la vez tanto necesitaba, no lograba traerla de vuelta al mundo físico?

Suspiró.

Solo había una cosa que de verdad la apremiaba a dejar el palacio de la memoria atrás y quedarse en el plano real de su vida.

Era tan simple y a la vez tan enrevesado de entender... Pero no tenía fuerzas para negárselo a sí misma.

«Solo quiero seguir escuchando su voz —pensó, y en su mente se formó el nombre de Aidan junto al intenso e imposible deseo de poder verlo—. Por ahora, en este mismo instante, no preciso nada más.»

35

Transcurrieron un par de días en los que Renata y Aidan instruyeron a Ciara para que pudiera desenvolverse por sí misma en la mansión.

Aprendió cuántos pasos tenía que dar para recorrer el pasillo que conectaba su habitación con la escalera o el número de escalones de esta; cómo servirse bebida en un vaso sin derramar ni una gota; ir al baño sola; vestirse...

En definitiva, asimilar que mientras siguiera ciega, su oído y sus manos serían sus ojos.

Ninguno de los tres quería dar por hecho que su estado fuera irreversible, pero todos comenzaban a albergar aquel funesto pensamiento, incluida Ciara, que cada día sentía crecer sus nervios. Había creído que su *shock* traumático duraría poco tiempo y que luego se restablecería, pero se daba cuenta de lo equivocada que estaba.

No le comentaba nada a Aidan, pero él ya había llegado a la misma conclusión. No obstante, no se rendía, pues comprendía que la joven había sufrido un fuerte trauma y que tal vez su ceguera se prolongaría un poco más de lo debido.

Aunque aquella mañana Ciara se despertó percibiendo los rayos del sol en su rostro, volvió a cerrar los ojos.

«Solo un poquito más...», pensó, somnolienta.

De repente, una tenue melodía llegó hasta ella. Aguzó el oído y distinguió unas débiles notas esculpirse en el aire que provenían de algún punto de la residencia.

Se levantó y se vistió con rapidez mientras la música iniciaba un suave *crescendo*.

Los latidos de Ciara se dispararon. Aquellos acordes... Estaba segura de que sabía cuáles eran.

Abrió la puerta de su habitación y se mantuvo unos instantes en el umbral.

—¿Renata?

Nadie contestó.

En ese momento, oyó cómo la orquesta al completo se unía para dar forma a un vals.

—¡Shostakóvich...!

El sonido parecía proceder de la planta baja.

Ciara contó los pasos mientras caminaba y se aferró al pasamanos de la escalera.

Empezó a bajar los escalones poco a poco, intentando superar una asimilada sensación de vértigo. Trastabilló en el quinto y se dio cuenta de que en aquella ocasión no había nadie para ayudarla. Tendría que hacerlo por sí misma, como le habían enseñado.

Al descender el último escalón, extendió los brazos y buscó a tientas la pared más cercana del salón.

Guiándose por el tacto, lo atravesó y se adentró por un pasillo. Continuó andando hasta que sus manos palparon una cristalera.

La música era allí más intensa, y Ciara sintió un golpe de adrenalina que recorrió todo su cuerpo.

—¿Aidan?

Pero solo oyó aquel vals emerger desde el otro lado de los ventanales.

Sintió el frío cristal en las palmas de las manos hasta que encontró un tirador.

Al abrirlo, la melodía se abrió paso hasta ella con total plenitud, al igual que una fuerte mezcla de olores florales que embriagaron todos sus sentidos.

Parpadeó, un tanto confusa, sin saber si debía entrar en aquella estancia desconocida.

—Veo que me has encontrado.

La voz de Aidan pareció fundirse con el vals, y Ciara

sintió cómo las manos de él asían las suyas con delicadeza.

—¿Dónde estamos? —preguntó ella—. ¿Y esta música...?

Aidan la condujo hasta el centro de su invernadero y la joven identificó ciertos aromas, como el de las rosas o los jazmines, no sin cierta dificultad. El crisol de olores reinante le impidió descubrir otras flores.

Sin soltarla, él respondió:

—Es... el jardín interior —Ciara no se percató de su titubeo inicial—, y el vals... creo que lo conoces muy bien.

Ella asintió.

—El que escuchaba con mi padre. El vals número dos de Shostakóvich.

Aidan había encontrado aquella pieza musical en uno de los múltiples CD que coleccionaba su tío. No había sido complicado trasladar el aparato de música desde su habitación hasta el invernadero.

Colocó una mano de Ciara sobre su hombro izquierdo y rodeó la cintura de ella.

—¿Qué... qué haces?

Aidan rio muy bajito.

—Un buen vals es aquel que se baila, ¿no crees?

Ella trató de relajar sus músculos.

—Pero no sé bailar, y sin ver nada...

—Tranquila, solo tienes que confiar en mí y dejarte llevar. La música no se ve, se siente.

Los movimientos de Aidan eran pausados, rítmicos, y Ciara creyó que la música la transportaba por los incontables recodos del tiempo hasta llegar a su infancia. Podía ver claramente a sus padres bailando ese mismo vals en el salón de su casa y a sí misma de niña, contemplándolos embelesada.

Su madre siempre la miraba a ella y le sonreía.

—Mis padres solían bailar esta misma música cuando yo era pequeña... —confesó Ciara, todavía con aquella imagen de la niñez cristalizada en su memoria.

—Ahora lo estás haciendo tú, el presente te pertenece.

Ella asintió, pero bajó la cabeza, entristecida.

Aidan empezaba a entender que el tiempo jugaba en su contra. Estaba reteniendo a Ciara con la promesa de devolverle la vista... Y por el momento, no encontraba la fórmula adecuada.

Un pensamiento fugaz se instaló en su mente: tarde o temprano tendría que dejarla marchar, y no estaba dispuesto a ello. Quería verla todos los días, rozar su piel, sonreír cuando ella lo hacía... La necesitaba. Sin embargo, no se había detenido a analizar las razones.

Se daba cuenta de que la estaba engañando desde un principio; y también a sí mismo. No obstante, algo lo instaba a proseguir con aquella farsa, a fingir que aquella representación tan hermosa seguiría su curso para siempre.

¿Y qué pensaría ella? ¿Tomaría sus promesas como un ridículo intento por tranquilizarla y mantenerla en aquella residencia imaginaria?

De repente, se sintió turbado. Estaba bailando con Ciara en el invernadero, con las plantas de ricino y sus semillas dormitando unos metros más allá, en el interior del cobertizo, sobre la mesa de su laboratorio.

Era una situación extraña, casi emocionante, pero también, en cierto modo, grotesca.

No podía dejar de pensar que se había convertido en un hombre despreciable. Súbitamente, le pareció que su misión no era sino una locura, y que había jugado a ser una especie de dios castigador.

Con Ciara entre sus brazos, todo se le antojaba lejano, como si en aquel invernadero se hubiera creado un microcosmos y el mundo exterior transcurriera a un ritmo distinto.

En ese momento, Ciara alzó el rostro, exponiendo sus mejillas pecosas que habían recuperado el color. Sus ojos miraban al infinito, pero por un instante parecieron posarse en los suyos.

Aidan fue consciente del roce que producía la cadera de la joven contra la suya propia y se atrevió a estrecharla aún más contra él en aquel baile íntimo, lleno de una magia que no supo definir.

El vals terminó y el invernadero se sumió en un triste silencio. Sin embargo, ambos continuaron bailando lentamente al compás de una melodía inexistente.

Ella sonrió, un gesto de serena felicidad en el que Aidan vislumbró cientos de promesas más con las que retenerla junto a él.

Había dejado de ver a su hermana en el semblante de Ciara. Pero no se sentía preparado para averiguar qué había cambiado en su percepción y por qué cuando su corazón latía al estar con ella lo hacía de un modo diferente.

Imaginó que Evelyn los miraba con alegría desde el pasado, y aunque Ciara no podía verlo, le devolvió la sonrisa.

36

Ciara tuvo que reconocerse a sí misma que ya albergaba aquellos pensamientos desde el primer día en que llegó allí.

Pero, por alguna razón, los había mantenido encerrados bajo llave en su subconsciente hasta que este había abierto de par en par sus puertas.

Quizá la causa de todo, el detonante principal, había sido el baile en el jardín el día anterior.

No podía dejar de pensar que, aun pareciéndole un momento extrañamente maravilloso, había sido algo insólito entre un médico y su paciente.

¿Formaba parte de la terapia? En realidad, no tenía una respuesta satisfactoria a esta pregunta.

Durante la semana que llevaba en la residencia, nadie la había informado de un posible progreso ni de cómo estaba evolucionando su problema. Más bien, aquel lugar se le antojaba como una mansión, una casa con una distribución hogareña que nada tenía que ver con una residencia médica.

No existía una sala especial para los pacientes ni una mínima enfermería. Por no mencionar que Aidan y Renata eran los únicos en atenderla día y noche. Por supuesto, no tenía queja alguna de los cuidados y atenciones que recibía. Renata no parecía una enfermera, sino casi un familiar cercano. Y el doctor Wilkinson la trataba como si fuera algo frágil y delicado; una figura de cristal que tuviera miedo de romper.

Tampoco había otros pacientes. Le habían dicho que para el doctor era un reto personal y, sin embargo..., estaba claro que algo no encajaba.

Fue entonces cuando decidió llamar a Liam. Le habían aconsejado no tener contacto con nadie, pero necesitaba escuchar la voz de su amigo.

Recordó haber colocado el móvil en el cajón de la mesilla de noche, pero aunque palpó toda su superficie, no lo encontró.

Extendió los brazos y comenzó a buscarlo por todas partes, incluso en el interior del armario. Nada.

—Maldita sea —murmuró.

Cuando bajó a desayunar, unos crecientes nervios, que ya creía superados, se instalaron en su estómago.

¿Dónde se encontraba realmente? ¿Se estaba comportando como una desconfiada o hacía bien en hacerse tales preguntas?

—¿Estás bien, cariño? —La voz de Renata la sacó de su ensimismamiento.

Ciara, que ya se había sentado a la mesa del comedor, oyó cómo ella llenaba su vaso. Por el olor dulzón, supuso que sería zumo.

No quería andarse con rodeos, así que respondió con otra pregunta:

—Me habéis quitado el móvil, ¿verdad?

El breve silencio posterior fue aplastante.

—Ciara, ya sabes lo que opina el doctor... Nada de distracciones con el exterior. Lo hemos hecho por tu bien.

La joven hizo un gesto de impaciencia.

—¡Solo quiero hablar con mi amigo! Decirle que estoy bien, que puede venir a visitarme...

—No, lo siento. Sería contraproducente para ti.

Ciara suspiró.

—Renata, dime la verdad. Esto no es una residencia.

No fue una pregunta, sino una afirmación en la que se vislumbraba cierto miedo.

Renata se sentó junto a ella y tomó sus manos.

—¿No confías en nosotros, cielo? Estás en nuestra residencia y tratamos de ayudarte. Simplemente queremos que nuestros pacientes se sientan como en casa, por eso este lugar es diferente. Nos gusta dar un trato personal y... único.

—Ya.

¿Qué podía responder? En cierta forma, debería sentirse agradecida por aquellos cuidados ofrecidos de manera desinteresada, pero una insistente alarma se había encendido en su mente y no conseguía apagarla.

—¿Y Aidan? —preguntó, procurando que su tono sonara relajado.

—Ha tenido que ir al hospital... Aunque ha pedido unos días libres para atenderte, el trabajo sigue siendo el trabajo, y algunos de sus pacientes lo reclaman.

—¿Te refieres al Hospital Royal Victoria?

Le pareció que Renata titubeaba unos instantes.

—Sí..., sí, claro. Ya sabes que trabaja allí.

—Entonces, supongo que hoy es un día de descanso en mi terapia.

—Podría decirse que sí. Pero no te preocupes, el doctor estará aquí por la tarde.

Ciara se sumió en el silencio y tras desayunar, se encerró en su habitación.

No quería mostrarse desagradecida, pero haberle quitado el móvil sin su permiso y sin su conocimiento no era algo que asimilase fácilmente.

Ciertas cosas no eran normales en aquella casa, y quería averiguar qué ocurría en realidad. Lo único que lamentó era no haberse dado cuenta días atrás.

Aidan regresó mucho antes de lo que ella había previsto, y cuando le oyó saludar a Renata en la planta baja, se decidió a salir y hablar con él.

Lo respetaba no solo por su trabajo, sino por el cuidado extremo con el que la trataba.

Y, sin embargo, consideraba también justo saber la verdad, si es que esta era tan evidente como pensaba.

Bajó la escalera y, antes de que Aidan la saludase, percibió el característico olor a enebro.

—Me gustaría hablar contigo —dijo Ciara de forma contundente.

Aidan hizo un gesto a Renata para que los dejara solos y le dijo a la joven que tomara asiento en el sillón cercano al suyo.

—Te noto preocupada. Puedo asegurarte que volverás a ver, es solo cuestión de tiempo, y estar nerviosa no te ayudará, ya lo sabes...

—Me preocupa mi ceguera, es verdad, pero también no saber dónde estoy.

Aquellas palabras sorprendieron a Aidan, que se irguió aún más en su sillón.

—No te entiendo, ¿a qué te refieres?

Ella se pasó una mano por la frente antes de responder:

—Me habéis quitado el móvil sin que yo me enterara, creo que lo mínimo habría sido decírmelo.

—Ciara, creo que...

Ella lo interrumpió:

—Además, esta no es una residencia como me has hecho creer. Ni siquiera está habilitada para tener pacientes. Y... la terapia me resulta extraña. Todo es extraño, en realidad. Yo... quiero llamar a Liam, salir a dar un paseo y sentir el aire de la calle, no a través de la ventana de mi habitación. Estoy ciega, pero no he perdido mis otros sentidos ni soy una inválida. —Al percatarse de que estaba perdiendo los nervios, hizo un gesto con las manos y, en tono más sereno, concluyó—: No pido nada más, en serio.

Un tenso silencio se expandió entre ellos.

Cuando Aidan habló, Ciara advirtió que su voz había cambiado. Ahora tenía un timbre sosegado pero frío, casi metálico.

—Parece que no confías en mis métodos. ¿Quieres llamar a Liam, salir a la calle? Nadie te lo impedirá. Pero te aseguro que si comienzas a desviarte de la terapia que te he marcado, tu curación será más lenta y difícil. Y en cuanto al lugar donde estamos, no es una residencia al uso, por supuesto. Deberías tratar de mantenerte receptiva con tu tratamiento y no pensar tanto en todo lo que te rodea. La ceguera no se desvanecerá llamando a tu amigo o paseando por Dublín, te lo aseguro.

Ciara abrió la boca, pero no dijo nada.

Se había acostumbrado de tal forma a la voz dulce y a la vez penetrante de Aidan que incluso en ocasiones soñaba con ella. Pronunciaba su nombre desde la oscuridad y siempre la seguía, como en un trance. Había sido una especie de guía sonora, un hilo de oro con el que orientarse y dejarse llevar.

Y ahora, aquel tono cortante había tenido la fuerza de herirla.

—Lo siento, Ciara —lo oyó de nuevo, esta vez un poco más calmado—, pero tú debes decidir si quieres quedarte aquí. ¿Sigues confiando en mí? Mi promesa de devolverte la vista continúa intacta, eso no lo dudes. Haré todo cuanto esté en mis manos. No obstante, no podré lograrlo si no tengo la seguridad de que tú vas a esforzarte al cien por cien.

Ciara prolongó su mutismo.

¿Y si el doctor tenía razón? ¿Acaso ella sabía de medicina o de traumas psicológicos?

Expulsó el aire retenido en sus pulmones y finalmente respondió:

—De acuerdo. Yo... lo siento, es solo que, cada día que pasa veo conspiraciones donde no las hay, temores y miedos que no me dejan en paz y..., bueno, es todo muy complicado. He pasado por una situación muy difícil. Estaba muy unida a mi madre y, aunque a mi padrastro no lo podía ni ver, nunca habría imaginado una muerte tan horrible para ambos. Y sí, confío en ti. Y quiero curarme, claro, pero debes entender mi situación.

Percibió un leve cambio en la respiración de Aidan.

—Está bien, Ciara. Mañana continuaremos con la terapia. Solo debes permanecer tranquila, todo se solucionará. Te doy mi palabra.

Ella asintió, sabiendo que en sus próximos sueños volvería a oír aquella nueva voz, dura e inflexible, a la que, incluso ahora, seguiría con una fe insólita pero inquebrantable.

37

Aidan se encerró en su dormitorio, presa de una serie de emociones que oscilaban desde la rabia hasta la autocompasión.

No comprendía qué era lo que acababa de suceder unos minutos antes.

Las dudas de Ciara eran muy lógicas, y él, en cambio, había cedido ante la zona más oscura de su mente.

¿Por qué no le contaba la verdad y terminaba de una vez con todo, maldita sea?

Pero ¿cuál era la verdad?

Había predominado el deseo de retenerla en la mansión sobre el de alejarla para siempre de su vida. «Para siempre» era una expresión muy ambigua, puesto que al fin y al cabo podría seguir manteniendo cierta relación entre médico y paciente, en el caso de que ella decidiera irse...

Sin embargo, al pensar en esta posibilidad, Aidan sentía una extraña presión en el pecho. No, definitivamente, no quería dejarla marchar.

¿Suponía aquello una especie de secuestro?

Se sorprendió a sí mismo al descubrir que en realidad no le importaba. Nada era ya relevante. Excepto ella.

Se dirigió a su baño privado y se lavó el rostro con agua fría.

Al verse reflejado en el espejo, percibió que su mirada había cambiado. Ya no destilaba fiereza y odio, sino tristeza.

Se recriminó ser tan pusilánime a aquellas alturas de su vida y al mismo tiempo se culpó por la dureza con la que había respondido a Ciara. Tuvo que optar por la contundencia y cierta intimidación, que ahora aborrecía haber empleado con ella. Pero no había tenido otro remedio. Sus palabras surtieron efecto, y la joven seguramente había engendrado unas dudas que la mantendrían unida a él un poco más.

¿Qué le estaba sucediendo exactamente?

Algo estaba creciendo dentro de él, dividiéndose y multiplicándose. Podía notarlo en los latidos del corazón y en ese nudo tan férreo en el estómago. Le robaba el aire de los pulmones y le exigía una atención constante.

Estaba habituado a dominar su cuerpo y sus emociones. Lidiar con aquellas nuevas sensaciones era como imbuirse en una lucha constante que se debatía entre la incomprensión y la negación.

No permitiría que los nervios comenzaran a controlar sus acciones.

Al fin y al cabo, Ciara solo le había pedido llamar a su amigo. Una solicitud fácil de rechazar.

Ese chico, Liam, no era rival para él.

Negó con la cabeza.

¿Había pensado en la palabra «rival»? ¿Por qué?

Detestaba no tener una respuesta para aquellas dudas que solo conseguían desquiciarlo.

Se dirigió hacia una de las estanterías y eligió un libro en concreto. Conservaba aquel ejemplar como un tesoro, con sus lomos de un tono azul intenso y un corazón humano dibujado en la cubierta. Antes de abrirlo, leyó el título y el nombre del autor, que se presentaban con letras escarlatas: *Jeanie Deans*, de Dion Boucicault. Era una obra de teatro escrita por uno de los considerados genios de la literatura irlandesa. Aidan sabía que su argumento se basaba en la novela de Walter Scott *El corazón de Mid-Lothian*. En el interior del libro había una fotografía. La tomó conteniendo brevemente el aliento. En ella, aparecía una muchacha de unos catorce o quince años, de cabello pelirrojo y rostro sonriente, pero melancólico. En la instantánea, la joven saludaba a la cámara con una mano alzada.

«Evelyn...»

Aidan acarició su superficie con cariño.

Había guardado aquella fotografía en el libro preferido de

su hermana. Todavía podía recordarla interpretando el papel de la protagonista en los acantilados, mientras el oleaje del mar parecía ofrecerle sus aplausos.

Un día, Aidan le había preguntado por qué le entusiasmaba tanto aquella historia, por qué la leía una y otra vez.

Evelyn lo miró muy seria antes de responder:

—Porque tiene un significado entre sus páginas que todos deberíamos aprender en algún momento de nuestra vida.

—¿Y cuál es? —había preguntado su hermano pequeño.

—La libertad o la muerte.

Debería haber comprendido aquellas palabras, debería haber entrevisto el símbolo que contenían.

Pero cuando lo hizo, fue demasiado tarde.

La fotografía tembló en sus manos.

Ciara nunca podría ocupar el lugar de Evy. Su hermana estaba muerta desde hacía años. Era muy consciente de que quienes viven en la memoria nunca pueden morir. En cambio, ahora comprendía que él había estado muerto en vida.

La sonrisa de Ciara, su voz, sus gestos al enfadarse... lograban que el eco de antiguas sensaciones volviera a surgir en su interior.

Evelyn estaba muerta. Pero él no.

Todavía podía conmoverse, esperanzarse, sentir..., amar.

Creyó que se había vuelto de hielo, incapaz de estremecerse por nada. Se equivocaba.

Pero ¿estaba dispuesto a admitirlo? ¿A correr el riesgo de que aquellas emociones lo tornaran débil?

Apartó la vista de la fotografía y la guardó en el libro.

Construiría un muro bien sólido en su mente, con el que custodiar sus sentimientos más instintivos. Mantendría a Ciara en su casa cuanto él desease y no volvería a preguntarse una y otra vez las razones.

Atlas, ese titán que enmascaraba su álter ego, aferró su mundo con manos firmes y gesto severo.

La debilidad nunca había dominado a Aidan.

Y no comenzaría a hacerlo ahora.

38

El inspector Gallagher estaba inmerso en poner orden en los documentos relativos al caso Brown. Había pasado una semana desde el incendio de la casa y el hallazgo del cadáver y todavía no tenía un nexo entre la muerte de la madre y la del padre.

«Es demasiado extraño que entren a robar y no se lleven nada de valor —pensaba—. Y demasiada casualidad que después se incendie la casa aparentemente por accidente. Tiene que haber un hilo conductor entre las dos muertes.»

Sus cavilaciones se vieron alteradas por el sonido del teléfono.

—Soy la doctora Mitchell, inspector. Me acaban de llegar los análisis del fallecido señor Brown y tenemos una sorpresa.

Gallagher entrecerró los ojos como para prepararse a escuchar las palabras de la doctora.

—Espero que esté bien sentado. La muerte de ese individuo fue producida por ricina. Seguramente inyectada con una hipodérmica. Le remitiré una amplia información sobre cómo se fabrica y de dónde se extrae. ¿Recuerda el otro caso? Demasiadas casualidades. ¿No le parece, inspector?

—Tiene razón, Dana, demasiadas. Envíeme el informe por fax y, de nuevo, gracias por todo. ¡Ah, por cierto! Si no tiene inconveniente, me gustaría invitarla a cenar cuando termine con este caso. Sería un honor para mí que accediera. Ha hecho un trabajo perfecto.

—Es mi obligación, inspector, pero de cualquier forma acepto con gusto. Espero su llamada.

La respuesta de la doctora hizo que sonriera para sí. Hacía

mucho tiempo que no invitaba a cenar a una mujer, y que la cita fuera con la doctora Mitchell era un placer. Sabía que estaba divorciada desde hacía algunos años y que su labor como forense le robaba casi todo el tiempo. Supuso que una invitación fuera de los cauces policiales sería bien recibida por ella, y por unos instantes se sintió a gusto consigo mismo.

El silencio se adueñó del despacho. Ya tenía un hilo conductor y dedujo, por tanto, que debería haber también un asesino en serie. Pero ¿cuál era realmente el móvil de aquellos homicidios?

Inspiró profundamente y se recostó hacia atrás en el sillón con las manos entrelazadas en la nuca. ¿Quién podía tener acceso a la ricina? Más aún, ¿cómo la podía elaborar? ¿En un laboratorio? Eso le hizo pensar que quien fuera debía de tener sólidos conocimientos de química y botánica.

En ese momento entró en el despacho su ayudante.

—Inspector, abajo hay un joven que dice ser amigo de Ciara Lynch.

Gallagher hizo un gesto para que prosiguiera.

—El caso es que no la encuentra y alega que su móvil permanece apagado continuamente. Le parece muy extraño y...

Gallagher cortó sus palabras.

—Hazle subir. Hablaré con él.

Unos minutos después, Liam se hallaba de pie frente al inspector.

—Mi ayudante me comenta que eres amigo de Ciara. ¿Es así?

El joven respondió con cierto nerviosismo. Nunca había hablado con un inspector de policía.

—Sí, señor. La conozco desde el parvulario y además trabajamos juntos en una floristería. La vi por última vez en el hospital, y después hablamos por el móvil cuando iba en coche con el médico. Por cierto, ahora recuerdo que en una de las ocasiones en que la visité, Ciara me comentó, aunque no estaba muy segura, que creyó reconocer por la voz a ese hombre. Le pareció que era el mismo que había entrado en la floristería semanas atrás... Lo recordaba porque, según me dijo, ambos desprendían el mismo olor a enebro. Desde que le dieron el alta, no he vuelto a saber nada de ella y, la verdad, estoy muy preocupado... Lleva días sin dar señales de vida, y eso no es normal en Ciara, sobre todo después de lo ocurrido a su madre y a su padrastro.

Gallagher hizo un inciso.

—¿Qué médico? —preguntó al fin—. ¿Cuándo ha salido del hospital? Di órdenes de que se me informara al darle el alta.

El inspector clavó sus ojos en Steve, y este hizo un gesto significativo encogiéndose de hombros.

Liam continuó hablando con más seguridad que antes.

—Hace varios días que salió. Ciara me dijo que la acompañaba el médico del que le he hablado, un tal doctor Wilkinson. Parece ser que la llevaba a una residencia privada para intentar curar su ceguera. Es lo único que sé, inspector. No puedo decirle nada más...

Gallagher agradeció la información al muchacho y ordenó a Steve que le tomara los datos y el número de teléfono.

—Si damos con Ciara te llamaremos. No te preocupes. Lo más lógico es que sea como dices y esté en alguna residencia especializada.

Cuando Liam se hubo marchado, Gallagher se dirigió a Steve con el enfado patente en sus palabras.

—¿Por qué no se me ha informado de todo esto? Tenemos un caso de doble asesinato y la hija desaparece delante de nuestras narices. Y además, ciega. ¡Vamos a ser el hazmerreír de todo el cuerpo de policía! Si en un par de días no tenemos noticias de la muchacha, tendré que dar orden de búsqueda. Trate de localizar alguna fotografía reciente de Ciara Lynch por si hay que repartirla entre las patrullas. De momento iré al hospital para que me informen de quién es ese médico y dónde está la residencia.

Acto seguido cogió su gabardina y salió de su despacho dando un sonoro portazo.

En el hospital le confirmaron lo dicho por Liam.

—La joven abandonó el centro hace siete días con el alta médica. Se marchó acompañada de un familiar que la había visitado varias veces mientras estuvo internada.

La voz de la enfermera tras el mostrador de información sonaba tediosa mientras examinaba su ordenador. Parecía estar dando el parte clínico de cualquier paciente que, superada su dolencia, se hubiera marchado sin más.

—¿No saben quién era? —preguntó Gallagher inquisitivamente.

La enfermera se encogió levemente de hombros.

—No tengo ni idea. Ya le digo que debía de ser de su familia.

El inspector tuvo que contenerse para no elevar en exceso la voz.

—Esa joven no tiene familia. A su madre la asesinaron hace poco y su padrastro murió dos días después carbonizado en su casa. ¿Qué clase de hospital es este, en el que permiten que una paciente ciega salga del mismo con un desconocido del que ni siquiera saben su nombre? Es demencial. Había ordenado que se me mantuviera informado de todo lo concerniente a esa joven y nadie lo ha hecho. Supongo que las cámaras de seguridad habrán registrado las imágenes de cuando salieron...

La enfermera lo miró con ojos de perro lastimero y prosiguió con el mismo tono.

—Lamento decirle que en aquella semana las cámaras no funcionaron por un problema técnico. Si lo desea puede usted hablar con el jefe de la planta donde ella estaba. Quizá él le pueda dar alguna explicación. Lo siento.

Gallagher no esperó al ascensor y subió por las escaleras. Su irritación fue en aumento cuando el médico tampoco supo darle mejores explicaciones que la mujer del mostrador de información.

—No tenemos obligación de saber con quién se marchan nuestros pacientes una vez que se les da el alta. Sí le puedo decir que en alguna ocasión vino un chico joven que parecía conocerla.

—Pero sí deberían saber quién los visita, y más en este caso, en el que concurrían factores fuera de lo normal. ¿O es que atienden a muchas personas que se hayan quedado ciegas al ver a su madre asesinada? ¿No los informaron de que este era un caso que llevaba la policía? ¡Esto es increíble!

El rostro del inspector estaba rojo de ira cuando salió del hospital a toda velocidad dando un puñetazo al cristal de la puerta automática. Acto seguido llamó a su ayudante y le conminó a acercarse allí antes de media hora.

—Steve, averigüe cuanto pueda de la persona con la que se marchó la joven. Quiero saber cómo era: su edad, sus rasgos físicos, el color de su pelo y hasta qué coche tenía. ¡Maldita sea! ¡Ya tendría que estar usted aquí! ¡Si me quedo un minuto más soy capaz de detenerlos a todos!

Su ayudante estaba sorprendido al notar el enfado de su jefe por teléfono. Jamás lo había oído levantar tanto la voz ni tan alterado.

—Salgo hacia allí de inmediato.

39

Junio, 2000

En el interior de la casa del acantilado resonaba furioso el eco del mar.

Evelyn deslizó su vista hacia la ventana del dormitorio y descubrió que el fantasmagórico halo de la luna llena bañaba el bosque cercano.

Las sombras que se habían gestado en los árboles más próximos le parecieron espectros al acecho. Su hermano adoraba aquel bosque, y ella sabía que jugar en él, incluso con el riesgo de perderse, era para Aidan un pequeño espejismo de libertad.

Evelyn soñaba con algo distinto. Quería ver Dublín, liberarse de las cadenas que la mantenían retenida en su casa, olvidar aquellos acantilados y ese bosque en cuya penumbra unos ojos escrutadores la vigilaban cada noche.

Se levantó de la cama sin hacer ruido y observó a su hermano, que seguía dormido.

Aidan no era el mismo desde el día en que lo descubrió todo... Ya no sonreía ni hablaba con ella con la misma confianza. Era consciente de que su infancia se había hecho añicos.

Evelyn le acarició la mejilla con suavidad y suspiró. Se sentía vacía, como un autómata al que hubieran dado cuerda y se moviera sin un atisbo de vida.

Salió del dormitorio y bajó a la cocina a buscar un vaso de agua.

Los escalones de madera crujían con cada uno de sus pasos mientras trataba de contener la respiración. No quería despertar a nadie. Los acelerados latidos del corazón retumbaban en su pecho al ritmo del oleaje. Se preguntó por qué el mar estaba airado aquella noche aparentemente serena. Su sonido enfurecido parecía gritarle palabras ominosas desde la distancia.

A oscuras y acostumbrando sus ojos a la luz de la luna, abrió la encimera para buscar un vaso.

Se disponía a verter agua de la jarra cuando sintió unas manos aferrar sus caderas.

El golpe de adrenalina que recorrió sus venas le devolvió una sensación de mareo.

No se movió, pues sabía quién se encontraba tras ella, pegando su fornido cuerpo contra el suyo; incluso podía percibir su desagradable olor a sudor.

Contuvo la respiración mientras la figura a su espalda comenzaba a moverse de forma obscena, sin separar su pelvis de ella ni aflojar la presión de sus gruesas manos.

—Venga, nenita, papi se ha despertado solo para verte...

En aquel momento, una sola imagen acudió a la mente de Evelyn: la expresión en la mirada de Aidan al verlos a su padre y a ella aquella fatídica tarde días atrás.

Algo se quebró en el interior de la joven.

En su inocencia, siempre había pensado que acceder a los repugnantes deseos de su padre suponía que su madre y su hermano estarían a salvo de sus accesos de violencia. Las amenazas con las que él solía amedrentarla habían surtido efecto.

Hasta ahora.

Durante meses había alimentado en sus entrañas la vergüenza y la humillación que la tenían sometida. Y ya no podía seguir soportándolo.

«La libertad o la muerte.»

Se giró y, aunque lo empujó bruscamente, solo se movió unos centímetros. Evelyn leyó cierta sorpresa en sus ojos.

Él no dijo nada. Contrajo el gesto e intentó retenerla entre sus brazos, buscando sus labios y manoseándola con ansiedad.

Evelyn forcejeó presa del pánico y, en una tentativa desesperada, arañó el rostro de su padre, que profirió un aullido de dolor.

En ese instante, Aidan abrió los ojos, asustado por el grito.

Comprobó con un nudo en el estómago que la cama de su hermana estaba vacía.

—Ay, no, Evy...

Se levantó rápidamente y dirigió sus pasos hacia la cocina.

Al ver la escena que se presentaba ante él, no supo qué hacer. Se sentía petrificado, anclado al suelo, como una estatua de mármol que observa el mundo a su alrededor sin cambiar su aspecto hierático.

Su padre desvió la mirada hacia donde se encontraba él durante unos segundos que a Aidan le parecieron eternos. Evelyn aprovechó el desconcierto para librarse de sus ávidos brazos y huir.

Su delgado cuerpo, cubierto solo por el camisón blanco, se asemejaba a un espíritu etéreo que atravesó el salón y salió precipitadamente por la puerta como una nívea exhalación.

Las piernas de Aidan reaccionaron, y corrió hacia el dormitorio donde su madre se hallaba descansando.

—¡Mamá, mamá, por favor, despierta!

Maureen ni siquiera tuvo tiempo para preguntar qué sucedía. Aidan tiró de ella y, por la mueca de angustia en su semblante, supo que su madre no era muy distinta a él. También ella parecía sentir sus músculos agarrotados cuando el temor se cernía sobre la casa.

Cuando ambos bajaron a la cocina, vieron cómo aquel hombre daba un agresivo golpe contra la pared, blasfemando.

Maureen lo asió de un brazo con la mirada aterrada.

—¿Y Evelyn? ¿Dónde está?

Su voz trémula solo consiguió enfurecer aún más a su marido, que, de un manotazo, se zafó de ella, arrojándola al suelo.

—¡Tu hija es una furcia asquerosa!

Aidan vio a su padre salir de casa a toda prisa en busca de su hermana y volvió a sentir sus piernas paralizadas por completo.

Se odió a sí mismo. No solo por el hecho de no saber nunca qué hacer ni cómo reaccionar, sino por haberse comportado tan mal con Evy los días anteriores.

Creyó que había perdido la confianza en ella cuando, en realidad, esta se había hecho más fuerte. Pensó que jamás la perdonaría, pero era su propio padre el objetivo real de su desprecio.

¿Por qué Evy había callado todo ese tiempo? ¿Era el silencio la mejor opción? ¿Desde cuándo estaba sucediendo aquello? Y sobre todo, ¿por qué él mismo no había denunciado aquel horrible secreto? ¿El miedo era tan poderoso como para no defender a un ser querido?

Se arrodilló junto a su madre, que gimoteaba en un rincón.

—Aidan —sollozó ella—, corre, síguelos, ¡date prisa!

Mientras huía, Evelyn sentía cómo sus pies desnudos se laceraban al contacto con las piedras del camino que conducía a los acantilados.

No sabía por qué había escogido esa dirección. El mar parecía llamarla, y ella acudía a su encuentro como una amante solícita.

Su mente estaba en blanco, solo dominada por el miedo que le aguijoneaba el cerebro con un pulsante frenesí.

Ahogó un grito al percibir unas fuertes pisadas. Aquel sonido únicamente podía significar que su padre iba tras ella y le ganaba terreno.

El frío aire de la noche quemaba en sus pulmones, y la oscuridad parecía embestir contra su cuerpo, impregnándole cada uno de los poros con su negra desesperanza. Solo la luz espectral de la luna llena conseguía herir las tinieblas.

Cuando Evelyn llegó al límite del acantilado, se dio cuenta de su error.

Podría haber ido hacia el bosque, perderse en su maleza, esconderse entre los árboles...

Sin embargo, sus pasos la habían llevado allí. Sin pensarlo, sin entender la razón.

Por un instante, escuchó el mar embravecido. Sus olas rompían con fuerza, estrellándose contra las negras rocas en un estruendo aterrador. Era como presenciar los roncos bramidos de un ser colosal y, de algún modo, magnético. Durante unos breves segundos, Evelyn se dejó abrazar por su impetuosa música, cuyo ritmo crepitaba no solo al precipitarse contra el acantilado, sino en todo su interior. Un titán pugnando por liberar su fuerza. Un corazón palpitante e infinito. Un dios inmenso.

El sonido de una respiración entrecortada llegó hasta ella.

Se dio la vuelta muy despacio y sus ojos se detuvieron en la figura de su padre.

—¿Crees que huyendo se soluciona todo? —gritó él con los puños cerrados—. ¿Crees que así te librarás de esa culpa que te corroe, pequeña zorra?

Los ojos de Evelyn se humedecieron.

—¡Tú me obligas a hacerlo, bastardo! —Se secó las lágrimas con rabia—. ¡Soy tu hija, maldita sea! ¿Qué clase de padre consentiría algo así? ¡Eres un monstruo!

Su padre rio de forma siniestra.

—Los monstruos han dejado de ser cosa de niños, ¿eh? ¡El mundo real es así, estúpida!

El mar tronaba desde su inmensidad y Evelyn dio un paso atrás, atraída por su voz de agua.

De repente, una pequeña silueta se dejó entrever a pocos metros detrás de su padre.

Aidan.

Los ojos de ambos hermanos se encontraron, y el tiempo pareció detenerse.

Evelyn dio otro paso hacia el extremo del acantilado.

Ya no existía el miedo. La tristeza era algo del pasado, perteneciente a los escombros donde reposaba la antigua Evelyn, ingenua y temerosa. Ahora solo sentía una extraña calma que gravitaba en su pecho y se extendía hasta la punta de sus dedos.

Había vencido al miedo... Era libre.

Sonrió a Aidan. Fue tan solo un instante efímero, en el que sus labios curvados en un gesto de cariño quisieron convertirse en un postrer mensaje para su hermano.

Cerró los ojos.

El mar la reclamaba como un sacrificio sagrado.

Lentamente, su cuerpo se dejó vencer por la voz del océano, precipitándose hacia las tenebrosas aguas que la aguardaban.

El corazón de Aidan pareció detenerse y un violento estremecimiento sacudió todo su cuerpo.

Su padre, que se había aproximado al borde del acantilado, observaba las rocas intentando distinguir el cuerpo de su hija.

El odio invadió a Aidan con una energía inusitada. Todo a su alrededor se difuminó en una densa bruma. Sus ojos solo podían distinguir aquella figura que, con aire indiferente, seguía mirando el negro vacío donde rompían las olas.

Sus piernas dejaron de permanecer ancladas al suelo. Se abalanzó sobre su padre y lo empujó con todas sus fuerzas profiriendo un grito de rabia que rasgó la noche, arrojándolo hacia el mismo destino que había sufrido Evelyn.

Al igual que ella, había derrotado al miedo. Pero lo había hecho tarde. Demasiado tarde.

40

El inspector Gallagher se había levantado pronto y todavía conservaba el humor de perros del día anterior. Después de darse una ducha bien caliente se vistió con celeridad y bajó a tomarse su acostumbrado café bien cargado. Presentía que aquella mañana iba a necesitar más de uno.

No había bebido ni un sorbo cuando sonó su teléfono móvil.

—Inspector, soy Steve. Estoy en el hospital y ya tengo la descripción del supuesto médico con el que se fue la chica ciega. Según recuerdan las enfermeras, era un tipo muy amable y educado. Del coche no he podido averiguar nada, parece que nadie los vio subir a él.

Gallagher se mantuvo en silencio unos instantes. Su cabeza dilucidaba el siguiente paso que debían dar.

—Muy bien, Steve. Ahora preste mucha atención. En principio este asunto lo vamos a llevar usted y yo. Nadie más. ¿Comprende lo que quiero decir? Hasta que averigüemos el paradero de esa joven, nadie, y repito, nadie debe meter las narices en el caso.

Steve contestó intuyendo lo que significaban las palabras de su jefe.

—Lo comprendo perfectamente, inspector. Solamente dígame qué quiere que haga ahora.

—Reúnase conmigo a las diez en la floristería donde trabaja el amigo de la joven.

—Allí estaré, inspector.

Gallagher se tomó su café ya casi frío y pidió otro antes de salir del establecimiento. Una serie de dudas comenzó a asaltarlo de forma atropellada. ¿Quién era ese supuesto médico que se había tomado tanto interés por la muchacha ciega? ¿O acaso la había engañado y, por tanto, podía tratarse de un secuestro? Y si era así, ¿con qué finalidad? ¿Tenía él algo que ver con el asesinato de su madre y su padrastro? La forma de operar había sido muy distinta en cada uno de ellos, pero no podía dejar nada al azar.

En el coche siguió dando vueltas a todas las posibilidades que se le planteaban. Pensó que no iba ser un caso fácil de resolver.

Cuando llegó a la floristería, su ayudante acababa de llegar. Entraron juntos y enseñaron sus placas a la señora Moore. Esta, al principio, se quedó un tanto sorprendida, pero inmediatamente supuso que aquella visita tendría algo que ver con Ciara y los acontecimientos ocurridos días atrás.

El inspector fue el primero en hablar.

—Trataremos de molestarla lo menos posible, por lo que iré directamente al grano. Supongo que sabrá que Ciara se ha quedado ciega, pero lo que no sabe es que ha desaparecido. Parece ser que se marchó del hospital con un supuesto médico al que no localizamos ni sabemos quién es en realidad. No obstante, Ciara le dijo a un empleado suyo, Liam, que creo que son amigos, que la voz de este hombre y sobre todo su perfume le recordaban a un individuo al que atendió el primer día de trabajo en esta floristería. Según comentó la joven, olía a enebro. Nos ayudaría mucho si usted recordara cómo era ese hombre y, si es así, nos dijera si pagó con tarjeta de crédito.

La señora Moore miraba fijamente al inspector sin perder detalle de sus explicaciones y, al llegar al tema del perfume, su memoria se activó con celeridad.

—Aquel día entró un hombre de unos veinticinco años, y es cierto que a Ciara le llamó la atención aquel olor a enebro. Lo recuerdo porque comentamos esa peculiaridad. En cuanto al pago, tendría que consultar en el ordenador, ahí registro todas las ventas.

Tras unos minutos en los que la señora Moore repasó sus listados, se volvió hacia el inspector.

—Fue el 26 de diciembre y aquel día no se realizó ni un solo pago con tarjeta. Lo siento.

—¿Podría describirnos a ese hombre? —preguntó Gallagher.

La dueña de la floristería intentó detallarle lo mejor que pudo cómo era, inclusive el color de sus ojos y el traje que llevaba.

—Parecía un hombre un tanto tímido y reservado. Bien parecido. No habló mucho, pero ahora recuerdo que comentó que las flores eran para su madre...

Gallagher apuntó rápidamente los rasgos en su libreta habitual:

Hombre caucásico.
Palidez.
Cabello negro.
Ojos oscuros.
Labios finos.
Perfume de enebro.
Ropa que destaca buena posición económica.
Sin acento extranjero.
Sin tics, tatuajes o marcas identificativas.
Entrado en la veintena.

—¿No dejó dirección alguna? —prosiguió Gallagher.

—Se llevó el ramo él mismo. No puedo decirle otra cosa, inspector. ¿Ciara está en peligro?

El rostro de la señora Moore estaba contraído.

—No lo sabemos con certeza. Esperemos que ese individuo sea un amigo, como ha dicho, y que al final todo quede en nada. No la molestaremos más, muchas gracias por su amabilidad. Ah, otra cosa. Le rogaría que no comentara esto con nadie.

La señora Moore asintió con la cabeza y segundos después vio cómo los dos policías salían de la floristería.

Una vez fuera, Gallagher hizo una llamada por el móvil.

—¿Dana, es usted? He cambiado de opinión y creo que la voy a invitar hoy mismo a almorzar. Es necesario que nos veamos. Si le parece bien, a las dos en el Unicorn. ¿Sabe dónde está? Perfecto y gracias, doctora. Allí nos vemos.

41

Cuando llegó a casa aquella tarde, Aidan ni siquiera reparó en la presencia de Ciara en el salón.

—¿Aidan? —preguntó ella al oír sus acelerados pasos y oler el peculiar aroma a enebro.

Pero la única respuesta que obtuvo fue el contundente sonido de la puerta de su despacho al cerrarse.

Aidan abrió con violencia uno de los cajones del escritorio y extrajo su carpeta de bocetos.

Tras rebuscar entre ellos, encontró uno. Lo contempló durante unos instantes con veneración antes de que su ira estallase.

Comenzó a destrozar los dibujos con ansiedad mientras apretaba los dientes, luchando por no dejarse arrastrar por el dolor. No quería que sus sentimientos emergieran a la luz; debía mantenerse frío, imperturbable, como siempre había sido.

No pudo conseguirlo.

Sus esbozos a carboncillo quedaron esparcidos por la estancia en una alfombra tejida con mosaicos de rostros infantiles.

Manteniendo un tenso mutismo, dio un golpe sordo contra la pared con el puño cerrado.

Acto seguido, se miró la mano y en su rostro se fraguó un gesto de asombro.

Su padre también había golpeado la pared en aquella última ocasión...

Dominado por la pesadumbre, se dejó caer en el sillón.

Las imágenes del pasado se unían a las del presente más

cercano en una espiral que lo precipitaba más y más hacia un territorio oscuro y recóndito donde no quería adentrarse.

Pero su mente reflejaba una y otra vez lo sucedido aquella mañana con una nitidez casi cegadora.

Había vuelto al hospital pediátrico tras los días libres que había dedicado a estar con ella. No habían sido muchos, y, sin embargo, necesitaba regresar, saber que sus pequeños pacientes progresaban como era debido, volver a estar en contacto con el mundo real después de haber vivido en su mansión cuidando a la joven, como un torpe mago que creara para ella una burbuja libre de dolor y tristeza. Una burbuja que él ni siquiera había sido capaz de construir a su propio alrededor... y que, por el contrario, adoraba representar ante Ciara.

A algunos niños ya les habían dado el alta; era el caso de David y Peter.

Pero cuando entró en la habitación contigua y comprobó que estaba vacía, un mal presentimiento se fue abriendo paso en su pecho.

Todavía podía oír las palabras de su compañera Grace cuando él le preguntó la causa:

—Pensé que lo sabía, doctor O'Connor... Helen fue operada la semana pasada. Usted pidió unos días libres y... casualmente la operación se adelantó. No entiendo por qué el jefe de planta, el doctor Atkins, no lo avisó... —Una breve pausa en la que Aidan contuvo la respiración al ver la mirada compungida de Grace—. La pequeña no sobrevivió, el tumor se había desarrollado demasiado, lo... lo siento.

Incluso ahora, sentado en el despacho que antaño había sido de su tío, debía repetirse a sí mismo que todo había ocurrido en realidad. No era una de sus acostumbradas pesadillas.

Se cubrió el rostro con las manos y transformó la ira que lo apresaba en tibias lágrimas.

Necesitaba dejarlas escapar. Liberarse.

Había perdido la noción del tiempo cuando se percató de que alguien abría la puerta.

Alzó los ojos y descubrió que Ciara se hallaba entre las jambas, como si dudase en entrar. Aidan no dijo nada y ella avanzó con lentitud hasta el centro del despacho con los brazos extendidos, tanteando el vacío.

Con el rostro entristecido y la mirada perdida, dijo a media voz:

—¿Qué ocurre? He oído un golpe y me he asustado.

Aidan se incorporó, y Ciara pudo sentir la ya acostumbrada pero extraña electricidad que parecía generarse cuando él estaba cerca de su cuerpo, sin llegar a rozarlo.

La voz de Aidan trató de sonar serena.

—No es nada, Ciara.

Ella se giró hacia donde supuso que él se encontraba.

—Algo malo ha pasado, ¿verdad?

Aidan comprendió que ella habría oído sus sollozos. Se pasó una mano por la frente y suspiró antes de contestar.

—No recuerdo la última vez que...

—¿Lloraste?

—Sí. —Tras un breve silencio, prosiguió—: Perdóname. Hoy he tenido una mañana muy dura en el hospital. A veces ni siquiera los médicos somos tan fuertes como se espera de nosotros...

Ciara asintió.

—Cuéntame qué ha ocurrido.

—No, es mejor que...

—Por favor, confía en mí ahora. Todos llevamos una carga a nuestras espaldas, como una mochila llena de malos recuerdos. Y, a veces, es mejor sacar lo que esa mochila lleva dentro...

Aidan la guio para que se sentara. Ahora ella parecía la psicóloga, y él, su paciente. ¿Cuándo habían cambiado los papeles? Sin embargo, no opuso resistencia. Aunque se negaba a expresar lo que sentía de una forma tan transparente, no tenía ni un ápice de energía para guardar silencio.

—Hacía meses que estaba tratando a una niña en el hospital... Se llamaba Helen. No tendría más de ocho años. Era preciosa, alegre, risueña... —Se detuvo unos instantes al notar que su voz estaba a punto de quebrarse—. Sufría un tumor cerebral.

Ciara se estremeció.

—Esta mañana me han informado de que su operación se adelantó. No... no ha tenido éxito. Ella ha...

Le fue imposible continuar. El nudo que apresaba su garganta volvió a deshacerse en lágrimas silenciosas.

Ciara alargó un brazo, y Aidan entendió el gesto.

La joven buscó la mano de él a tientas, pero sus ojos parecían buscar algo más dentro de su permanente oscuridad.

—Aidan..., yo..., me gustaría...

Él la miró sin comprender, y Ciara apretó aún más su mano, atrayéndolo hacia sí.

—Déjame tocar tu rostro. Quiero «verte» de la única forma que puedo hacerlo.

Aidan contrajo los músculos por un momento. No estaba preparado para aquella petición, y sin embargo...

Se agachó dócilmente al lado de la joven, que permanecía sentada en el sillón de su tío, y condujo las níveas puntas de los dedos de ella hacia sus mejillas.

Ciara pareció contener la respiración, como si hubiera aguardado aquel instante por mucho tiempo.

Acarició los pómulos humedecidos por las recientes lágrimas y deslizó su mano hasta los labios de él. Los palpó con suma delicadeza, grabando en su memoria su tersura suave y su forma bien delineada. En un fugaz segundo su mente la traicionó, enviándole un ávido deseo de besarlos, de sentirlos unidos a los suyos.

Sin embargo, se liberó de aquel pensamiento y buscó sus ojos.

A través de los párpados cerrados, podía sentir el movimiento de sus pupilas al mismo tiempo que tocaba sus pestañas, densas y fuertes.

Quiso saber de qué color tenía el iris, pero no se lo preguntó. El silencio que los rodeaba se había convertido en algo sagrado, casi divino, y no lo habría transgredido por nada.

Le acarició el pelo y se percató de que formaba ligeras ondas sobre la frente.

Ciara sonrió con ternura antes de abrazarlo.

—No tienes la culpa. Tú me lo enseñaste. Recuérdalo.

Aidan, que no se había movido hasta entonces, la rodeó con sus brazos en un gesto tímido y azorado:

El corazón a Ciara le latía sereno.

El corazón a Aidan le dolía en el pecho.

42

Gallagher pasó encerrado en su despacho el resto de la mañana y ordenó a su ayudante que, salvo causa de fuerza mayor, no se lo molestara.

Ante sí tenía los dosieres de Jeff Brown, Víctor Spanovick y Frederick Payne, junto a la descripción de aquel extraño sujeto anotada en su libreta.

Los repasó una y otra vez intentando hallar el cordón umbilical que los uniera. Había comprobado que era difícil que se hubieran conocido. Sus actividades habían sido muy diferentes y vivían en ciudades distintas. Ni siquiera en la cárcel, dado que Brown no había estado nunca en ella. Solo los dos últimos tenían algo en común: abusos sexuales y violación.

«Pero ¿por qué a Brown lo asesinan con la misma toxina que a Payne?»

Recordó que este detalle no lo había comentado ni siquiera con Steve. Prefería que, al menos de momento, fuera solo de dominio suyo y de la doctora Mitchell.

Sus anotaciones no le servían para nada y, salvo unas pocas líneas, fue tachándolas todas. Se sentía confundido y malhumorado. No le agradaba en absoluto la idea de ser apartado del caso por estar en vía muerta. Sabía perfectamente que dentro de la policía, algunos lo consideraban demasiado mayor para seguir todavía activo en el departamento de homicidios, y a más de uno le gustaría ocupar su puesto. No obstante, estaba seguro de que contaba con el respaldo del comisario jefe y de que su propio historial de muchos años lo avalaba ante cualquier crítica que pudiera recibir.

Apartó la vista de su mesa y observó la ciudad a través de la ventana. Le gustaba ver a la gente, el tráfico y, por encima de todos ellos, el cielo cubierto de algodonadas y plúmbeas nubes que siempre amenazaban lluvia. En el fondo se sentía un urbanita romántico que amaba Dublín.

Miró su reloj y se acordó de la cita en el restaurante.

Al salir vio a Steve sentado a su mesa y hablando por teléfono.

—¿Alguna novedad? —le preguntó.

—Ninguna, inspector. Hablaba con el hospital por si habían vuelto a ver al misterioso médico o a la chica, pero no saben nada.

Gallagher asintió.

—Estaré fuera unas horas. Si hay cualquier noticia, llámeme al móvil.

Al llegar al Unicorn sintió un pequeño estremecimiento. Pensó que en realidad no sabía por qué había decidido citar a la doctora Mitchell en aquel restaurante italiano del que tan buenos recuerdos tenía.

Hacía mucho tiempo que no había estado allí. La última vez fue con su mujer, meses antes de morir. A ella le gustaba la comida italiana desde que fueron de vacaciones a Florencia y Venecia.

Algunas mesas estaban ya ocupadas, y el *maître* le indicó una al fondo de la sala. Gallagher le comentó que esperaba a una persona y, mientras tanto, pidió un vino blanco muy frío.

Minutos más tarde vio a la doctora Mitchell, que se aproximaba a donde estaba él.

—Veo que le gusta la puntualidad —dijo mientras se levantaba y la invitaba a sentarse cortésmente.

—Es usted muy amable —respondió ella con una sonrisa.

Pidieron la carta y, tras elegir, iniciaron una conversación trivial sobre la cocina italiana y la griega, que, según parecía, era muy del gusto de ella. Al llegar a los postres, declinaron la oferta del camarero y pidieron directamente café y dos copas de *grappa.*

—Bien, inspector, le agradezco la invitación, pero estoy segura de que no hemos venido aquí solo para hablar de gastronomía, ¿supongo bien?

Gallagher apuró su bebida e hizo un gesto asintiendo con la cabeza.

—Digamos que en parte, doctora. Y, por favor, llámeme Brian. Si no le importa, yo le llamaré Dana. No vamos a estar todo el tiempo diciéndonos, doctora..., inspector... —Gallagher prosiguió—: Un motivo es que como llevamos algún tiempo colaborando en distintos casos y su trabajo me ha sido de gran ayuda, he considerado que era momento ya de agradecérselo y no he encontrado mejor forma de hacerlo que invitándola a comer. Me alegro de que accediera. Otro motivo es para pedirle que me siga ayudando. Lo que me comunicó el otro día sobre la toxina del ricino me sorprendió por completo. Son dos casos muy cercanos provocados supuestamente por la misma causa, y por tanto debo pensar que existe una conexión entre ambos.

—Bien inspec..., perdón, Brian —se corrigió la doctora—. Pero no sé en qué más le puedo ayudar.

Gallagher hizo una indicación a un camarero y pidió otro café y un whisky. Ella negó con la cabeza.

—Dana, te necesito para seguir una línea de actuación. Por ejemplo, ¿dónde puede haber conseguido esa toxina el asesino? Eres una experta en estas cuestiones.

La había tuteado por primera vez y en cierta forma esperó una reacción por parte de ella que no llegó. En su interior lo agradeció y se sintió mejor.

La doctora Mitchell se tomó unos segundos antes de contestar. Su mirada se había perdido en el fondo de la taza de café mientras jugueteaba con la cucharilla.

Entretanto, Gallagher examinaba aquel rostro de mujer madura cuyos ojos parecían atraer los suyos como un imán. No era la primera vez que le ocurría. Recordó fugazmente cuando la conoció en un caso de suicidio algunos años atrás. Le impresionó la seguridad con la que se expresaba y la fuerza de su mirada.

Estaba tan absorto en sus pensamientos que casi no oyó lo que ella le decía.

—No es difícil encontrar la planta. Hoy en día se puede conseguir con cierta facilidad a través de internet. Lo complicado sería purificar y extraer la semilla del ricino. Es necesario tener un laboratorio y ciertos conocimientos.

—¿Y en un hospital? —interrumpió Gallagher—. ¿Se podría conseguir?

La doctora hizo un gesto de duda.

—No todos los hospitales de Dublín tienen esa toxina, y además está muy controlada. No sería fácil sacarla sin un informe previo de quién y para qué la necesita. El nombre del médico quedaría registrado y también el del posible paciente. En ocasiones se utiliza para tratar el cáncer y también en trasplantes de médula ósea.

El inspector permaneció en silencio. La probabilidad de que un médico pudiera robar esa toxina comenzó a dar vueltas en su cabeza. ¿Sería posible que...?

La doctora golpeó ligeramente su cucharilla en la copa del inspector para llamar su atención.

—No sé si estás aquí o en otro lugar.

La sutil ironía hizo sonreír al inspector, que pidió disculpas con su mejor tono de voz.

—Perdona, es que no estoy seguro de tener entre manos dos casos o uno solo. Lo que te voy a contar solo lo sabemos mi ayudante y yo.

A continuación le explicó que estaba inmerso en la desaparición de una joven ciega que, por casualidad o no, era hija de un padrastro asesinado por la toxina y de una mujer ahorcada por un, hasta la fecha, desconocido.

Ella asistió atenta a las explicaciones de Gallagher y se comprometió a hacer algunas averiguaciones sobre el ricino en los hospitales con los que tenía alguna relación.

—Si encuentro algo que pueda ser de interés, te llamaré enseguida. Y ahora tendrás que disculparme, pero debo volver al trabajo, se hace tarde. Ha sido una comida encantadora. Espero que haya otra oportunidad para repetirla, pero, por favor, si es posible, sin asesinatos de por medio.

Las palabras de la doctora hicieron que Gallagher, en una reacción casi impulsiva, colocara una mano suavemente sobre la de ella.

—Te prometo que así será.

43

Al día siguiente, Aidan reanudó la terapia.

Esa mañana, se había centrado en explorar los recuerdos de Ciara y ahondar en su infancia. Los resultados no fueron muy alentadores.

Por la tarde, Aidan tuvo que ir al hospital para una urgencia, y la joven se quedó en su habitación intentando poner en orden sus pensamientos.

Estaba sentada en la cama cuando oyó cómo en el reloj del salón, en la planta baja, daban las siete de la tarde. Supuso que ya sería de noche. Aunque poco importaba. Para ella la noche era eterna.

Se incorporó y a tientas abrió la ventana de la habitación, notando el frío en su rostro.

Respiró hondo al rememorar lo ocurrido el día anterior.

Oír los sollozos de Aidan había supuesto para Ciara un punto de inflexión que no sabía muy bien cómo definir.

Él era siempre tan reservado y estaba tan implicado en la promesa que le había hecho de devolverle la vista, que la joven había llegado a pensar que bajo aquel caparazón de estricto psicólogo solo se escondía el amor por su trabajo y cierto halo de misterio que jamás llegaría a revelarse.

Pero sus lágrimas, su voz ligeramente cambiada y lo que le había contado acerca de aquella niña... habían logrado que la figura del médico diera un paso atrás hacia las sombras y el Aidan más auténtico brillase por unos instantes.

Ya no eran psicólogo y paciente..., sino que entre ellos había nacido algo más; y Ciara estaba preparada para descubrirlo.

Cerró la ventana mientras oía a Renata preparar la cena en la cocina.

Salió de su dormitorio y palpó las paredes para alcanzar las escaleras.

Algo llamó su atención. Se detuvo para comprobar que la puerta de la habitación de Aidan estaba abierta. Solo una pequeña abertura que evidenciaba un descuido, ya que siempre había permanecido cerrada.

Ciara sonrió al recordar unas palabras que su padre decía en algunas ocasiones: «La curiosidad se atreve más contra lo que más se prohíbe».

Y definitivamente el dormitorio de Aidan parecía un lugar misterioso. Nada le impedía entrar ahora y saciar su curiosidad. No podría ver, pero sus manos le revelarían todo lo que quisiera saber.

Al penetrar en su interior, percibió el intenso aroma a enebro. Le gustaba aquel perfume. Era como aspirar el aire en pleno bosque tras una noche de tormenta.

Extendió los brazos y se topó con lo que imaginó que era una estantería. Pasó las yemas de los dedos por los lomos de los libros, descubriendo que había numerosos ejemplares. Fantaseó durante unos instantes con sus supuestos títulos, descartando que todos ellos fueran únicamente tomos de psicología. Empezaba a conocer a Aidan y estaba segura de que entre aquellos libros habría novelas célebres, tal vez incluso, si pudiera ver, se sorprendería al hallar alguna de las obras de Oscar Wilde, que tanto le gustaban a ella.

Al girarse, tropezó con una mesa.

Puso las manos sobre su superficie y, tras rozar una lamparilla, palpó lo que supuso que era un aparato de música. Quizá fuese el mismo que bajó al jardín aquella mañana...

Su cerebro, revestido de tinieblas, no conseguía nunca discernir las cosas que sus manos palpaban si estas eran demasiadas. Su conexión con la realidad del mundo tangible estaba unida a lo que su cuerpo podía tocar, pero solo un elemento cada vez. Era capaz de usar todos sus dedos para explorar la forma de un objeto, pero se había dado cuenta de que no podía hacerlo con dos al mismo tiempo. Por eso procuraba tocar los objetos de uno en uno.

Prosiguió con su exploración.

Aquella superficie plana era... un pequeño portarretratos. Ciara se preguntó qué mostraría la foto. Aidan nunca hablaba de su vida privada... ¿Sería una imagen de sus padres, o tal vez tendría algún hermano?

Estaba inmersa en aquellos pensamientos cuando sus manos hallaron un nuevo objeto.

Ciara frunció el ceño al palpar una especie de cajita de forma cuadrada. Parecía que en las esquinas tenía ciertos relieves con dibujos sinuosos.

Sintió que estaba haciendo una travesura, pero no pudo resistirse y abrió la tapa.

Una musiquilla brotó de su interior, y el corazón de la joven dio un vuelco.

—La danza del hada de azúcar... —susurró para sí.

Podía reconocerla perfectamente. Se trataba de la misma que emitía su adorada caja de música. La que conservaba desde niña. Su padre le había contado que la melodía era obra de un compositor ruso, Chaikovski, y Ciara había atesorado la cajita no solo por apego a su infancia, sino porque aquella armonía no solía encontrarse en otros joyeros similares al suyo. Esto lo hacía único, especial.

Percibiendo un súbito temblor en sus manos, introdujo una de ellas en el interior y perfiló con los dedos la delgada figura de una bailarina.

—Es solo una casualidad —murmuró—, una casualidad...

Si de verdad era su caja de música, solo existía un medio para saberlo con certeza.

Tomó la bailarina y la presionó haciendo sonar un leve clic.

El vello de sus brazos se le erizó y rozó la cara interna de las mangas de su jersey al notar que se abría el pequeño compartimento secreto que ella conocía tan bien.

Aunque no podía ver nada, cerró los ojos al reconocer el colgante de oro que su padre le había regalado muchos años atrás.

El miedo, cuyas garras hacía días que no aferraban su corazón, volvió a sacudirla con una violencia inusitada.

Quiso gritar, pero su instinto más básico le impidió hacerlo. Fue un grito mudo que se cristalizó en el tiempo y nunca llegó a producirse.

Al mismo tiempo que respiraba entrecortadamente sentía que unas terribles náuseas ascendían hacia su garganta.

Aidan..., el psicólogo educado, amable y sensible, era en realidad un monstruo.

Aquella caja de música lo demostraba. ¿Por qué la tenía en su habitación? ¿Cómo la había conseguido?

Solo existía una razón.

—¡Dios...! —musitó sin aliento—. ¡Liam tenía razón...! ¡El que mató a mi madre y a Jeff... es la misma persona!

Había estado conviviendo con un asesino. Le había hecho creer en su voluntad para curarla, que aquella residencia era real... Pero ¿por qué? ¿Acaso tenía una razón para retenerla allí? ¿Era ella la siguiente víctima de una macabra venganza? ¿Por qué no la había matado ya?

No podía razonar con claridad. Su mente y su cuerpo estaban paralizados, sujetos por las manos negras del miedo.

Un único pensamiento se apoderó de ella.

«Tengo que salir de aquí.»

Se puso el colgante de su padre y salió torpemente de la habitación.

Sin embargo, cuando cerró la puerta del dormitorio tras de sí, se detuvo. De golpe, todo cuanto había aprendido durante aquellas últimas semanas se había volatilizado de su memoria.

Volvía a sentirse insegura en su ceguera.

¿Cuántos pasos había hasta la escalera y cuántos escalones tenía esta? ¿Estaba la puerta principal de la casa demasiado lejos? ¿Se encontraba caminando en línea recta desde el salón o un poco hacia la izquierda, junto al pasillo?

El pánico era poderoso, pero también lo era el instinto de supervivencia. Y de una cosa estaba segura: si permanecía en aquella casa por más tiempo, su vida correría peligro.

Sus ojos se humedecieron mientras se aferraba al pasamanos de la escalera al recordar a su madre y la expresión de su rostro inerte y ensangrentado.

Había sido una estúpida al confiar en ese hombre. No importaba cuán fuerte o autosuficiente fuera..., seguía siendo una ingenua, una niña crédula e ignorante que todavía creía en los finales felices.

Sus piernas temblaban y las manos comenzaron a sudarle.

Al bajar el último escalón, aguzó el oído. Podía oír sus latidos rugir, pero también a Renata en la cocina.

Extendió los brazos y rasgó el aire de izquierda a derecha. Ya no podía recordar dónde estaba la mesa del salón, ni los sillones, ni los jarrones con jazmines... Su mente lo había borrado todo, entregándoselo al miedo, que lo devoraba.

Si tropezaba, si su garganta emitía un solo sonido, si uno de aquellos jarrones se caía, estaría perdida.

Intentaba concentrarse, recordar, pensar..., pero solo sentía un terrible estremecimiento que recorría una y otra vez su cuerpo.

Estaba a merced de la oscuridad, como en uno de esos divertimentos infantiles donde se juega al escondite en la más inquietante penumbra. Solo que en aquella ocasión, el juego podía cobrarse una recompensa: su propia vida.

Sus manos se toparon con el sillón de cuero donde solía sentarse Aidan. Ciara contuvo el aliento.

La puerta tenía que estar frente a ella, a tan solo unos pasos.

El salón era grande, al menos así lo recordaba. ¿Y si Renata salía de la cocina y la veía?

No podía pensar en esa posibilidad ahora. Escapar debía ser su máxima prioridad.

Rozó con los dedos la hornacina donde reposaba la estatua. Renata le había dicho una vez que era una reproducción de la *Victoria de Samotracia* junto al vestíbulo de entrada. La joven soltó el aire retenido en sus pulmones. Tenía que estar tan cerca...

De repente, sus manos palparon una superficie ancha de madera pulida.

Ciara retuvo un sollozo en su pecho. Lo había conseguido.

Abrió la puerta con suma delicadeza y salió en silencio. Llegó a la verja metálica y tras unos instantes de búsqueda, encontró el botón de apertura.

La noche heladora pareció morderle la piel, y su fino jersey blanco no fue suficiente para contener el frío reinante.

No le importó. Había salido ya de aquella casa. Ahora tenía que pedir ayuda antes de que Renata se percatara de su ausencia o Aidan regresara.

Pero ¿dónde estaba exactamente?

Dublín se desplegaba ante ella como un dédalo de tinieblas en el que estaba perdida de antemano.

44

—Recuerdo bien tus palabras, inspector. Nada de hablar de trabajo en una segunda cita.

Gallagher se sintió rejuvenecer al oír aquella última palabra. Lo sorprendió rememorar sus tiempos de juventud junto a su mujer, sus primeros besos, las tímidas caricias...

Carraspeó antes de regresar a la realidad.

Dana caminaba a su lado, observándolo con aquella media sonrisa suya que la hacía única. Esa tarde parecía haberse maquillado suavemente, y el inspector tuvo la sensación de que las calles de Dublín se tornaban más brillantes a su paso.

—Lo sé... Este caso me persigue hasta cuando no debería hacerlo...

—Pero... —Dana sonrió.

—Ese es el problema. Siempre hay un «pero». Muchos, me atrevería a decir. No consigo dar con la tecla correcta.

En un gesto que lo pilló desprevenido, la doctora enlazó su brazo con el del inspector.

—Ya sabes cómo funciona esto, Brian. Dime, ¿qué sabemos? ¿Qué creemos?

—No soy un novato, Dana.

—Te ayudará a verlo con perspectiva.

Gallagher pasó un dedo por su nariz antes de hablar.

—Sabemos que por ahora tenemos tres asesinatos con un mismo patrón: intoxicación por ricina, probablemente inyectada. También sabemos que han pasado seis meses entre el primero y los dos crímenes siguientes, por lo que tal vez con aquel tipo, Víctor Spanovick, nuestro asesino se estrenara...

—Es decir, que no tenía experiencia. —Y Dana puntualizó—: Quizá sí sepa utilizar los productos, eso es algo evidente, pero seguramente Spanovick fuese su primera víctima, al menos en esta área de Irlanda...

—He pedido informes. En efecto, no hay casos similares en otros puntos del país.

Dana frunció los labios.

—Pero ¿podemos estar seguros de que es el mismo autor?

—¿Te refieres a posibles imitadores?

—Exacto.

—Lo dudo. Ese tipo tiene su propia marca.

—Y pocas personas saben manejar el ricino de ese modo...

El inspector acarició de forma inconsciente la mano de la doctora que reposaba sobre su brazo. Sin embargo, la caricia solo duró unos segundos. Se le antojó extraño hablar de aquel tema y ser romántico al mismo tiempo.

—Dana, ¿qué tipo de persona crees que es?

Ella ladeó la cabeza.

—Sé a qué te refieres. Parece existir una razón o venganza como único móvil en todos los asesinatos, ¿cierto?

—Sí. Las víctimas no eran santas precisamente. La mayoría tenía antecedentes. Víctor Spanovick, juzgado por violación; Frederick Payne, condenado por pederastia; y por último, Jeff Brown, un marido y padrastro que distaba mucho de ser ejemplar. Nuestro «envenenador» trata de convertirse en una especie de ángel justiciero, al menos eso es lo que nos sugieren sus actos.

—Tal vez, pero no te equivoques.

—¿Qué quieres decir?

—Su planificación es excelente. Puede matar en medio de una multitud, como en el caso de Spanovick, que fue encontrado en un tranvía..., o en una calle desierta, como con Payne. No estoy segura de si sopesa cuándo actuar, ni el día y el momento adecuados. Improvisa. Pero el muy cabrón improvisa bien. Posee una mente fría, serena, y en cambio...

Gallagher detuvo sus pasos y la miró esperando una respuesta. Cualquier mínimo detalle podría ser la clave.

—Es inteligente —prosiguió ella—, pero psíquicamente es menos fuerte de lo que él piensa.

—¿Por qué supones eso?

Dana chasqueó la lengua.

—Mira a las personas que nos rodean, Brian. Todos tenemos algún punto negro en nuestra psique: una madre muy protectora, un hermano o hermana que nos ha hecho la vida imposible, un jefe explotador... Pero ¡nadie va matando a diestro y siniestro!

—Es decir —puntualizó Gallagher—, nuestro asesino ha debido de sufrir un impacto traumático.

La doctora asintió.

—Es lo más probable. Quizá abusos en su infancia, o puede que presenciase un crimen, lo ignoro. No obstante, un suceso así explicaría el porqué de sus intenciones a la hora de escoger una nueva víctima.

—Esperemos que no haya una próxima.

—Los seres humanos somos imprevisibles, inspector. Tu «envenenador» aún más, si cabe.

—¿Imprevisibles? —Gallagher emitió una risa seca—. No estaría tan seguro...

Dana esbozó una sonrisa irónica antes de darle un fugaz beso en los labios. El inspector la miró con la sorpresa atravesando su rostro.

—Muy imprevisibles. —Dicho esto, Dana volvió a afianzar su brazo en el del inspector dispuesta a proseguir el paseo.

45

—Si tuviera mi móvil... —castañeteó Ciara.

Le parecía que sus temblorosos pasos no la hacían avanzar. Su mente había creado una sensación de vértigo angustiosa, como si estuviera en el borde del acantilado con el que solía soñar en el hospital. La oscuridad en derredor suyo la atraía hacia el suelo con una sensación extraña y difícil de esquivar. Creía constantemente que iba a caerse y buscaba cualquier cosa que le sirviera de apoyo. Una farola, un poste, un árbol...

Solo quería encontrar a alguien y llamar a la policía.

«Liam tiene que haberse dado cuenta de que algo no va bien... Habrá dado la voz de alarma, me estarán buscando...»

Cada uno de sus pensamientos lograba que la hipótesis que había generado en la habitación de Aidan cobrara más sentido. Estaba convencida de que era un asesino y ella había estado a su merced durante varias semanas.

Ciertamente, también había albergado muchas sospechas en cuanto a la veracidad de aquella supuesta residencia, pero tanto Aidan como Renata siempre habían sido muy convincentes.

Apretó los dientes al caer en la cuenta de que durante aquellos días, ese psicópata la había cuidado, enseñado, psicoanalizado..., convirtiéndola en una dependiente total de él y de su magnética voz.

Por otra parte, tampoco desestimaba una idea que ya pululaba por su mente desde hacía algún tiempo, pero que ahora le parecía más que evidente.

Aidan era el mismo hombre que había visto la primera vez

que pidió trabajo en la floristería de la señora Moore. Tenía que serlo. Aunque entonces habló poco, su voz parecía muy similar, y aquel olor a enebro...

Recordaba que había sostenido su mirada durante unos instantes, luego él le había sonreído y había salido de la tienda. Unos escasos minutos que podían significarlo todo.

—Soy una estúpida —murmuró al recordarlo.

Estaba claro que aquel día se había fijado en ella y con fines puramente macabros asesinó a su familia para poder secuestrarla. Había visto más de un caso así en la televisión. Un pervertido se encaprichaba de una joven y no se detenía hasta que la hacía suya.

¿Por qué no lo había pensado antes?

No solo sus ojos estaban ciegos; también lo estaba su percepción del mundo.

Sin embargo, Aidan no le había puesto un solo dedo encima en todo el tiempo que había vivido bajo su techo. Ni una sola insinuación, nada que pudiera malinterpretarse. Quizá aquel baile en el jardín interior... Pero incluso ese episodio había sido más tierno que de carácter sexual.

En aquel momento de cavilaciones, oyó el sonido de un coche al aproximarse.

Se detuvo y aguzó el oído, esperanzada.

El ruido se aproximaba y remitió al situarse su lado, aunque advirtió que el motor todavía seguía en marcha.

Una voz gangosa surgió desde el interior.

—Chicos, mirad lo que tenemos aquí...

Ciara oyó unas risas bobaliconas.

—Por favor —se apremió a hablar—, necesito ayuda y...

—¡Ya lo creo que la necesitas, princesita!

A aquella voz desconocida se le unieron dos más.

—Joder, Rick, la pelirroja está bastante buena.

—Parece un angelito con ese jersey blanco, ¿eh?

El olor a alcohol llegó hasta ella en una vaharada ácida y contundente.

—Oye, guapa, ¿por qué no nos miras? ¿Tan feos somos?

—Sí, tío, creo que le pasa algo en los ojos... ¡Igual es ciega!

Sonaron unas carcajadas y después el sonido de las puertas del coche al abrirse.

Ciara notó la presencia de tres hombres a su alrededor y se sintió más desprotegida que nunca. ¿Qué podía hacer? ¿Salir corriendo hacia la oscuridad interminable que aprisionaba su vista?

—Hoy estamos de suerte, chicos. Este angelito ha salido a nuestro encuentro y, para colmo, es un angelito ciego.

—¡Así no tendrá que verte la cara, Rick!

Volvieron a repetirse las risas.

—Estoy en peligro —suplicó ella—, necesito llamar a la...

—¿Habéis oído? ¡Dice que está en peligro! Claro, angelito, por eso vas paseando por esta urbanización de lujo, ¿eh?

—Por cierto... —ceceó otro de ellos—, pensaba que los ángeles no tenían sexo, tío.

Aquel a quien los demás llamaban Rick chasqueó la lengua.

—Tienes razón..., ¿qué tal si lo comprobamos?

Unas manos aferraron con violencia sus brazos mientras otras intentaban introducirse en el interior de sus pantalones.

—¡Dejadme en paz! —gritó ella, pero aquellos tipos respondieron redoblando su empeño por desnudarla.

Ciara luchó desesperadamente para tratar de liberarse, pero fue inútil. Incluso estando borrachos, los tres jóvenes mantenían su fuerza intacta.

Gimió dominada por el pánico al tiempo que sus ojos comenzaban a humedecerse.

Había huido para buscar ayuda, y el destino le ofrecía aquel desenlace burlesco.

Nadie se percató del chirrido de frenos junto a ellos.

De repente, las manos que la sujetaban dejaron de ejercer presión sobre ella. Ciara oyó un golpe seco y, acto seguido, un quejido de dolor.

—Eh, ese tío ha tumbado a Rick —exclamó uno de ellos con cierto tono de asombro.

—No tengo ni idea de quién eres, amigo —contestó el otro—, pero date por muerto.

Ciara se abrazó a sí misma, respirando entrecortadamente sin saber muy bien qué estaba ocurriendo. La negritud a su alrededor parecía viva, zumbante.

Fue consciente del brusco sonido generado por un forcejeo y, posteriormente, de que dos cuerpos caían al suelo.

—Mierda —gimió una de las voces—, ¡larguémonos!

Instantes más tarde, el ruido producido por el motor de un coche se alejaba calle abajo.

Ciara, asustada y aturdida, sintió una mano posarse en su hombro. Una reconocida fragancia invadió sus sentidos.

—Ciara, ¿qué haces aquí de noche? Esos tipos son peligrosos, ¡podría haber sucedido lo inevitable si no hubiese llegado a tiempo! ¿En qué estabas pensando?

La voz de Aidan sonaba llena de preocupación.

Ella permaneció en silencio.

No podía discernir qué sentimiento la dominaba más, si el desconcierto por lo ocurrido o el miedo que ahora le inspiraba aquel hombre. El mismo hombre que acababa de protegerla arriesgando su propia integridad.

Estaba segura de que él advertía sus dudas, pero no quería dar un paso en falso.

Aidan la tomó de la muñeca.

—Vamos, regresemos a la residencia. Deberías descansar, estarás helada de frío.

—No mientas más. Por favor.

La presión de sus dedos remitió sensiblemente, pero siguió a su lado, tirando de ella con decisión hasta depositarla en el asiento del coche.

Ciara insistió en su mutismo en el corto trayecto de regreso a la mansión. Su mente era un hervidero de pensamientos, cada uno más dramático que el anterior.

No obstante, la convicción de saber que iba a morir le dio la valentía suficiente para permanecer serena. No chillaría ni armaría un escándalo delante de Aidan, de eso estaba segura.

Conservaría su orgullo intacto y, aunque él quisiera terminar con su vida como hizo con su madre, no se humillaría pidiendo clemencia o compasión.

Nadie iba a ayudarla. Estaba sola. Y si tenía que morir, prefería hacerlo con dignidad.

Aidan la condujo desde el aparcamiento privado hasta el salón recorriendo el pasillo donde dormían los jazmines. Su olor dulzón pareció enroscarse en el estómago de la joven, que se sintió mareada. Su serenidad no estaba durando demasiado. En su lugar, comenzaba a brotar una alarmante sensación de pánico.

No pudo ver cómo Aidan miraba reprobatoriamente a Renata antes de entrar en el despacho.

Cuando ambos estuvieron sentados, fue él quien tomó la palabra.

—Sé que te ocurre algo. Y debe de ser lo suficientemente importante para que hayas decidido arriesgarte a salir esta noche. Quiero saberlo ahora mismo.

—No puedo permanecer en la casa de quien mató a mi madre.

Ciara percibió el cambio en la respiración de Aidan.

—¿Por qué has dicho algo así?

Ella pensó que el temblor interno que estaba experimentando se haría visible en su cuerpo en cuestión de segundos.

—He estado en tu habitación —explicó de forma estoica— y he descubierto la caja de música. Me la regaló mi padre cuando era niña, y sé que es la misma porque en ella guardaba mi colgante en un compartimento que solo yo conozco.

Tras decir aquellas palabras, tomó la pequeña joya que colgaba en su cuello y se la mostró.

—Eres un asesino. Mataste a Jeff y a mi madre. Y por algún motivo me retienes aquí. No estamos en una residencia, de eso estoy segura; ni Renata es tu ayudante, quizá ni siquiera te llames Aidan, y supongo que tampoco eres psicólogo. Vas a acabar conmigo también, lo sé. Era solo cuestión de tiempo, ¿no? Así que, adelante, hazlo. Me has arrebatado a la única familia que tenía, destruido la casa donde vivía, y estoy ciega. Realmente no tengo mucho por lo que vivir.

El despacho se sumió en un silencio tan profundo como aplastante.

Ciara contuvo el aliento, esperando una reacción por parte de Aidan que no llegó a producirse.

No podía oír nada en absoluto, y esa ausencia de sonido era todavía más aterradora que la posible respuesta de su captor.

Sus manos aferraron el reposabrazos del sillón y se preparó para lo peor.

Fue entonces cuando percibió cómo él se levantaba y salía de la estancia.

Su voz llegó hasta ella con nitidez.

—Renata, prepara dos maletas. Nos vamos esta misma noche.

46

Aidan conducía en silencio.

La carretera se fundía con la noche.

Aunque trataba de permanecer sereno y atento, no podía dejar de observar a Ciara cada cierto tiempo.

Se hallaba sentada a su lado, muy erguida, con los ojos abiertos mirando al infinito con un gesto de alerta que no le pasó inadvertido.

Aferraba con una mano su cinturón de seguridad, como si este la encadenase forzosamente al coche.

Aidan incluso pudo notar el ligero temblor de sus brazos.

No habían parado en ninguna estación de servicio, y Ciara empezaba a sentir que los nervios la punzaban en el estómago. Sus ideas para escapar se estaban diluyendo ante las nulas posibilidades que la situación le ofrecía.

Se le ocurrió contar los segundos y así mantener su cerebro ocupado. ¿Cuántas horas habrían pasado desde que habían salido de Dublín? ¿Dos, tres quizá? ¿Adónde la llevaba? Estaba segura de que la mataría en algún descampado y dejaría allí su cuerpo escondido entre la maleza. De esta forma se aseguraría el anonimato, y el crimen quedaría impune.

«Pero ¿por qué se aleja tantos kilómetros de Dublín?»

Reanudó la cuenta, sumando minutos, pero le fue imposible; se equivocaba continuamente. Dio un leve respingo al oír la voz de Aidan.

—Ciara... Yo nunca te haría daño. Jamás. Lo entiendes, ¿verdad?

Ella respiró hondo. En su interior agradeció que él rompiera el silencio, aunque fuera la voz de un asesino. Hacía días que se había dado cuenta de que la necesitaba tanto como comer o dormir. Se asustó de aquella dependencia ilógica e hizo acopio de todas sus fuerzas para contestar.

—¿Por qué? ¿Por qué mataste a mi madre y a mí no?

Aidan inspiró profundamente antes de responder.

—Yo no maté a tu madre —tras un breve lapso, sentenció—, sino a tu padrastro.

No pudo aseverarlo, pero creyó vislumbrar que el cuerpo de Ciara se destensaba sensiblemente. No obstante, también percibió sus nudillos blancos por la tensión con la que sujetaban el cinturón que la ceñía al asiento.

—Todos tenemos secretos, Ciara. Y hoy vas a descubrir el mío.

Tras decir estas palabras, Aidan procuró mantener la vista fija en la carretera. Faltaba muy poco para llegar a su destino.

Cuando rodearon el pequeño pueblecito que él conocía tan bien, sintió un súbito vuelco en el pecho. No conseguía acostumbrarse a esa sensación cada vez que regresaba allí. Su infancia y todos sus recuerdos quedaban al descubierto con total nitidez. Su palacio de la memoria se convulsionaba y dejaba de ocultarse en su mente para lanzarse a la realidad más descarnada.

Ascendió por el camino que conducía a la casita cercana al acantilado y volvió a sentir el sudor frío que ya creía sepultado junto a su niñez perdida. No importaba cuántas veces hubiera visitado aquel lugar, sus emociones siempre crepitaban al volver; parecía que el niño introvertido y temeroso que una vez fue nunca lo hubiera abandonado del todo.

Ciara notó cómo él contenía brevemente la respiración justo antes de apagar el motor.

—Hemos llegado —anunció Aidan, y en su tono ella percibió cierta hostilidad, como si su voz de repente se hubiera convertido en un cable de alta tensión, preparado para emitir una fuerte descarga a quien cometiera la imprudencia de rozarlo.

Ciara no hizo ningún movimiento cuando él se bajó del coche y le abrió la puerta.

Tragó saliva. Sus músculos se habían empeñado en no obedecerla.

—Vamos —la apremió él, quitándole el cinturón de seguridad y tirando de ella—, ¿quieres saber cómo soy, en qué me he convertido? Quieres entender por qué maté a tu padrastro, ¿no? ¡Te he traído al lugar donde todo comenzó!

Ciara ahogó un gemido y se concentró en caminar, mientras Aidan seguía aferrando su muñeca.

Pudo oír a lo lejos el murmullo de unos árboles cercanos solo transgredido por el triste ulular de una lechuza.

El frío viento trajo consigo un penetrante aroma a mar, pero Ciara no tuvo tiempo para preguntarse dónde se hallaban. Solo sentía un miedo pulsante atravesarle las entrañas.

Aidan la obligó a posar las palmas de sus manos en una superficie rugosa.

—¿Sientes la piedra de esta casa, Ciara? —Ante el silencio de la joven, preguntó con más fuerza—: ¿La sientes?

Ella cabeceó trémulamente en señal afirmativa.

—Aquí es donde nací y me crie. Un punto perdido en Irlanda, un lugar remoto que habría sido mejor olvidar... ¿No es un tanto triste que alguien no quiera recordar su infancia? Ciara, tú posees imágenes felices de tu niñez... Pero lo único que yo albergo son pesadillas, voces gritando, sollozos, lamentos... ¡Y esos malditos recuerdos siguen anclados en mí como gusanos que pudren todo lo que tocan!

Las manos de Ciara, que seguían sobre los muros de la casa, temblaron mientras luchaba por no llorar.

—Tú y yo no somos muy diferentes... Ambos hemos tenido que pasar por momentos dolorosos en nuestras vidas. Yo he intentado ayudarte, ¡sigo manteniendo mi promesa de curar tu ceguera! Me has contando por lo que tuviste que pasar. Ya es hora de que equilibremos la balanza.

Ciara escuchó el sonido de unas llaves y, segundos más

tarde, Aidan volvió a tomarla de la muñeca para introducirla en el interior de la vivienda.

Percibió un olor a humedad que le habló de la tristeza y soledad del lugar.

Sin mediar palabra, la condujo escaleras arriba. Ciara oyó cómo él abría una puerta.

—Evelyn. Así se llamaba mi hermana. Esta era nuestra habitación. Todo sigue igual que cuando éramos pequeños. Ven. —La obligó a palpar una de las camas—. Aquí dormía ella. ¿Puedes hacerte una idea de cómo era tener que pasar cada noche conteniendo el aliento, rezando para que nada malo ocurriera, sintiendo tu corazón estrellándose en el pecho? Deberías saberlo, Ciara. Tú misma me confesaste el miedo que tu padrastro te inspiraba. Ya lo ves, te he dicho que no éramos tan distintos...

Ciara se mantuvo en silencio, notando el sabor salado de las lágrimas que perlaban su boca entreabierta.

—Nosotros también teníamos un padre así. Esta casa era un infierno. Un laberinto demasiado pequeño donde el minotauro campaba a sus anchas. Mi hermana y yo vivíamos aterrorizados por sus constantes accesos de violencia. Y mi madre jamás tuvo la valentía suficiente para denunciarlo. ¿Acaso no te suena esta historia? Lo que quizá no sepas es que sobre esta cama, aquel monstruo abusaba de Evelyn... ¡En esta misma cama, maldita sea!

La voz de Aidan se quebró por unos instantes, pero se recompuso rápidamente para volver a sonar herida y furiosa.

—¡Solo tenía quince años! Ni mi madre ni yo sabíamos nada... Ella solo intentaba protegernos. ¡Una niña, coaccionada por su padre, accedía a sus asquerosos deseos para que su familia no sufriera! ¿Puedes llegar a entender lo que Evelyn sintió? Estoy seguro de que sí, Ciara. Por eso te he traído aquí.

Ciara sollozó al tiempo que él volvía a guiarla hasta el exterior de la casa.

De nuevo el gélido viento sacudió su rostro.

Incluso con abrigo, la joven podía notar el intenso frío que se filtraba entre su ropa y se prendía en sus lágrimas.

—¿Por qué me haces esto? —preguntó mientras seguía caminando hacia lo desconocido.

—Tú me has hecho partícipe de tu vida. Deja que comparta la mía contigo. Querías entender mis actos, conocer el porqué de tanto misterio, de mis silencios... ¿Está ya saciada tu curiosidad? —Antes de que ella pudiera contestar, prosiguió—: Guardo lo mejor para el final... Se dice que las historias más hermosas tienen un desenlace trágico, ¿no? Yo no creo que sean precisamente hermosas. Quien dijera eso nunca lo vivió en su propia piel.

Poco a poco, Ciara comenzó a oír el violento oleaje golpeando contra lo que supuso que serían rocas.

«Acantilados», pensó en una idea fugaz.

Aquel sonido impetuoso parecía hacer temblar la tierra bajo sus pies, pero aun así no podía evitar sentirse hechizada por él, incluso en las actuales circunstancias. Era como si el cercano mar supiera que ellos estaban allí, interrumpiendo su vaivén vigoroso, trayendo al presente memorias de tiempos no tan lejanos que deberían haber permanecido enterradas para siempre.

Aidan se detuvo junto al borde del acantilado y le indicó que se agachase para tocar la tierra.

—Mi hermana pisó este mismo lugar hace más de trece años. Aquella noche intentó huir de todo. Incluso de ella misma. Salió corriendo de la casa, y nuestro padre la persiguió. Solo llevaba puesto su camisón blanco. Parecía un espíritu, un bello fuego fatuo. Mi madre me pidió entre lágrimas que los siguiera, y cuando llegué aquí... mi hermana me sonrió. Estaba justo en el borde que la separaba del abismo, y aquella sonrisa hizo que todo desapareciera. Que la figura de mi padre frente a nosotros se evaporara durante unos instantes, que el mar se silenciase. Y entonces se dejó caer. Me pareció que todo transcurría a cámara lenta. La paz en su mirada, su cuerpo venciéndose ante el vacío, el océano acogiéndola entre sus aguas... Cuando reaccioné, fue demasiado tarde. No pude impedirlo. En ese momento mi rabia y mi odio estallaron dentro de mí. Mi padre se había asomado al precipicio y empujé con todas mis fuerzas a ese bastardo hacia el mismo destino que ella había sufrido. Yo solo tenía doce años.

Ciara lloraba sin poder retener sus lágrimas.

—Lo siento... No podía imaginar...

Aidan la interrumpió. Su tono se había vuelto acerado y firme.

—Soy un asesino, ¡es cierto! Maté a mi propio padre y no pude evitar la muerte de mi hermana. Llevo ese estigma grabado a fuego en mi cabeza desde que aquello ocurrió, y jamás se borrará de mi memoria. Por eso cuando descubro a personas como él o como tu padrastro las elimino de la faz de la tierra. Esa es mi manera de hacer justicia.

Ciara alzó la cabeza y Aidan leyó el miedo en su rostro, pero también algo más que no supo definir.

—Adelante —prosiguió—. ¡Despréciame, ódiame! Yo mismo lo hago cada día. ¡Ya no espero sentir algo diferente desde hace años! Ahora estás prisionera de tu ceguera... Pero ¡una oscuridad mucho más profunda me rodea desde aquella maldita noche! Y no soy capaz de crear la luz necesaria para que desaparezca.

Ciara se levantó trastabillando y él la sujetó con suavidad, haciendo que recobrara el equilibrio.

—Eso no es cierto —murmuró, y se sorbió las lágrimas en un impulso de valentía—. Conmigo has dejado de sentirte así, ¿verdad?

Su voz sonó extrañamente serena.

Aidan permaneció en silencio. El cuerpo de Ciara se hallaba junto al suyo, y ella no parecía querer romper aquel extraño momento. Creyó sentir los latidos de la joven en su propia piel, como el ligero y acelerado batir de alas de una mariposa.

—¿Por qué me escogiste? —preguntó Ciara—. ¿Por qué yo?

Él estuvo tentado de confesarle su parecido físico con Evelyn, pero... había descubierto hacía tiempo que ya no la retenía consigo por esa razón.

—Quizá seas la luz que no he podido encontrar en tanto tiempo.

47

La luna llena enmarcaba su silueta mientras se dirigía a la parte posterior de la casa.

Caminaba sin hacer ruido. La hierba parecía no crujir bajo sus pies. La gravilla del camino era como una fina tela.

Un espectro oscuro en mitad de la noche.

Se detuvo en el muro trasero, donde una explanada verde convergía en el acantilado, distante unos metros más allá.

Cuando vio la hornacina de mármol blanco con aquel nombre grabado en su superficie, su corazón se aceleró.

«Evelyn O'Connor.»

Palpó la llavecita que siempre llevaba colgando en su cuello, oculta por completo a los demás, y la tomó en sus manos.

Tuvo que agacharse para introducirla en la cerradura de una pequeña puerta de cristal a través de la cual podían vislumbrarse dos objetos. Uno de ellos era una urna funeraria, y otro una cajita de música.

Aidan acarició el primero de ellos, y un estremecimiento recorrió su espalda.

Cerró los ojos apenas un instante más largo que un pestañeo y extrajo la cajita.

Se mantuvo inmóvil durante unos segundos y, una vez que hubo girado el mecanismo que la haría sonar, la abrió.

La musiquilla se extendió en derredor suyo, rasgando la quietud reinante, abrazando cada rayo de luna.

Aidan observó el interior del joyero y sonrió al ver la caracola nacarada que él había regalado a su hermana muchos años atrás.

También distinguió la pluma de águila que su tío les

había dado, la fulgurita que encontraron en la arena de la playa...

No tocó nada.

La música se abandonó al silencio con una nota final gravitando en el aire, como si en secreto desease que alguien continuara la melodía. Incluso el sonido del mar parecía haber enmudecido.

—Aquí estoy de nuevo, Evy.

Su propia voz le sonó extraña.

—Perdóname por haber tardado tanto en regresar, pero... cada vez se me hace más y más difícil emprender el viaje que me lleva hasta ti.

Hizo un breve inciso en el que inhaló aire para retenerlo en sus pulmones durante unos instantes.

—Todo ha cambiado desde que vine por última vez hace casi un año. Yo... no sé cómo explicarlo —dijo a modo de disculpa—. Algo en mí se transformó y creció de una forma irracional. Era como asistir a un proceso de gangrena que se extendía por todo mi interior. Todavía lo sigo sintiendo. Una metamorfosis que dio lugar a una polilla horrible y deforme. En eso me he convertido, Evy. En un monstruo que vuela en busca de una luz que lo deslumbre tanto que ya no quiera seguir viviendo entre tinieblas. Y creo que la he encontrado.

Rozó la figurita de la bailarina en la caja de música con la yema de los dedos.

—Ella es muy distinta a ti, ¿sabes? Me refiero a la luz que el destino ha puesto en mi camino. Pero, en el fondo, os parecéis en algunas cosas. En demasiadas, quizá. No sé si llegará a perdonarme. Ni siquiera puedo saber si lo harás tú, estés donde estés.

Deslizó su mirada hacia la urna.

—Lo que he hecho este tiempo ha sido deleznable y, sin embargo..., no puedo arrepentirme. No tengo las fuerzas suficientes para hacerlo. Estoy muerto por dentro.

Depositó de nuevo la cajita en el interior de la hornacina y alzó el rostro hacia el cielo estrellado.

—Lo siento, Evy. Ya no soy el que era. Ese niño inseguro murió la noche en que tú lo dejaste solo. Nunca he sabido si lo hiciste para no sufrir más o para no enfrentarte al miedo... Si fuiste valiente o si huiste de tu propia vida. Tampoco he conseguido descifrar esa sonrisa... En realidad, tal vez siga estando igual de perdido que aquella noche y lo intente ocultar tras una máscara de odio. No me importa. Solo sigo adelante porque ese odio hace que me sienta vivo. A veces pienso que es el motor que me mueve...

Tras fruncir los labios un momento, siguió hablando.

—Pero últimamente el odio se ha ido apagando, Evy. Y soy consciente de que se lo debo a ella. A esa luz que he hallado... o que me ha hallado a mí. Desconozco qué es lo que estoy sintiendo, pero me atemoriza en cierta forma. Creo... que si realmente me estoy enamorando... —calló unos segundos, conocedor de la fuerza de aquel verbo— es porque necesito una valiosa razón para vivir. Una razón que no tenga nada que ver con el dolor, la rabia y el rencor que llevo dentro.

Suspiró antes de murmurar:

—Estoy tan cansado... Tan cansado... Solo deseo que esa luz desgarre mi oscuridad y me devuelva las emociones que he ido perdiendo.

Ciara seguía recostada sobre la enorme cama que, según le había dicho Aidan, había pertenecido a sus padres.

No quería pensar en nada. Dejaría la mente en blanco y permitiría que el sueño la meciera, si es que este llegaba. Estaba muy cansada tras el repentino viaje desde Dublín y la tensión sufrida en las últimas horas.

Sentía los latidos de su corazón serenarse poco a poco. Lentamente sus párpados se fueron cerrando y su cuerpo pareció deslizarse hacia un estado de laxitud aterciopelada.

De repente, cuando el cansancio estaba a punto de vencerla, un súbito destello de lucidez volvió a desvelarla.

«Estoy en la casa donde él vivió su infancia; estoy en la cama de sus padres; aquí comenzó todo...»

Se incorporó, respirando con dificultad. La humedad que impregnaba la casa junto a una terrible sensación de opresión la obligaron a buscar una ventana a tientas.

Cuando sus manos palparon el frío cristal, supo que la había encontrado. La abrió y respiró profundamente el aire de la noche.

Tal vez la ceguera hubiera despertado en ella percepciones que nunca había tenido, como había oído decir que sucedía en ocasiones a los invidentes. Podía percibir la tristeza del lugar. Se mascaba el miedo. Incluso en aquel estado de enajenación, creyó oír los sollozos de Evelyn, la hermana de Aidan.

«Me estoy volviendo loca...»

Aguzó el oído al descubrir un murmullo procedente del exterior.

«Aidan.»

Era su voz, no albergaba ninguna duda. ¿Con quién podría estar hablando a aquellas horas de la noche? ¿Había alguien más allí, con ellos?

Extendiendo los brazos, trató de hacer memoria. Estaba segura de que la escalera se encontraba a unos cinco o seis pasos de la habitación.

Palpó las jambas de la puerta del dormitorio y se acercó a los escalones.

Creía recordar que la escalera desembocaba en el salón. Y más allá, a unos diez pasos aproximadamente, estaría la salida.

«¿Y si me ha dejado encerrada?», pensó con cierta angustia.

Pero la puerta principal estaba abierta. Al salir, sintió la hierba bajo sus pies mientras intentaba guiarse por la voz de Aidan, que llegaba hasta ella como un susurro revestido de una constante pátina de tristeza.

Se detuvo en el ángulo formado por los muros traseros de la casa y escuchó:

—No soy la justicia... Cuando alzaba mi mano contra aquellos miserables, no era mejor que ellos. ¡Menudo iluso! Solo soy un hombre desdichado y extenuado, nada más. Un hombre que necesita desesperadamente una forma de redimirse.

Ciara avanzó un poco más, y una ramita crujió bajo su peso.

Aidan se giró y, sorprendido, la vio apoyada en la rugosa pared, con el jersey blanco que Renata le había comprado semanas atrás.

Bañada por la luz de la luna, le pareció una ninfa frágil y temerosa.

—Ciara...

—Lo siento, te he oído y he pensado que quizá...

Aidan se aproximó a ella.

—Hace mucho frío, deberías volver dentro y dormir un poco.

—¿Con quién hablabas?

Él la guio con cuidado hasta que ambos se situaron de cara a la hornacina.

—Le hablaba a mi hermana. —Tras ver el gesto de asombro de Ciara, se apresuró a proseguir—: Sé que puede sonar un tanto extraño, pero... frente a nosotros, en el interior de una hornacina de mármol, yacen sus cenizas. Me... gusta viajar hasta aquí de vez en cuando y decirle cómo me siento.

—Me has contado tu historia —dijo ella al fin—, pero solo en parte... ¿Quién eres en realidad? ¿De verdad eres psicólogo? ¿Te llamas Aidan o también me has mentido con tu nombre?

—Sí, Aidan sigue siendo mi nombre. Pero no me apellido Wilkinson, sino O'Connor, y me temo que tampoco soy psicólogo. Soy pediatra y trabajo en un hospital infantil.

Ciara hizo un gesto de perplejidad.

—Es cierto —afirmó él en respuesta—, ¿tan extraño te parece? Me gusta estar con los niños, ayudarlos a curarse de sus enfermedades y, por encima de todo, comprenderlos. Su afecto es el más sincero, y su agradecimiento, transparente. Es como si con ellos tuviera una empatía especial. Nunca me cansaré de ver sus sonrisas o esa mirada alegre cuando saben que todo va a salir bien.

—Entonces, aquella niña a la que mencionaste, Helen... No eras su psicólogo, sino su médico...

—Así es. Y desgraciadamente no pude hacer nada por ella...

Ambos permanecieron en silencio unos instantes.

—¿Y Renata? —inquirió Ciara.

—Renata tiene una historia que se remonta años atrás. Era la asistenta de mi tío en Estados Unidos, adonde él emigró para trabajar en la industria del tabaco. Cuando regresó a Dublín para hacerse cargo de mi madre y de mí tras... el trágico suceso, Renata vino con él. Me conoce desde que era niño, y para mí es como de la familia.

—¿Tu tío cuidó de ti? ¿Y... tu madre?

—Mi madre no pudo soportar el *shock* de aquella noche. Fue como si se marchitara poco a poco y finalmente se rindió ante la tristeza. Ahora está ingresada en un centro psiquiátrico. Cuando la visito, tengo la sensación de que a veces no me reconoce y de que ambos cargamos una culpa que nos une a pesar de todo.

»Por eso mi tío, que ya tenía una mansión de su propiedad en Dublín, se hizo cargo de mí y de mi educación, hasta que murió hace unos años. También compró esta casa. Desconozco por qué lo hizo, aunque creo que voy comprendiéndolo con el paso del tiempo.

—¿Qué quieres decir?

—La policía solo encontró el cuerpo de mi hermana. Me preguntaron qué sucedió y yo les mentí. Como te comenté, solo tenía doce años, pero entendí que era lo mejor. Les hice creer que fue un accidente, un descuido... Y cerraron el caso. La memoria de mi padre seguiría impune, cierto. Pero mi tío, a quien le dije la verdad, quiso que las cenizas de Evelyn permanecieran aquí. Serían un símbolo, un recuerdo. Tal vez compró la casa porque no quería que nadie más la habitara.

—Puedo sentir el miedo entre estos muros —murmuró ella—. Como si aquella tragedia se hubiera quedado impresa entre ellos.

Aidan mantuvo un tenso silencio que ella se atrevió a romper de nuevo.

—Y ahora... ¿qué vas a hacer conmigo? ¿Vas a...?

Él la interrumpió con deliberada serenidad.

—Por favor, créeme, no voy a hacerte nada malo.

—Pero... entonces...

—¡Ya no tienes por qué tener miedo, maldita sea! —estalló Aidan.

—¡Tengo miedo de todo! —gritó Ciara—. De lo que he vivido, de no volver a ver nunca más, ¡de estar volviéndome loca al pensar que no podría seguir adelante sin escuchar tu voz cada día!

Aidan sintió unos deseos irrefrenables de acariciar su rostro, de rozar aquella nívea piel que parecía resplandecer a la luz de la luna.

—Ahora que sabes la verdad sobre mí... tienes el poder para elegir. —Tras un breve inciso, prosiguió—: No quiero retenerte más conmigo. No sería justo. Si tu deseo es irte, te prometo que no te lo impediré. Podemos regresar hoy mismo a Dublín.

Ciara se quedó inmóvil, como si estuviera hipnotizada por el murmullo del mar cercano. Aquel sonido le hablaba de libertad, de leyendas remotas, de canciones antiguas... Le pareció que el océano imploraba su presencia allí y no supo resistirse a su súplica.

Se giró hacia Aidan, que no supo descifrar la expresión de su semblante.

Cuando respondió, su voz se fundió con el rumor del oleaje.

—Quiero quedarme.

48

El inspector Gallagher se encontraba aquella mañana examinando el informe pericial sobre los hechos ocurridos en la casa de los Brown. Las evidencias parecían demostrar que el matrimonio no había sido asesinado por una misma persona, de eso estaba seguro.

No tenía ninguna prueba sólida contra Brown, y su posterior muerte a causa del ricino lo había dejado sin la posibilidad de seguir con esa línea de investigación. Aun así, y recordando las palabras de la hija, intuía que Brown era el principal sospechoso de la muerte de su mujer.

Se sentía frustrado. No lograba encontrar conexión alguna entre las dos muertes y eso lo irritaba profundamente.

Sabía que el móvil no había sido el robo, por lo tanto, se podía pensar en una venganza de Brown.

Se investigó a los amigos del padrastro, a antiguos compañeros y jefes de trabajo, a los pubs que solía frecuentar. Aunque habían sabido de algunas peleas sin importancia, más por la embriaguez que por otras causas, nada hacía sospechar que el factor venganza fuera el móvil.

Gallagher dejó de examinar los papeles y se echó hacia atrás en su sillón con un resoplido que demostraba desesperación.

—¡Y por si fuera poco, la hija ciega desaparece! ¡Mierda!

Sus propias palabras rebotaron en las paredes del despacho como una agresiva pelota de goma maciza.

Su superior, el comisario jefe, le había preguntado cómo iba el caso, y solo le pudo contestar que estaban avanzando muy lentamente. En realidad no sabía ni qué decirle a aquel presuntuoso de impoluta camisa blanca, corbata verde y zapatos de marca. Tenía cinco años menos que él y estaba seguro de que había logrado el puesto por influencias políticas. Un puesto que hacía años que debía haber sido suyo, pero él no había servido nunca de tiralevitas de ningún alcalde ni concejal. Probablemente, eso había influido para que lo hubieran nombrado su jefe, aunque viniera de la comisaría central de Cork, en el sur de Irlanda, con unas envidiables referencias policiales y una inmaculada hoja de servicios. Reconocía, sin embargo, que sabía desempeñar su labor a la perfección, pero no soportaba sus aires de autosuficiencia cuando hablaba con él y con los demás policías. Siempre pensaba que era un relamido al que todavía le quedaba mucho por aprender. También lo reconfortaba saber que su cercana jubilación supondría no tener que aguantarlo mucho tiempo más.

La puerta del despacho se abrió de golpe, dejando ver a un Steve nervioso.

—Inspector, creo que tenemos algo.

Gallagher le indicó que continuara.

—Anoche una patrulla detuvo a tres individuos que iban en coche en un considerable estado de embriaguez. Parece ser que se saltaron algún semáforo y que habían tenido una pequeña pelea con alguien. Los interrogaron y, según el informe que he podido ver, casi por casualidad, estos jóvenes habían abordado a una chica en la calle para bromear con ella y alguien salió en su defensa, dejándoles unos cuantos moratones.

—¿Y eso qué tiene que ver con nosotros? —preguntó Gallagher.

Steve dejó el parte de la patrulla sobre el escritorio del inspector con un gesto de seguridad.

—Compruébelo usted mismo. Según han descrito, la joven era pelirroja y además ciega. Y por si fuera poco, un hombre de unos veinticinco o treinta años llegó en coche y les atizó una buena paliza, y se llevó a la chica. Parece ser que la conocía.

Gallagher leyó con rapidez el informe y exclamó:

—Buen trabajo, Steve. Debemos saber la calle en la que se produjo el incidente. Una muchacha ciega no puede recorrer mucho trecho si no conoce el camino. Ah, y también la marca del vehículo del tío que los atacó, y si fuera posible la matrícula. Eso sería importante. Habla con esos jóvenes. Averigua en qué zona sucedió todo y envía una patrulla que vigile día y noche. Estoy seguro de que esa chica es la que buscamos, y es posible que se hubiera escapado de donde la tuvieran retenida. Comienza por el domicilio de cada uno de ellos y sácales toda la información que puedas. Confío en ti. Sé que lo harás bien.

Steve agradeció en su interior la confianza que depositaba el inspector en él. Cuando salió del despacho, una amplia sonrisa se había dibujado en su rostro. No quería perder tiempo y se dispuso a ejecutar la orden de su jefe.

Gallagher se había quedado pensativo y se hizo una reflexión: «¿Y si el tipo que la había salvado de los tres jóvenes fuera el mismo doctor que la había sacado del Hospital Royal Victoria? ¿Tendría algo que ver con los asesinatos?».

Se ajustó las gafas y volvió a leer los apuntes de su libreta personal, añadiendo nuevas notas.

Brown, principal sospechoso de la muerte de Tara Brown → ¿Celos? ¿Malos tratos?

Muerte de Brown por ricina → ¿Venganza de «envenenador»? ¿Se conocían? →

#No se conocían = ¿Brown fue una víctima escogida al azar? ¿Cómo el «envenenador» accedió/indagó en su vida y costumbres?

#Se conocían = ¿Cómo? ¿Formaba parte el «envenenador» de su entorno cercano?

—Todos los asesinatos por ricino han sido efectuados en varones con antecedentes.

#Ciara Lynch = ¿Primera mujer en ser su víctima? ¿Cuál sería el móvil en este caso?

Notas adicionales:

1. Siguen sin encontrarse rastros de ADN, hipodérmicas u otra clase de pruebas incriminatorias.
2. No hay similitudes en las horas ni en el lugar de los crímenes, por lo que el campo de actuación puede delimitarse a Dublín, o en el caso de Swords, ampliarse mínimamente. ¿Tal vez el «envenenador» comienza a ampliar su campo de actuación?
3. No hay mutilaciones ni desapariciones de los cuerpos. ¿Quiere que se encuentren y se identifiquen de forma deliberada? → ¿Venganza? ¿Justicia?
4. No olvidar descripción física del único sospechoso realizada por la señora Moore.

Gallagher se reclinó en su asiento y murmuró para sí mismo:

—El ricino es la clave. Espero que Dana averigüe dónde lo consigue ese demente...

49

Aidan no tenía muy claro cómo actuar ante la nueva responsabilidad.

Ahora Ciara era conocedora de su historia y consentía aquella especie de secuestro, provocando que dicha palabra perdiera la fuerza que albergaba en un principio.

Ya no estaba con él engañada o contra su voluntad, y Aidan trataba de hacerse a la idea de la situación mientras paseaba junto a la joven por la orilla de la playa cercana. Habían ido hasta allí en coche, salvando los pocos kilómetros que los separaban de aquel paraje casi paradisíaco.

Aidan pensó en la playa al despertarse y descubrir que el día había amanecido despejado, con un sol radiante. Imaginó que Ciara agradecería sentir el suave calor en su piel en un lugar tan tranquilo como aquella cala solitaria. Y no se equivocaba. Incluso había insistido en quitarse los zapatos y caminar descalza.

Ambos paseaban juntos, y ella había accedido en silencio a que Aidan la tomara para guiarla.

La sonrisa de la joven hablaba por sí sola.

—Las lindes de la playa están teñidas de verde por la hierba —explicó Aidan—. Los reflejos del sol sobre el mar dibujan destellos de espuma que parece plata encendida. Las gaviotas han encontrado un banco de peces a lo lejos y revolotean en círculos sobre el agua. ¿Puedes oírlas?

Ciara asintió, embelesada por la descripción que estaba escuchando. Era como verlo con sus propios ojos a través de aquellas palabras.

Aidan continuó:

—Más allá, recortándose en el horizonte, hay unos suaves acantilados, pequeñas montañas verdes cuyos extremos tocan el mar. En el cielo no se puede ver ni una sola nube, y el oleaje permanece tranquilo, casi dormido...

Ciara se detuvo de repente y estiró los brazos hacia arriba, como si pretendiera abrazar el viento.

Se sentía feliz, aunque eso le pareciera extraño. El sonido del mar en calma, el sol, la cálida arena bajo sus pies, aquella brisa fresca... Todo le hablaba de libertad y placidez.

Por un breve instante tuvo la sensación de que el universo entero quería decirle algo. Un mensaje de sosiego y cierta alegría que no podía pasarle inadvertido. En aquel momento no le importó que aquella sensación casi divina pudiera fragmentarse en mil pedazos. Lo importante era que la sentía, que verdaderamente creía que todo podría ir bien a partir de entonces.

Aidan la contemplaba en silencio, a su lado. No solo era hermosa físicamente, sino que parecía resplandecer con una luz que procedía de su interior, como el nacimiento de una nueva estrella.

—¿Podemos sentarnos en la arena? —preguntó ella.

—Claro.

—Se está tan bien aquí...

Tras sentarse, Ciara sujetó sus piernas flexionadas y posó su mentón sobre las rodillas.

—Gracias —dijo al fin—. Me refiero a cómo me has explicado todo lo que nos rodea. Ha sido... genial.

Aidan sonrió. Era como si todo lo sucedido la noche anterior se hubiera desvanecido en el tiempo. Y se alegraba por ello. Ciara no se mostraba enfadada, ni asustada. No sabía si lo había perdonado, pero tenía miedo de preguntarle y terminar con aquel instante de delicada quietud.

—Ayer me preguntaste por qué te había elegido a ti...

—Y me respondiste con una frase muy bonita, pero extraña. Tal vez seas poeta.

—No te burles de mí.

Ella permaneció muy seria, con la mirada perdida hacia el mar.

—No lo hago. Lo digo en serio.

El silencio solo duró unos instantes.

—Me escogiste porque mi vida era parecida a la de tu hermana, ¿no? La viste reflejada en mí.

Aidan tensó los músculos brevemente.

—Estabas sola, sin familia, no sabía que tenías amigos... Y yo había contribuido a crear tu soledad.

Ella se apartó un mechón pelirrojo de la frente. Su expresión se había vuelto melancólica.

—Entonces... Jeff mató a mi madre... Debiste de ver el suceso en las noticias o en los periódicos... Por eso tú... Ya entiendo todo.

Él bajó la vista. De repente, sus acciones pasadas no tenían ningún sentido. Comenzaba a tener miedo de caer en un precipicio de dudas e inseguridades.

—Pero ¿cómo supiste que realmente fue Jeff quien lo hizo? —preguntó ella con una voz un tanto más baja de lo que hubiera querido.

—Fue él mismo quien se delató. Hablé con él y de una forma indirecta lo confesó.

—¿Y cómo lo...?

—No quieras saberlo. Es mejor así.

—De acuerdo.

Ciara cerró los ojos, escuchando el sereno latir del mar. Sintió unas acuciantes ganas de llorar al visualizar la imagen de su madre, que le sonreía y la llamaba con su voz dulce y afable.

De pronto, aquella escena forjada en su mente se transformó en lo último que vio antes de quedarse ciega. Su madre parecía mirarla desde el suelo ensangrentado con sus ojos sin vida y una mueca crispada.

Al abrir los ojos, aquella imagen seguía allí.

Intentó concentrarse en el sonido de las olas y dijo:

—Me gustaría que hiciéramos un juego.

—¿Un juego?

—Sí. Yo comparto una curiosidad sobre mí y tú compartes conmigo una tuya. ¿Qué me dices?

Aidan sonrió. Allí estaban los dos. Como un par de amigos o tal vez una pareja que hubiera decidido pasar un día en la playa.

«Una pareja...»

—Vale, acepto el reto —respondió en tono divertido—. Las damas primero.

—Me encanta el olor a libro nuevo. ¿Sabes? A veces, en Dublín, entraba en una librería solo para ver los ejemplares... No tenía ni un euro para comprarme alguno, pero me gustaba leer las sinopsis de las contraportadas, cogerlos y pasar las hojas para aspirar el aroma a libro recién impreso. —Tras un inciso, añadió—: Te toca.

—El bosque cercano al acantilado... De niño solía jugar en él. Me apasionaba perderme entre los árboles, ver las lechuzas o a veces incluso algún cachorro de zorro...

Ciara se giró hacia él.

—Por eso hueles a enebro. Para recordar el bosque, ¿verdad?

—Puede ser...

—Vale, es mi turno —dijo ella—. De pequeña me gustaba disfrazarme. Antes de que Jeff los tirara, conservaba los disfraces de pirata, bruja y vampiresa. Nunca me vestí de princesa ni de flor ni de algún hada de cuento como hacían otras niñas. Tenían que ser personajes atrevidos y misteriosos. Mi madre solía confeccionarlos ella misma, y a mí me gustaba sentir que era otra persona por un día y vivir miles de aventuras...

Aidan rio levemente.

—¿Y esa risa? ¿He dicho algo divertido? —protestó Ciara.

—Es solo que no puedo imaginarte vestida de vampiresa...

—¿Por qué no? Siempre he sido muy pálida y mi pelo también contribuía a hacer el personaje creíble. De acuerdo, vale, a ver tú.

—Me gusta ver crepitar el fuego de la chimenea. Es... hipnótico. Puedo pasar horas contemplando arder los troncos de leña. Incluso cuando vivía mi tío, se reía de mí y me llamaba «soñador del fuego» porque yo le decía que veía cosas en él.

En aquel momento, el sonido de una risa llegó hasta ellos.

—¿Hay alguien más en la cala? —preguntó Ciara.

—Sí, han llegado una madre y su hijo... El niño está jugando con el perro.

—Dime cómo son.

No hubo respuesta.

De repente, ella tuvo la sensación de que estaba sola y que la oscuridad en derredor la engulliría de un momento a otro.

—No voy a gritarles pidiendo ayuda —murmuró Ciara—, ni a escaparme...

—Se parece a Tommy... —respondió él en tono melancólico.

Ella frunció el ceño.

—¿Quién es Tommy?

Oyó cómo Aidan suspiraba casi imperceptiblemente.

—Antes del verano pasado, vino al hospital un niño muy parecido al que ahora juega en la orilla... De unos nueve años, rubio, más bien bajito... Lo acompañaban sus padres. Según me dijeron, hacía días que Tommy tenía pesadillas y apenas hablaba ni comía. Todavía recuerdo su expresión triste y los ojos de mirada nerviosa. No sé por qué, pero tuve una corazonada. Les pedí a los padres que nos dejaran solos. Cuando se fueron, le pregunté a Tommy si tenía problemas en el colegio, si alguno de sus compañeros se metía con él o si no hacía amigos con facilidad... Físicamente estaba sano, así que supuse que algo traumático debía de haberle sucedido. Y acerté. No hicieron falta muchas preguntas para que el pequeño rompiera a llorar y se sincerase. Al parecer, uno de sus profesores tenía las manos demasiado largas y no precisamente para pegarle...

Ciara esperó a que continuara.

—Cuando se lo dije a sus padres, les aconsejé denunciar el

caso. Y ¿sabes qué me respondieron? Que ese profesor llevaba muchos años en el centro y que supondría un escándalo. Mis encarecidas explicaciones no sirvieron para nada. Por supuesto, pensé en denunciar el hecho yo mismo, pero con la negativa de los padres, intuí que nunca saldría adelante... Desconozco si cambiaron a ese niño de colegio o si por el contrario quedaría marcado psicológicamente de por vida, pero...

—¿Pero...?

—Tal vez fuera ese el momento en que algo en mí se activó y comencé a pensar en cómo eliminar de la sociedad a engendros de esa calaña... El recuerdo de los maltratos de mi padre no se había borrado de mi memoria y, sin embargo, fue aquel niño quien me hizo reaccionar.

Las olas del mar abrazaron el silencio que se creó entre ambos.

Aidan comenzó a dibujar un círculo en la arena. Al cabo de unos minutos se atrevió a preguntar:

—Antes has dicho que no pretendías gritar ni escapar..., ¿por qué? ¿De verdad quieres seguir estando conmigo?

Ciara continuaba con la mirada perdida en el horizonte.

—No tengo una razón que explique por qué estoy aquí, ahora mismo, en esta playa alejada del mundo, a tu lado. Pero... ¿sabes una cosa? Nadie se cruza en tu camino por casualidad. Tú lo supiste al verme, seguro. Yo lo sé ahora. Quizá siempre hayas estado ahí, en alguna parte de mi vida, y por fin me has encontrado. O tal vez yo a ti...

Se levantó y permaneció inmóvil, sintiendo la brisa mecer su pelo.

—Por eso quiero saber cómo acaba esto. Cuál es el final de esta nueva historia.

50

Gallagher se encontraba inquieto en la comisaría. Sabía que su ayudante ya estaba trabajando en el asunto de los tres jóvenes que asaltaron a la muchacha ciega. Decidió dar una vuelta. El ambiente de su despacho se había tornado denso. Al salir a la calle, el inspector Gallagher quedó un tanto sorprendido al poder disfrutar de la luminosidad que bañaba Dublín en una atmósfera casi primaveral.

Se dirigió a tomar su acostumbrado café en el sitio de siempre. Pero su mente no parecía estar allí, sino en otro lugar. Recordaba con agrado la comida con la doctora Mitchell. Su manera de colocar las manos bajo el mentón, su sonrisa un tanto enigmática, sus manos fuertes y delicadas al mismo tiempo...

—¿Un café, inspector?

La voz de la camarera lo sacó de su ensoñación, y asintió dando las gracias.

El sonido del móvil hizo que se despejara aún más. Era la doctora Mitchell.

—Dime, Dana. ¿Qué ocurre?

—Deberíamos vernos. Estoy en el instituto forense. Creo que tengo algo referente a la toxina en uno de los hospitales.

Gallagher la apremió con voz excitada.

—Te recojo en diez minutos. Espérame en la entrada. Voy hacia allá ahora mismo.

Salió del local sin siquiera haber pagado el café. Cogió su coche y apretó el acelerador. Las palabras de la doctora le habían abierto una pequeña puerta en el muro que planteaba aquel caso, y tenía la certeza de estar en el buen camino.

Cuando llegó al instituto forense, la doctora ya lo esperaba. Una vez dentro del coche le indicó hacia dónde debía dirigirse.

—Al National Children's Hospital. Tal y como te dije, comencé a hacer preguntas entre algunos de mis conocidos que trabajan en los hospitales. Ninguno había echado en falta esa toxina o no solían tenerla habitualmente, pero hablé por casualidad con una buena amiga. Es enfermera de este hospital y se encarga de los pedidos farmacológicos. Al nombrarle el ricino recordó que hace más de un año, un médico solicitó semillas del mismo para realizar un estudio sobre la planta. Lo que no pudo recordar en ese momento es quién había sido, ni cuándo habían llegado las semillas. No obstante, creo que consultando el archivo del ordenador se podría averiguar sin dificultad. También le dije que no comentara nada de esto con nadie, y confío en ella.

Minutos después entraban en el hospital. No había demasiada gente y no les fue difícil encontrar a la conocida de la doctora Mitchell. En la planta baja y al final de un ancho pasillo, la enfermera jefe de farmacología, Virginia Jameson, estaba ante una blanca mesa presidida por una enorme pantalla de ordenador. Al verlos llegar, se levantó y saludó con un beso a su amiga Dana. Esta le presentó al inspector y luego pasaron a una salita.

—Como te comenté por teléfono —empezó diciendo la enfermera Jameson—, no recuerdo quién fue la persona que pidió semillas de ricino y he tratado de encontrar el archivo correspondiente en el ordenador. Por desgracia no aparece nada, y es raro, porque debería estar. Puede deberse a un error informático. Nos sucede a menudo y es un verdadero problema. De cualquier modo, la persona que las recogió tuvo que firmar una especie de albarán. La cuestión es que me puede llevar mucho tiempo examinar las carpetas que contienen todos los documentos relativos a los pedidos de los fármacos para el hospital, y estamos hablando de hace casi un año. Si me dais una semana es posible que lo averigüe.

Gallagher intervino:

—Le agradezco su ayuda, pero el tema es importante y necesitaría esa información cuanto antes. Comprenda que es un caso urgente.

La enfermera jefe miró a Dana esperando que apoyara las palabras del inspector.

—Virginia, si no fuera de vital importancia, no te lo pediríamos. Comprendo que debes de tener mucho trabajo y que no puedes desviarte del mismo, pero, por favor, intenta encontrar el nombre de ese médico. El inspector tiene razón. Es muy importante.

Virginia Jameson asintió en silencio unos segundos. A sus casi cincuenta años entendía perfectamente cuando algo era verdaderamente urgente. Estaba acostumbrada a ello en el hospital, donde todo el mundo sabía lo eficaz que era su trabajo. Y además, si se lo pedía su buena amiga Dana, no iba a defraudarla.

—Tardaré uno o dos días como máximo. Para entrar en el archivo general necesito la autorización del gerente del hospital, y hasta mañana por la tarde no regresa de un congreso en Londres. Habrá que tener un poco de paciencia. En cuanto lo encuentre te llamaré, Dana, no te preocupes.

Al salir del hospital, la doctora Mitchell rogó al inspector que la llevara de vuelta al instituto forense.

—Tengo trabajo atrasado y no quiero que se me acumule. Si Virginia me comunica cualquier cosa, contactaré contigo de inmediato.

Una vez fuera del coche se aproximó a Gallagher.

—Espero que puedas aclarar este caso pronto, me gustaría repetir la comida, o mejor una cena.

Mientras ella se alejaba, una amplia sonrisa se dibujó en el rostro del inspector.

51

Ciara se hallaba sentada en la cama que había pertenecido a los padres de Aidan.

Estaba sola. Él había ido a comprar algunas provisiones al pueblo de al lado. Una vez más, no cerró la puerta con llave.

«Si bajase las escaleras y me decidiera a salir, sería libre.»

No puso en práctica sus pensamientos.

Sin embargo, no fueron su ceguera y las pocas probabilidades de huir las que la mantuvieron en aquella casa.

Estar inmersa en la oscuridad no era el núcleo principal de su decisión.

Existía algo más. Algo lo suficientemente significativo para retenerla allí. Y no estaba segura de qué podía ser.

No quería pensar que estaba comenzando a eximir de toda culpa a Aidan. Intuía, por sus palabras, que la muerte de Jeff no era la única en haber sido ejecutada por sus manos. Aun así, una parte de Ciara se empeñaba en no catalogarlo como un asesino o un psicópata.

¿Se estaba dejando cautivar por su trato delicado y atento? ¿Por aquella voz que ya se había enroscado en su cerebro como una música seductora? ¿Por la influencia de los recuerdos que él le relataba de forma melancólica? ¿O quizá porque jamás se había comportado como el monstruo que se suponía que era?

La historia que Aidan le había confesado formaba parte de ella. Era también su historia.

Ya no tenía pesadillas con el rostro de su padrastro o con los ojos sin vida de su madre. Soñaba con Aidan de niño, cuyo semblante asustado le pedía ayuda en silencio.

Durante el día creía oír los sollozos de Evelyn y los ebrios pasos de su padre.

La casa le hablaba de sus horrores, y Ciara, en lugar de querer escapar, se iba sintiendo cada vez más ligada a aquel lugar, como si el secreto oculto entre sus muros quisiera revelarse ante ella.

A veces pensaba que ya no podría soportar tanto dolor. El de Aidan y el suyo propio.

La aterrorizaba sentir aquella empatía.

Su corazón le susurraba que era un hombre bueno, pero herido, lleno de un miedo eterno hacia sí mismo. Y la mente le gritaba que no confiase en alguien cuyo interior albergaba cientos de caminos oscuros que conducían a lugares que era mejor desconocer.

Sin embargo, era esa oscuridad lo que la atraía, en contra de su voluntad.

Las sombras que rodeaban a Aidan la seducían de un modo subyugante, alejándola de la luz. Una luz con la que él soñaba y que, según le había dicho, esperaba encontrar en ella.

Luces y sombras.

Un caos demasiado profundo hacia el que se sentía arrastrada de forma consciente.

En aquel momento oyó que la puerta principal se abría. Había estado tan ensimismada que ni siquiera había oído el coche.

Bajó las escaleras y se dirigió hacia la cocina.

—Siento haber tardado tanto —se disculpó Aidan—, pero prometo recompensar la demora. Espero que te gusten mis famosos sándwiches de pollo.

—¿Famosos?

Él se rio.

—Sí, porque lamentablemente son de las pocas cosas que sé cocinar. Me temo que Renata es mucho mejor chef que yo.

Ciara sonrió mientras buscaba una de las sillas a tientas.

—Me encantarán, seguro.

—Por cierto... Me preguntaba si te gustaría acompañarme a un lugar muy especial esta tarde.

—Sí, ¿adónde? —respondió; cualquier sitio era mejor que aquella casa invadida por los recuerdos.

—Al bosque.

—Allí jugabas en tu niñez...

—Eso es.

—Pero... no podré...

—No te preocupes. Yo seré tus ojos.

Siempre había deseado vivir en una casita en el campo. Su madre solía decirle que ella había crecido en un lugar así.

Y ahora que podía oír la hojarasca crujir bajo sus pies, percibir el intenso aroma a savia y musgo, incluso notar la humedad reinante posarse en su piel..., sentía que era libre. Le habría gustado verlo todo, pero Aidan, igual que en la playa, le describía cada árbol, cada roca, cada vericueto, como si se tratase de un cuento de fantasía.

No obstante, pervivía en ella una parte que esperaba angustiosamente el momento fatal en que aquella felicidad pudiera sufrir un doloroso cambio. Había aprendido a no esperar otra cosa de la vida, pero no quería regresar a esos días en los que simplemente despertarse por la mañana era un duro reto.

Ya no existían ataduras. Solo el deseo de vivir.

—Escucha a tu alrededor —le pidió Aidan.

Ella prestó atención.

—No oigo nada especial...

—No te dejes engañar. El silencio en el bosque es únicamente una ilusión. Siempre hay sonidos por todas partes... Es un lugar vivo, un personaje de leyenda...

La guio hasta uno de los árboles, le tomó las manos y las colocó en el tronco.

—Este es el primer árbol que conforma, junto a otros muchos, una bóveda sobre nuestras cabezas.

Ciara sintió la áspera corteza en la yema de sus dedos y sonrió.

—Una bóveda... ¿como una catedral...?

—¡Eso es! Con su misteriosa quietud, con sus vidrieras de hojas rojas... Es como si formasen una senda y quisieran que la siguiéramos... ¿Te atreves?

—Me encantaría verlo.

—Lo verás.

—¿Podemos seguir la senda entonces?

—Los árboles nos han invitado a hacerlo —contestó en tono teatral—, ahora somos los huéspedes de su bosque.

Ciara rio muy bajito y dejó que Aidan volviera a cogerla de la mano.

—Tan poeta como siempre —bromeó—. Y... ¿nunca te has perdido aquí?

—En este lugar sentía toda la libertad que no tenía en mi casa... Me perdía algunas veces, claro, pero nunca tenía prisa por volver...

Ella entendió lo que quería decir y no insistió.

De repente, sintió unas tímidas gotas precipitarse contra su rostro.

—Está lloviendo... —musitó Ciara, con el temor de que la climatología los obligase a regresar.

—Tranquila, sé dónde podemos guarecernos.

Tiró de ella con suavidad, y tras caminar unos minutos, giraron a la derecha.

Ciara advirtió cómo la superficie bajo sus pies cambiaba su alfombra de hojas por un terreno más sólido.

Sus pies titubearon unos instantes ante aquel cambio, al tiempo que se percataba de que ya no sentía la lluvia sobre su piel, aunque todavía podía oírla e incluso percibir su peculiar aroma.

—Aquí estaremos seguros hasta que amaine el temporal —afirmó Aidan—. Vamos, te ayudaré a sentarte, no es el lugar más confortable del mundo, pero...

—¿Dónde estamos exactamente? —preguntó ella.

—En la gruta encantada.

Ciara sonrió, palpando el suelo roqueño donde dormitaba un liquen amarillento que se extendía por todas partes.

—Estás bromeando, ¿no?

—Solo en parte... Cuando era niño, solía esconderme aquí. Y los días de viento, siempre oía, con cierto temor, un gemido que procedía de las rocas. —Emitió una leve carcajada antes de proseguir—: Creía que este lugar estaba encantado, pero era un miedo... diferente al que sentía al estar en casa. Era un miedo delicioso. Luego me di cuenta de que los lamentos que oía los producía el viento cuando atravesaba una pequeña hendidura al final de la gruta.

—Sería una desilusión, ¿eh?

—Sí, pero seguía siendo mi gruta encantada, mi lugar secreto. No lo habría cambiado por nada. Ni siquiera Evelyn sabía que me escondía aquí.

Ciara tiritó percibiendo que la temperatura había bajado considerablemente.

—Haré una fogata.

—¿También eres *boy scout*? —rio ella.

—Más bien soy autodidacta —respondió Aidan en tono distendido—; y no pienso dejar que pilles un resfriado.

Ciara lo escuchó buscar algunas ramas y, minutos más tarde, tras varios chasquidos, sintió una agradable ola de calor emanar de un crepitante fuego frente a ella.

—¿Cómo lo has hecho?

—Es secreto profesional. —Luego de una pausa, Aidan dijo—: Pasé muchas horas en esta gruta solo..., supongo que la soledad agudiza el ingenio... No es la primera vez que hago esto. Siempre que vengo a la casa del acantilado visito esta cueva y dejo una caja de cerillas dentro de una bolsa para que no se humedezcan. Ya sabes que me encanta contemplar el fuego.

Ella cerró los ojos un momento. Sonrió al pensar que aquella parecía una escena extraída de un relato infantil. Un príncipe cruel retenía a una humilde campesina en su castillo de piedra... Pero la joven se daba cuenta de que el príncipe no era tan despiadado como creía en un principio, y de que ella no se sentía realmente una prisionera porque había aprendido a disfrutar de su compañía. Ambos se afanaban en crear un mundo solo para ellos sin siquiera saber si este les depararía un futuro feliz... O, al menos, un futuro diferente.

—Aidan... ¿Por qué te escondías aquí? ¿Qué hacías hasta que regresabas a casa?

Durante unos instantes, solo escuchó el repiqueteo de la lluvia. La voz de Aidan quebró aquel silencio repentino y volvió a sonar a su lado. Ahora parecía triste, apagada.

—¿De verdad quieres saberlo? Es curioso, porque nunca se lo he contado a nadie...

—Ahora puedes decírmelo a mí.

Un tenso mutismo se adueñó de la gruta, cuyas rocas se habían impregnado del aroma a hierba y hojarasca mojada.

—Escribía un diario —respondió finalmente Aidan—. Supongo que es algo que hacen muchos niños a esa edad.

—¿De verdad? ¿Y lo conservas?

—Debe de estar aquí, en el mismo recoveco donde lo guardé hace muchos años; no he vuelto a leerlo. No es algo que me guste hacer.

—¿Ocultaste tu diario en esta gruta?

—¿Qué mejor lugar para mantenerlo alejado de las manos de mi padre? Además, eran cosas de niños...

—Pero tú no eras un niño como los demás, estoy convencida.

La joven le oyó avivar el fuego.

—Me gustaría que me leyeras algo de tu diario —se atrevió a pedir.

—Hasta ahora ha estado no solo oculto en esta cueva, sino en mi pasado... Es mejor así.

—No estoy segura de eso... Tu pasado te ha forjado. Yo misma estoy aquí, contigo, porque no has conseguido olvidarlo. Por favor, Aidan, encuentra tu diario.

Aidan se levantó y se aproximó a un saliente rocoso con forma de columna retorcida.

Apartó una gran piedra situada en la base y, con mucho cuidado, extrajo una caja metálica en cuyo interior había un cuaderno azul con las cubiertas muy deterioradas.

Cuando volvió a sentarse al lado de Ciara, suspiró.

—De acuerdo, has conseguido ablandarme. ¿En serio quieres escuchar las tontas reflexiones de un niño?

Ella asintió.

—No serán tontas, serán sinceras.

Aidan posó los ojos en su diario y lo contempló con tristeza antes de abrirlo por las últimas páginas, que presentaban un tono descolorido.

—«Hoy tampoco he podido dormir. No sé si Evy se habrá dado cuenta de que mis ojos, en lugar de estar cerrados, miraban a través de la ventana hacia la luna llena. Me gusta observarla con esa luz tan misteriosa que baña todo el bosque. Y no puedo evitar imaginarme que allá arriba, sobre su superficie blanca, podría tener una casita. Evy viviría conmigo, y todo lo que necesitásemos aparecería con solo pensarlo. La luna tendría ese poder y estaría unida a nuestra imaginación. Se oiría música siempre que quisiéramos, y al dormir me acunaría esa canción que mamá nos cantaba hace tiempo. Mi hermana solía tararearla cuando estaba contenta. Pero ya no.

»No existirían los gritos ni las lágrimas, y no nos asustarían más el silencio ni la noche. No tendría miedo de soñar porque las pesadillas no podrían alcanzarme allí, y nada, absolutamente nada, estaría prohibido.

»Y no estaríamos a oscuras. Las estrellas doradas brillarían para nosotros.

»Pero la luna y las estrellas que contemplo desde mi cama siempre me parecen tristes. Como si supieran lo que estoy pensando y me susurrasen que sueño en vano. No hay ninguna casita en su suelo blanco, no hay música ni fantasía. Solo permanecen los gritos, las lágrimas y esas pesadillas de las que tanto intento huir. Además, la luna también tiene miedo.

Por eso algunas noches se esconde, y la oscuridad lo invade todo. Evy dice que no hay luz sin oscuridad, pero... no puedo creerlo. Ya no creo en nada.»

Ciara había contenido la respiración durante la lectura de forma inconsciente.

Acababa de escuchar los sueños de un niño cuya vida nunca había sido feliz. La joven pensó en sus padres, en los cuentos que le leían al acostarse, en los paseos por Merrion Square, en la risa de su madre, en los hoyuelos de su padre... Todo parecía estar ya muy lejano. El tiempo se había dilatado tanto que en ocasiones le costaba creer que solo tuviera dieciocho años.

Pero ¿Aidan lo sentiría de igual modo? ¿Su infancia se le antojaría como algo muy remoto o se hallaría cristalizada en sus recuerdos?

Tenía que saber más. El niño que Aidan fue una vez tendría las respuestas para las interrogantes que su madurez planteaba.

—¿Cuántos años tenías entonces?

—Doce.

—Por favor, sigue leyendo... Me gusta escucharte.

Oyó el roce de sus dedos al pasar de página y volvió a contener el aliento cuando su voz reverberó en el interior de la cueva.

—«Hoy ha vuelto a pegarme. ¡Lo odio! Y ese odio es más fuerte que el dolor de mi mejilla y el moratón de mi brazo. A veces pienso que debería escaparme... Pero ¿adónde podría ir? Él me encontraría y, aunque no lo hiciera, no puedo dejar a Evy aquí. Y si huyéramos los dos juntos, ¿cómo sobreviviríamos?

»Los pocos amigos que tengo en el colegio saben que algo no va bien, que las marcas de mi cuerpo no son producto de caídas ni tropiezos. Antes me preguntaban cómo me las había hecho. Ahora ni siquiera los profesores se entrometen. No quieren saber nada de lo que me ocurre. Todos guardan silencio. Incluido yo.

»Cuando sea mayor no cometeré el mismo error. Ayudaré a los niños que tengan problemas, lograré que venzan el miedo y se enfrenten a él.

»Sé que mi padre no me dejará. Me mataría antes que verme estudiar medicina. Quiere que sea pescador, como él. Pero lo que no entiende es que en realidad es un monstruo. Ese es su verdadero trabajo: ser un monstruo. Y yo no quiero ser un monstruo. Aunque quizá ya lo sea: este odio que siento solo puede significar que ya me he convertido en uno. Y si lo soy, ¿cómo conseguiré vencer el miedo y ser feliz de una vez?»

La voz de Aidan había comenzado a quebrarse.

Ciara no supo si el diario terminaba con aquella interrogante o si él no había tenido la fuerza necesaria para continuar leyendo.

—No eres un monstruo... Lo sabes, ¿verdad?

Aidan guardó de nuevo el cuadernillo en la caja metálica y volvió a avivar el fuego.

En el exterior, la lluvia precipitaba sobre el bosque.

—Ya no sé qué soy en realidad.

Ciara acarició la superficie húmeda de un liquen antes de preguntar:

—¿Qué ves en el fuego?

—¿Cómo?

—Dijiste que tu tío te llamaba «el soñador del fuego», ¿no?... Seguro que en esta fogata se pueden contemplar cosas geniales y me las estoy perdiendo...

Aidan agradeció el cambio de conversación que había introducido Ciara y se concentró en las llamas, que ascendían generando diminutas chispas relucientes.

—Dos lenguas de fuego se han fundido en el centro; es como si se hubieran besado formando una única llama que se distingue de las demás. Y en ella, poco a poco, se está creando una figura.

En la cara de Ciara se dibujó una sonrisa mientras la joven trataba de imaginarse lo que él le describía.

—Y ¿qué es?

Las negras pupilas de Aidan reflejaban el brillo de la hoguera en un espejo misterioso e insondable.

—Una mujer. Su cabello de fuego oscila entre las chispas, y su cuerpo parece danzar al son de su crepitar. No puedo apartar mis ojos de los suyos. Resplandecen con tanta intensidad al mirarme que tengo miedo de parpadear y ver que han desaparecido. —Acto seguido, afirmó—: Sé quién es, creo que la he reconocido desde el principio.

—¿De verdad?

—Sí. Mi tío solía decir que lo que yo veía en el fuego era lo que más anhelaba. Y tal vez tuviera razón. Ya sabes lo que dicen. La mente ve lo que quiere ver...

Ciara se mordió el labio inferior.

—Es tu hermana, ¿no?

Aidan calló unos instantes antes de responder.

—Eres tú.

La emoción con la que pronunció aquellas palabras logró que Ciara se mantuviera en silencio, inmóvil como una estatua que se hubiera vitrificado en la gruta.

Por el sonido que llegaba del exterior, intuyó que la lluvia amainaba. No obstante, ninguno de los dos hizo ademán de querer regresar a la casa del acantilado.

Algo los retenía allí. Una fuerza demasiado poderosa para desear no irse en aquellos momentos.

El corazón de Ciara comenzó a bombear con celeridad, y el vello de su piel se erizó. Sabía que no era debido al frío.

Su mente recordó una de las frases que su padre le había confiado cuando ella, hacía años, le preguntó sobre el amor: «Oscar Wilde decía que entre hombres y mujeres no es posible la amistad; hay pasión, enemistad, adoración, amor, pero no amistad. Yo no estaba de acuerdo, hasta que conocí a tu madre... ¿Estaba Oscar Wilde equivocado? ¿O realmente entendía lo que afirmaba? A veces, ni siquiera los genios ni los hombres sabios saben qué es el amor, Ciara.»

Ella se había reído al escuchar la cita de Wilde porque

comprendía que era el autor favorito de su padre y por aquel entonces no le dio demasiada importancia.

Ahora, aquella aseveración parecía retumbar en su cerebro.

¿Qué sentía hacia Aidan? ¿Amistad? ¿Respeto? ¿Miedo?

No, miedo ya no. Y la amistad y el respeto no eran suficientes para explicar la dulce, abrasadora y, a la vez, inquietante sensación que Ciara percibía en el pecho.

Sin saber por qué, rompió el silencio.

—El dolor en nuestras vidas ha hecho que nos hayamos encontrado. Da miedo pensar que no nos habríamos conocido nunca de no ser por eso.

Ciara advirtió que la respiración de Aidan se aceleraba levemente.

—¿Significa que...?

Ella lo interrumpió con serenidad.

—No sé muy bien qué significa. Yo... todavía no entiendo lo que siento ahora mismo.

Se abrazó las piernas como siempre solía hacer cuando se sentía insegura.

—Tú... —murmuró— ¿me amas?

Aidan seguía mirando el fuego. La figura de la mujer había desaparecido entre las llamas. Sonrió con melancolía al entender que ya no necesitaba dirigir su vista hacia la lumbre para contemplar lo que más anhelaba.

—Si lo piensas un segundo, «amar» es un verbo demasiado frágil. ¡Se dice con tanta facilidad...! Si amar es vivir en una continua contradicción, en una incoherencia que ni yo mismo comprendo... Si amar es actuar por impulsos, de forma tan ilógica que la mente no razona y el corazón grita sin esperar respuesta... Entonces, creo que sí. Es solo que... no tengo el valor para confesármelo a mí mismo.

Ciara sintió que su corazón golpeaba contra sus costillas con una intensidad que la asustó.

Ya no podía hacer nada... Ni siquiera cuestionarse qué le estaba ocurriendo.

Se dejaría llevar, como arrastrada por las olas del acantilado cercano, y esperaría a que la marea decidiera su destino. Podría acabar en las rocas; burbujas de espuma que se desvanecerían poco a poco... O converger en el mar plateado por los rayos del sol, con el horizonte extendiéndose ante ella.

Finalmente, tuvo la valentía de saltar hacia el océano de sus pensamientos.

—Abrázame, por favor.

Los músculos de Aidan se tensaron.

—Ciara...

—Lo necesito. Quiero olvidarme de la oscuridad por un momento. Siempre es de noche para mí. Mis ojos, mi mundo... No puedo huir, y tú tampoco. Abrázame.

La joven se giró hacia él y esperó desde la negritud de su ceguera.

Cuando sintió las manos de Aidan rozar tímidamente sus brazos, todas sus terminaciones nerviosas despertaron y se estremecieron a la vez.

Percibió la cálida proximidad de él y cerró los ojos, entregándose a aquel cuerpo que paulatinamente iba envolviendo el suyo.

El aroma a enebro invadió sus sentidos y no pudo evitar inhalarlo como si fuera la última oportunidad para hacerlo.

Aidan la estrechó contra sí, y Ciara advirtió la ternura de sus acciones. Parecía no querer precipitarse, o tal vez tuviera miedo de que ella se arrepintiese de aquella petición.

Ciara posó las manos en el pecho de Aidan, notando los fuertes latidos de su corazón.

Sonrió. Él debía de sentirse tan conmovido como ella.

La gruta, la lluvia, los recuerdos, el temor y la incertidumbre podían seguir su curso sin ellos. Aunque únicamente fuera en aquel maravilloso instante.

La joven reposó el rostro en el hombro de Aidan, consciente de que habían sido las fatalidades las que los habían guiado hacia los brazos del otro.

Ninguno de los dos quería romper el hechizo que, por un momento congelado en el tiempo, los había alejado de un mundo que no comprendían, de unas vidas no deseadas, de un futuro incierto.

—Aidan...

Él asintió en silencio.

—Cierra los ojos. Mira en la oscuridad, como yo. Imagina que todo esto fuera distinto. Como una especie de realidad alternativa. Yo viviría con mis padres, estudiaría en la universidad...; tú quizá no fueras pediatra, no habrías crecido con Renata y tu tío... No conoceríamos el miedo ni el odio... —Calló unos instantes antes de preguntar—: ¿Me seguirías queriendo si me conocieras así? Sé sincero.

La voz de Aidan sonó llena de matices.

—¿Por qué tenemos que pensar en esa posibilidad? Solo somos tú y yo. Dos personas destinadas a encontrarse. Romper esa oscuridad depende de lo que realmente sintamos.

Ciara notó el rubor en sus mejillas. Sus manos acariciaron el rostro de Aidan y lo atrajeron hacia ella.

Acercó sus labios a los de él, y se unieron en un trémulo beso.

—Solo tú y yo —repitió—. Suena bien.

Aidan respondió besándola de nuevo. Las palabras tan solo eran una triste frontera entre sus bocas, que se buscaban con avidez en un intento desesperado por hacer enmudecer definitivamente las tinieblas.

52

Aidan todavía podía sentir aquel último beso. Habían transcurrido veinticuatro horas desde entonces, y el sabor de los labios de Ciara se había adherido a los suyos como el recuerdo de algo que tal vez no volvería a repetirse. O quizá sí.

Observó, un tanto absorto, el pastel que había comprado el día anterior en el pueblo.

Había pensado, al verlo en el escaparate, que a Ciara le gustaría. Y ahora, aquel dulce solo le transmitía dudas y malos augurios.

«Pastel de cerezas —pensó mientras lo depositaba en un plato—. ¿Por qué elegí precisamente este sabor?»

No pudo evitar murmurar una palabra malsonante.

Sintió cómo el tiempo se retorcía y convulsionaba a su alrededor. El palacio de la memoria que dormitaba en su mente volvía a activarse.

En el centro de la cocina, creyó ver a su madre removiendo el contenido de un bol. Sus ojos estaban enrojecidos y la mano que sostenía la cuchara temblaba de forma visible.

—¿Quién quiere ayudarme con el pastel de cerezas?

Oír la voz ilusoria de su madre le produjo un triste escalofrío.

No obstante, el sonido de la ducha en el piso superior logró que aquella visión casi fantasmagórica se desvaneciese.

Ciara.

Desde que ella había entrado en su vida, las habitaciones del palacio de la memoria habían ido sellando sus puertas, una por una. Ella mantenía a raya sus recuerdos, y estos enmudecían con el atisbo de su sonrisa.

Sin embargo, Aidan no había conseguido tranquilizarse desde lo ocurrido en la gruta el día anterior.

No podía dejar de visualizar el rostro de Ciara mientras se aproximaba al suyo para besarlo. En su expresión se leía la dulzura y el convencimiento de que estaba haciendo lo que sentía en ese instante.

¿Realmente se había enamorado de él?

Pensar en aquella posibilidad era como percibir cientos de fuegos artificiales en el pecho. Ya no era un adolescente. Pero su corazón había permanecido recluido tras los barrotes de su frialdad demasiado tiempo. Había tenido alguna relación esporádica, solo para comprobar que nada podía perturbarlo, ni siquiera el deseo físico; que, en definitiva, su mente siempre salía victoriosa frente a unos sentimientos tan endebles como asustadizos.

Renata solía recriminarle su incapacidad para tomarse en serio un noviazgo, y él se reía, dando por hecho que el amor jamás llamaría a su puerta.

Ahora, el papel que el destino parecía haberle asignado se había truncado por completo.

Ya no era un juez vengador e impasible cuyas acciones conseguían colmar el vacío en su interior, sino un protector doblegado ante la fortaleza, inocencia y ternura que se aunaban en Ciara.

Si era cierto que ella lo amaba, estaba cometiendo un error. Ese sentimiento no cambiaría el hecho de que él había asesinado a tres hombres, no haría desaparecer su pasado ni en lo que se había convertido.

Tal vez fuera en realidad compasión, miedo... o el típico síndrome de Estocolmo.

En cambio, él sí sabía lo que sentía. Y aquella seguridad lo atemorizaba.

La voz de su conciencia no paraba de gritarle que volviera a darle a la joven la opción de elegir su futuro y de que emprendiera una nueva vida.

Pero aquella vocecilla solía silenciarse al rememorar la

promesa que él mismo le había hecho a Ciara semanas atrás: curar su ceguera.

Su palabra seguía intacta, aunque Aidan luchase para no pensar en aquel compromiso inicial como en una excusa indirecta para permanecer con ella más tiempo.

Se dirigió al salón y, segundos después, oyó los dubitativos pasos de Ciara bajando la escalera.

Su cuerpo se hallaba únicamente cubierto por un albornoz blanco.

—No encuentro mi pijama —dijo ella a modo de disculpa—, y esto es lo que más a mano tenía. Debe de ser tuyo...

Aidan se mantuvo en silencio unos instantes cautivado por la hermosa visión que poco a poco se le aproximaba.

—Ayer te compré un pastel —respondió al fin. Le pareció que volvía a ser un niño azorado y tímido. Aquella sensación le hizo enfadarse consigo mismo.

Ciara sonrió mientras bajaba los últimos escalones y extendía un brazo, intentando palpar el sofá.

Tras ayudarla a sentarse, Aidan le colocó el pequeño plato con el pastel en el regazo y un tenedor entre los dedos.

—¡Tienes las manos heladas! —exclamó ella divertida.

La observó embelesado mientras la joven probaba el dulce. No podía apartar los ojos de su melena humedecida, que le caía por los hombros, de sus gestos suaves y atrayentes al mismo tiempo, de aquella mirada perdida que le confería el aspecto de una niña, de las curvas que su albornoz creaba ciñéndole el cuerpo... Nunca había imaginado que podría llegar a odiar una prenda de ropa. Pero en aquel momento así era. Odiaba aquel albornoz; lo envidiaba.

Por unos instantes se avergonzó al pensar en lo oportuno de su ceguera: podía contemplarla como una hermosa escultura siempre que quisiera, y ella jamás lo advertiría.

—Este pastel está riquísimo.

—Si quieres, mañana te compraré otro, o dos más. Los que te apetezcan.

—Me estás mimando demasiado. —Ella se rio.

Aidan le limpió con el dedo una pequeña mancha en la comisura de los labios. Ciara no pudo ver cómo él lamió aquel lunar de nata de su pulgar. Tampoco podía saber cuánto necesitaba Aidan otro beso. Un beso que sellase lo que había sentido la tarde anterior. Lo único que consiguió fue ruborizarse.

—Creo que acabo de descubrir en ti una nueva sonrisa —dijo él.

—¡Ah! ¿Tengo más de una?

—Sí. Cuando estás nerviosa y no quieres que nadie lo note..., cuando hablas de tus padres..., cuando te sientes sorprendida por algo agradable...

—Y ¿cuál es la nueva, Sherlock Holmes?

—Cuando estás conmigo.

Ciara cerró los ojos unos instantes, como si estuviera reflexionando sobre aquellas palabras.

—Puede que tengas razón y estos días sonría más que antes... ¡Al menos tengo más motivos para hacerlo!

—¿En serio? —preguntó Aidan asombrado.

La joven asintió.

—La vida te ha puesto a ti en mi camino, ¿no? ¡Ahora mismo no necesito nada más!

Aidan se sintió súbitamente minúsculo. Como una mota negra y miserable que flotase alrededor de Ciara reclamando su cariño, cuando en realidad era ella quien más lo requería.

—Es extraño —prosiguió la joven—. He tenido miedo gran parte de mi vida. ¡Siempre el miedo, por todas partes! Y en este momento, sintiendo tu respiración cerca de mí, escuchando tu voz y sabiendo que probablemente todo esto saldrá mal, el miedo ha desaparecido.

El corazón de Aidan se contrajo.

—¿Por qué ha de salir mal?

La joven se encogió de hombros.

—No lo sé..., es un presentimiento.

—No me gusta pensar en eso..., en el futuro, quiero decir —afirmó Aidan—. Prefiero sentir el aquí y el ahora.

Ciara hizo un mohín de contrariedad.

—¿Te refieres a que... no confías en nosotros? ¿A que no podremos...?

Él se levantó del sofá, sin girarse hacia ella. Cuando respondió, su tono había cambiado.

—¿Qué? ¿Qué podríamos hacer? ¡Tú misma acabas de decir que saldrá todo mal! ¿Quieres reconstruir un mundo solo para los dos, en serio?

—He dicho que solo es un presentimiento, no que me deje llevar por él. —La voz de Ciara sonó herida—. Ya no vivimos en el infierno, Aidan. Lo hemos dejado muy atrás. Somos supervivientes. Tenemos una posibilidad.

—Tal vez tú lo hayas conseguido, pero yo... —Cruzó los brazos sobre su pecho—. Un solo error puede convertirse en un remordimiento eterno. Y yo ya he cometido muchos errores, te lo aseguro.

Ciara se aproximó a él con paso inseguro hasta que las palmas de sus manos le palparon la espalda.

—¿Yo también soy un error?

Aidan se mantuvo en silencio.

—Desde que estoy aquí, en esta casa, sueño todas las noches contigo —dijo ella, dejando caer los brazos—. Al principio, te veía como un niño. Estabas asustado, y yo te prometía no abandonarte nunca. Pero en mi último sueño fue al revés. Yo era la niña, y tú no dejabas de repetirme que cuidarías de mí pasara lo que pasase. Antes no creía en estas cosas. Leía los cuentos de Oscar Wilde y fantaseaba con la idea de que se hicieran realidad. Pero sabía que en el fondo era una estupidez. ¿Quién diablos cree en los cuentos de hadas? Y ahora no veo nada de ridículo en aquellas historias ni en estos sueños. Antes habría pensado que esto que te estoy contando era una cursilería... Siempre me he enorgullecido de ser fuerte y ¡mírame ahora!, ni siquiera soy capaz de decir en voz alta que me he enamorado.

Aidan soltó el aire que había estado reteniendo.

—Todos amamos lo que no podemos tener —respondió con voz grave—. Queremos lo que está roto y creemos poder arreglar. Nada más.

—Entonces ¡dime cómo reparar esas piezas rotas! Te prometo arreglarlas, aunque tenga que hacerlo una por una.

Ciara percibió un cambio en el aire a su alrededor y supo que Aidan se había girado hacia ella. Sin tener tiempo para reaccionar, él la atrajo hacia sí y se puso a cubrir su rostro con besos.

La joven se deshizo en una sonrisa. Los labios de Aidan se posaban en sus mejillas, en sus ojos, en su frente, en su cuello..., sin dejar ni un solo ápice de su piel por acariciar.

Cada uno de sus besos era una pequeña y placentera descarga que, dentro de la oscuridad que la rodeaba, parecía multiplicarse en miles de destellos, como pequeños relámpagos que reactivasen todos sus sentidos.

El albornoz que cubría su cuerpo cedió ante aquel frenesí, y los níveos hombros de la joven quedaron al descubierto.

Aidan deslizó sus labios hasta ellos, sediento de ella, de su piel, de sus gestos, de su voz, de su semblante... Una sed infinita que parecía provenir del mismo preludio de su existencia.

Sus pensamientos más ocultos, sus sentimientos soterrados, todo lo que no se había atrevido a confesarle se hallaba cautivo en aquellos besos. Conformaban un lenguaje nuevo para ambos, distinto, liberador.

—Tengo tanto dolor dentro de mí... —susurró Aidan, sin separar sus labios de los de ella— que temo ser incapaz de demostrarte lo que siento.

La joven alzó sus manos para tocar su rostro.

—Eso tiene remedio...

Aidan desató suavemente el ligero nudo del albornoz, y este cayó a los pies de Ciara, ofreciendo su hermosa desnudez ante él, como si se tratara de una vestal sagrada.

Ella cerró los ojos mientras Aidan la tomaba entre sus brazos para posteriormente dirigirse al piso superior.

Aquella noche, la casa del acantilado se despojó de sus recuerdos lacerantes, de las tristes imágenes impresas en sus paredes, de los gritos y de los llantos... para revestirse con una nueva luz que desterró definitivamente las sombras.

53

La luna comenzaba a desaparecer del cielo nocturno, pero todavía jugaba con las inquietas aguas del cercano mar dibujándoles un ribete de blancos encajes.

Aidan abrazaba a Ciara, que permanecía dormida, con la cabeza reposando en su pecho.

Él detuvo su mirada en las diminutas pecas que salpicaban sus mejillas; parecían constelaciones unidas por un hilo invisible.

Los párpados de la joven temblaron antes de abrirse.

Aidan sonrió.

—Buenos días... —musitó ella con ternura tras percibir por su respiración que estaba despierto—. Hoy, por primera vez desde hace tiempo, no he tenido ni una sola pesadilla.

Aidan la besó antes de susurrarle al oído:

—No deberías quererme tanto...

—Es tarde para decir eso... —Sonrió—. No me arrepiento de nada... ¿Y tú?

Él respondió acariciándole la melena, extendida sobre la almohada como una cascada de fuego.

Un cálido silencio se adueñó de la habitación durante unos instantes.

Aidan observaba el horizonte a través de la ventana. La tibia claridad del amanecer comenzaba a dibujarse en la negrura.

—«Mira, amor, esas rayas hostiles que apartan las nubes allá, hacia el oriente. Se apagaron las luces de la noche y el alegre día despunta en las cimas brumosas.»

Ciara se rio suavemente.

—Sabes que Romeo abandonaba a Julieta tras decir esas palabras, ¿no?

—¿¿Conoces la obra??

Ella asintió.

—La representé en el colegio. No me gustó ser Julieta en la escena final. El puñal..., la sangre falsa... En el fondo fue horrible. Un protagonista no debería morir nunca.

—Serías una Julieta preciosa y... atractivamente pelirroja.

Ciara buscó sus labios con avidez y no tardó en encontrarlos.

Ninguno de los dos supo cuánto tiempo estuvo el uno en brazos del otro cuando, de repente, el móvil de Aidan sonó en el piso inferior.

Aidan miró su reloj: las nueve y media de la mañana.

—No seas como Romeo... Deja que suene... No quiero estar sola.

Él no contestó, pero en su rostro se había dibujado una mueca de preocupación.

Bajó precipitadamente la escalera y, al descolgar el móvil, oyó una voz familiar al otro lado de la línea.

—Aidan...

Él contuvo la respiración. Aquel tono precavido y triste albergaba malos augurios.

—Dime, Renata. ¿Ocurre algo? Se me hace extraño que llames tan pronto...

Se produjo un tenso silencio antes de que su ama de llaves respondiera con voz trémula:

—Es tu madre... Ha fallecido esta misma noche. Lo... lo siento mucho... Me han llamado hace unos momentos del centro psiquiátrico y creen que ha debido de ser un colapso cardíaco mientras dormía. Parece que no ha sufrido... Siento darte esta noticia, pero debes volver a Dublín cuanto antes...

Aidan se pasó una mano por la frente.

—¿Estás bien? —preguntó Renata intranquila.

—Salgo inmediatamente hacia Dublín, no tardaré más de dos o tres horas.

—Aidan, te conozco bien, no hagas nada que...

—No te preocupes.

—¿Y Ciara? ¿Qué harás con ella?

—Confía en mí.

Cuando colgó, la casa se había cubierto de nuevo con una cortina de recuerdos.

Podía ver las siluetas de Evelyn y de su madre vagar por el salón como fantasmas dispuestos a transportarlo a otros tiempos cuando el dolor imperaba en sus vidas. Pensó, sintiendo un intenso frío en la punta de los dedos, que aquellas imágenes proyectadas por su memoria le hablarían de sucesos y sensaciones que él prefería olvidar para siempre.

Su familia entera dormía más allá de los límites del mundo físico. Estaba solo, ya no existía ningún lazo de sangre al que sentirse unido.

Cerró los ojos unos instantes y, al abrirlos, las sombras de su hermana y de su madre habían desaparecido.

Subió a la habitación donde se encontraba Ciara y comenzó a vestirse.

La joven percibió su mutismo como una señal de que algo no iba bien.

—¿Quién era? ¿Qué sucede?

—Mi madre... ha fallecido. Renata me ha llamado para comunicármelo. Debo regresar a Dublín.

El rictus de Ciara cambió por completo.

—Aidan..., cuánto lo siento...

—Desde lo que sucedió en esta casa hace años, su salud fue empeorando, ella..., bueno, ya te comenté su situación...

—Lo sé y te comprendo. Desgraciadamente, acabo de pasar por ello.

Aidan le dio la razón en silencio, mientras se abrochaba los botones de la camisa.

Ciara se incorporó sobre la cama.

—Entonces... ¿tenemos que irnos ya?

Él se sentó a su lado.

—Únicamente iré yo.

—¿Me dejas aquí sola? Pero ¿por qué?

Aidan le acarició la mejilla antes de contestar.

—Ciara... A estas alturas, toda la policía de Dublín estará buscándote. Y quizá a mí también. Lo que me lleva a preguntarte de nuevo... si quieres regresar. Te prometo que si de verdad lo deseas, no interferiré más en tu vida. Quiero que vuelvas a ser libre. En realidad nunca he sabido realmente por qué quise retenerte a mi lado. Todo ha sido por mi culpa.

Los ojos de la joven transmitían sus ganas de llorar, pero paradójicamente su expresión se endureció.

—No me hagas esto, Aidan. Sabes que no voy a abandonarte, y menos en estos momentos.

—Me has dado mucho más de lo que merezco; es justo que puedas elegir —reiteró él.

Ciara suspiró.

—No estoy secuestrada. Ya no me siento así. ¡No es cierto que no te lo merezcas, y deberías saberlo! Por favor, no me obligues a decidir qué camino tomar, porque ya lo he hecho.

Aidan sonrió con tristeza, pero ella no pudo verlo.

—Vale, lo entiendo —prosiguió Ciara—. Si regreso, te pondría en peligro... Ya no podríamos estar juntos. Solo te pido una cosa: que vuelvas pronto.

—Todo saldrá bien —dijo Aidan tras besarla con ternura—. Tienes cuanto necesitas aquí, y sé que ya has memorizado cómo moverte por la casa... Eres muy fuerte, Ciara, no lo olvides.

Ella asintió, tratando de sonreír.

—Vamos, Romeo, debes irte ya.

Había creído ingenuamente que al llegar al centro psiquiátrico no se sentiría alterado.

Pero se equivocó.

Volver a estar frente a aquel edificio aséptico y en las nuevas circunstancias le produjo unas crecientes náuseas que ascendieron hasta su garganta.

Por unos segundos, su mente capturó la idea de que ya no era el mismo hombre; que en las últimas semanas todo había cambiado; que aquella vorágine de venganza e ira se había ido disipando poco a poco sin que se percatase de ello.

Su vida ya no se hallaba regida por el odio, sino por otros sentimientos de los que siempre había huido.

Por eso tal vez ahora albergaba una sensación de vacío y angustia.

Cuando entró, Michael, el enfermero, le dio el pésame y le explicó lo sucedido de forma poco precisa.

—El médico del centro sabrá concretarle mejor que yo, señor O'Connor... Mire, aquí está. Le presento al doctor Cohn.

Aidan le estrechó la mano mientras observaba brevemente su aspecto: era un hombre de unos cincuenta años, cabello abundante pero canoso y un tic que lo obligaba a torcer el labio derecho al hablar.

Lo guiaron hasta una sala en cuyo interior de frías paredes blancas se encontraba una única camilla metálica. Sobre esta, se adivinaba un cuerpo inerte cubierto por una sábana.

Aidan intentó controlar los latidos de su corazón, pero ni siquiera su experiencia en permanecer sereno adquirida durante tantos años logró apaciguarlos.

El doctor Cohn se situó a un lado de la camilla.

—Su madre no sufrió al fallecer, señor O'Connor. Fue un rápido paro cardíaco mientras dormía la pasada noche. Era todavía muy joven, y es algo poco habitual en las mujeres de su edad, pero... a veces ocurre. El personal del centro no pudo hacer nada para salvarla. No nos hemos dado cuenta de su defunción hasta que Michael ha entrado en su habitación para ocuparse de su aseo diario y llevarle el desayuno.

Aidan asintió. No podía apartar los ojos de aquella figura oculta e inmóvil, tumbada ante ellos.

El doctor carraspeó.

—Necesitamos que identifique el cadáver; me han informado de que usted también es médico, por lo tanto, está familiarizado con el procedimiento. Posteriormente le entregaremos los objetos personales de su madre...

Aidan creyó oportuno decir algo. Pero sus labios no se movieron.

Cuando Cohn alzó parte de la sábana, desvelando el rostro de su madre, sintió una intensa punzada en el estómago.

Maureen O'Connor seguía conservando aquella dulzura en su semblante, ahora rígido y lívido.

Parecía que sus ojos cerrados volverían a abrirse en cualquier momento para revelar su hermoso color azul y aquella mirada a medio camino entre cariñosa y atemorizada que Aidan conocía desde su niñez.

Cientos de pensamientos atravesaron su cerebro.

No estaba seguro de si debía perdonarla... o si, por el contrario, no había nada que perdonar; de querer despedirse de viva voz, aunque ella ya no pudiera escucharlo; de culparse a sí mismo por todo lo sucedido años atrás, aun sabiendo que no tenía culpa alguna...

Quiso retroceder en el tiempo, viajar al pasado y decirle a su antiguo yo que cuidase mejor de ella, que mantenerla en un centro psiquiátrico visitándola solo de vez en cuando sería una mala idea que se reprocharía siempre.

Una parte de su interior pugnaba por gritar y preguntarle a su madre ya muerta por qué no denunció los abusos y malos tratos cuando todavía tenía la oportunidad de hacerlo. De haber sido más valiente, Evelyn seguiría viva... y tal vez ella misma también.

—¿Doctor O'Connor?

—Perdone... Sí, es mi madre.

—De acuerdo, ahora firmaré el acta de defunción y le haré entrega de las pocas pertenencias que ella dejó...

Aidan no abrió la caja con las últimas posesiones de su madre hasta que llegó a su casa.

Renata lo había abrazado en silencio para posteriormente

dejarlo a solas con su dolor. Él agradeció aquella muestra de respeto e intimidad por parte de su ama de llaves, pero, aun así, no se sintió preparado para ver el contenido de la caja hasta pasados unos minutos.

Lo primero que reconoció fueron los dibujos. Ya los había visto en la habitación del centro psiquiátrico. Aquellos tonos diferentes de azul entre el cielo y el mar y la figura oscura de su padre le oprimieron el corazón de nuevo.

A continuación, extrajo un cepillo. Todavía conservaba algunos cabellos de color suavemente ceniciento.

Debajo, había una fotografía. En ella estaban Evelyn y él comiéndose un trozo de tarta en la pastelería del pueblo. Sus rostros sonreían, pero también se advertía cierta tristeza en los ojos de su hermana.

El siguiente objeto era una cadena dorada de la que colgaba un pequeño crucifijo de nácar.

Aidan lo contempló, confuso. No recordaba que su madre lo hubiese llevado puesto alguna vez.

Y por último, en el fondo de la caja, descubrió un sobre blanco. En su reverso leyó:

«Para mi hijo Aidan».

Al extraer la carta, se percató de que estaba escrita a mano. Era la letra de su madre.

En aquel momento, sintió la necesidad de introducirla de nuevo en la caja y olvidarse de que la había encontrado. Sin embargo, el deseo de conocer su contenido fue más fuerte.

Se sentó en el sillón de cuero y comenzó a leer:

Tal vez no sea apropiado empezar a escribir una carta a un hijo de esta forma, pero puede que estas palabras no solo vayan dirigidas a ti, Aidan, sino a mí misma. Debo sincerarme antes de que sea tarde, puesto que aunque la mayor parte del tiempo me encuentro serena, poco a poco voy cediendo ante una especie de fuerza que tira de mi cuerpo y de mi mente y los arrastra hacia un agujero del que no sé si seré capaz de salir.

Por eso he decidido escribirte ahora, cuando todavía queda algo de cordura en mi cabeza.

Quiero pedirte perdón por lo que voy a contarte en estas líneas y por no haber tenido la fortaleza suficiente para hacerlo mucho antes. En realidad, nunca he sido valiente. Ni siquiera cuando mi marido se comportaba como un monstruo. Yo no quería ver lo que sucedía en casa. Intentaba que los golpes, gritos y amenazas fueran dirigidos únicamente a mí y no fui capaz de enfrentarme a él cuando Evelyn y tú sufríais también sus accesos de ira. Jamás pensé que el miedo fuera tan poderoso. Pero créeme, Aidan, ese sentimiento te paraliza por completo. Ya no era vuestra madre, solo... lo que quedaba de ella. Un vestigio, una muñeca rota. En eso me convertí.

Por eso, cuando tu tío vino a casa aquel verano de 1987, todo cambió.

Mi marido había encontrado trabajo en un barco que iba a estar tres meses pescando en alta mar. Por fin podríamos tener algo de paz en casa.

Durante aquel tiempo, Angus estuvo con nosotras. Evelyn, que era muy pequeña por aquel entonces, lo adoraba. Era tan distinto a su propio padre...

Ni Angus ni yo hemos vuelto a hablar de aquellos días. Creo que lo hacemos por ti, hijo mío. Incluso ahora, no encuentro las palabras adecuadas para expresar lo que ocurrió entre los dos.

Supongo que nos enamoramos. Resulta tan sencillo escribirlo así... Pero no me avergüenzo al decirlo y nunca lo haré. El amor a veces llega a tu vida de repente, y en aquellos años ya sentía el peso del yugo de mi marido sobre mis hombros.

Angus me correspondió. No sé cómo ocurrió, cómo en aquel escaso tiempo nació algo tan rápidamente entre nosotros. La primera noche que consumamos ese amor, nos sentíamos dichosos de habernos encontrado el uno al otro. Éramos felices, Aidan... Y de esa felicidad tan efímera... naciste tú.

Todos tenemos secretos, solía decirte cuando eras niño, y tú no me entendías en tu inocencia. Bien, este es el mío. Mi secreto, el nuestro, porque también a ti te incumbe de manera directa.

Sí. Angus es tu verdadero padre.

Todavía lo sigo queriendo, aunque esas palabras no surjan más de mis labios. Y ese sentimiento crece con más fuerza cada vez que veo con qué cariño se dirige a ti, Aidan... Se comporta como debería ser un buen padre.

Tal vez te estés preguntando si él lo sabe... Y la respuesta es no. Me prometí a mí misma no confesárselo nunca. Solo yo sería conocedora de este secreto. Al menos hasta mi muerte.

Es maravilloso ser consciente de que se ha creado un vínculo entre vosotros y que ese vínculo permanecerá incluso cuando seas adulto, mi niño.

Si esta carta ha llegado a tus manos, significará que yo ya no estoy en este mundo y que esta verdad que te acabo de revelar ya no morirá conmigo.

Por favor, perdóname por no haberte desvelado antes cada una de las líneas que conforman esta carta. Es lo único que te pido ahora que ya estaré más allá del límite que separa esta vida de la siguiente.

Mi último deseo es que vivas en paz, sin rencor, sin el miedo que yo tuve y que temo haber grabado en ti de forma permanente.

Vive. Ama. No mires atrás.

Con todo mi amor, tu madre,

MAUREEN

11 de noviembre de 2002

Se mantuvo inmóvil, con la carta temblando entre sus manos.

La ira comenzó a dominar sus sentidos, generándole un impulso irrefrenable de destruirlo todo.

Ahora aquel despacho en el que se hallaba parecía el de un extraño. Los objetos que habían pertenecido a su tío se le antojaron como un oprobio hacia sí mismo y hacia todo lo que había vivido.

Quería ver el globo terráqueo roto en mil pedazos, destrozar el maldito sillón, arrancar una por una las hojas de los libros que tan bien conocía...

«¡Hazlo! —le gritaba la voz de su mente—. ¡Maldita sea, hazlo!»

Se veía a sí mismo una y otra vez empujando hacia las rocas del acantilado al que creía su padre. Su figura caía al abismo de una forma grotesca y él se quedaba observando las furiosas aguas del mar mientras sentía en su corazón de niño un súbito cambio; una metamorfosis que se prolongaría durante toda su vida.

«He soportado la carga de aquel suceso a lo largo de estos años martirizándome para nada. ¿Por qué no me lo dijo antes? ¿Por qué?»

Se cubrió la cabeza con las manos... y se echó a reír, exclamando:

—¡No era mi padre! ¡No era mi padre!

Estridentes carcajadas desplegaron sus descarnadas alas negras por toda la estancia, que se revistió con su desgarrador eco.

No podía detener aquella especie de explosión que poco a poco se fue trocando en llanto.

Las comisuras de sus labios se curvaron en una mueca de sufrimiento. Podía sentir en su piel el abrasador recorrido de sus propias lágrimas y el sabor cruelmente salado que estas retenían en su boca.

De su garganta emergió un gemido y después... se hizo el silencio más absoluto.

La imagen de Aidan sollozando sin mover ni un solo músculo parecía cristalizada en el tiempo. Una fotografía intimista que representaba el dolor y el perdón de uno mismo y de todo cuanto lo rodeaba.

Ya había oscurecido en el exterior cuando Aidan se levantó del sillón que hubo pertenecido a su verdadero padre.

Dobló cuidadosamente la carta y la guardó en uno de los cajones del escritorio.

Salió del despacho y se dirigió hacia su dormitorio bajo la

preocupada mirada de Renata, que se mantuvo en silencio, incluso cuando él cerró la puerta tras de sí.

Aidan tomó su ordenador portátil y lo colocó sobre la mesa.

Introdujo un DVD en la ranura y, tras pulsar un botón determinado, una luz roja se encendió en la parte superior del aparato.

Cerró los ojos unos instantes y, cuando los abrió, se sintió preparado para lo que se disponía a hacer.

54

Al día siguiente, cuando ya se hallaba conduciendo su Range Rover en dirección a la casa del acantilado, solo tenía un deseo: ver a Ciara.

Todo lo vivido las últimas cuarenta y ocho horas martilleaba en su cerebro de forma insistente.

Le parecía que había estado inmerso en una pesadilla de la que poco a poco iba despertándose, todavía con la sensación de permanecer entre las garras de un sueño que no dejaba de arrastrarlo hacia su oscuro territorio onírico.

Pero ver por el retrovisor las cenizas de su madre en el asiento trasero, dentro de aquella urna negra, supuso la prueba definitiva de que lo ocurrido había sido muy real.

La llamada de Renata, el rostro sin vida de su madre, la carta póstuma, la incineración esa misma mañana... Todo componía un macabro tiovivo del que quería bajarse, aunque siguiera girando.

Tampoco podía olvidar las palabras de su ama de llaves la noche anterior:

—¿No lo has advertido, Aidan? Estos días hay más presencia policial en el barrio. Ballsbridge nunca ha sido problemático, ya lo sabes. Y ahora... Mira, ahí está otra vez —dijo observando a través de una de las ventanas del salón—, el mismo coche patrulla dando la enésima vuelta por la zona. No me gusta, te digo que tengo un mal presentimiento. Deberías volver a Kilkee. Ciara está sola y... me temo que no es seguro quedarte aquí por mucho tiempo.

Aidan le dio la razón de forma deliberadamente tranquilizadora, aunque en el fondo sabía que Renata estaba en lo cierto. Él también se había fijado en el coche de la policía que patrullaba por el barrio. Incluso aquel mismo día cuando regresaba a casa desde el centro psiquiátrico, había mirado distraídamente a los dos agentes que iban en su interior. Tal vez los tres borrachos que habían atacado a Ciara hubieran denunciado los hechos... Era lo único que se le ocurría.

Estaba seguro de que aquellos tipos no estaban en condiciones de haber reparado en su rostro, y por supuesto que no habrían memorizado la matrícula del coche, que esa noche había sido el Jaguar negro... Su intuición no le falló cuando al marcharse hacia la casita del acantilado con Ciara, se decidió por el Range Rover color granate.

El corazón de Aidan no alteró su ritmo. Introdujo la mano en el bolsillo de su anorak y palpó el objeto que se hallaba en su interior. Pensó que no le gustaría utilizarlo, pero que estaría dispuesto a hacerlo si fuera necesario.

No obstante, no se sintió más tranquilo por estar lejos de Dublín, sino porque sabía que en la casita cerca de Kilkee Ciara lo estaba esperando.

Instintivamente apretó el acelerador. La húmeda carretera parecía despedir destellos bajo la luz de los faros en aquella noche sin estrellas.

En ese instante, comprendió que Ciara era lo único que lo ataba a este mundo. Los latidos de su corazón se aceleraron.

Bajó la ventanilla y sonrió al sentir el aire frío que comenzaba a impregnarse del aroma del mar, sin saber que veinticinco años atrás, su verdadero padre había realizado un gesto idéntico cuando se dirigía hacia el mismo lugar.

Ciara se hallaba asomada en la ventana del salón. No pudo ver que el anochecer se había extendido por los acantilados, devorando poco a poco la luz para transformarla en una fina piel de color oscuro.

Pero sí sentía la presencia de la noche. Ya no se oía a las gaviotas, y el sonido del mar parecía haberse serenado.

Allí, apoyada en el alféizar, habría jurado que podía oír una melodía vagando en el interior de la casa. Una música triste, melancólica. El ulular de una lechuza a lo lejos rompió la magia de aquella fantasía, y Ciara suspiró pensando que quizá la hubiera imaginado. Era un lugar donde no existía lógica alguna. Solo los sentimientos, los recuerdos.

Durante las horas de soledad, su mente había rebobinado una y otra vez lo vivido en las últimas semanas.

Y su conclusión fue que, a pesar de todo lo sucedido, se sentía feliz.

Sonrió al pensar que una parte de su felicidad radicaba en el sencillo hecho de que extrañaba sobremanera a Aidan. No percibir su presencia en la casa, su aroma a enebro y su voz cuando pronunciaba su nombre le resultaba insufrible.

Era una sensación nueva, inquietante, pero deliciosamente maravillosa.

Aquella paradoja lograba llenar un vacío que parecía haber estado en su interior desde siempre.

Se frotó los ojos con un súbito gesto de contrariedad.

Necesitaba ver. Lo deseaba más que nada.

Quería contemplar el mar, el acantilado, la playa, el bosque, la casita... y sobre todo a Aidan. No poder visualizar su rostro comenzaba a convertirse en una verdadera tortura para ella.

Cuando estaba a solas, solía cerrar los ojos con fuerza esperando inútilmente el milagro. Pero al abrirlos, nada había cambiado. Entonces la impotencia la impulsaba a llorar, a imaginarse un futuro lleno de tinieblas de donde jamás podría salir.

Con Aidan aquellos pensamientos se desvanecían. Él conseguía borrar todos sus miedos. Sin embargo, en su ausencia, la oscuridad se cernía de nuevo sobre ella, pasando a ser una vez más su acostumbrada pesadilla.

En ese momento, oyó el sonido de un coche. Las ruedas susurraban en contacto con la gravilla que rodeaba la casa.

El corazón de Ciara dio un vuelco.

Al cabo de unos instantes, oyó el tintineo de las llaves al abrir la puerta principal.

Su rostro se iluminó. Solo podía ser una persona.

—¿Aidan?

El perfume a enebro lo delataba.

Advirtió cómo se acercaba hasta ella; luego la estrechó entre sus brazos.

Ciara enterró el rostro en su pecho y sonrió al oír de nuevo su voz:

—Me pregunto cómo podía vivir antes de conocerte.

55

La voz de la doctora Mitchell sonó con fuerza al otro lado del auricular:

—¿Pasas a buscarme o lo hago yo? Mi amiga Virginia ha encontrado quién solicitó las semillas de ricino.

Gallagher casi dio un brinco en su sillón.

—Ahora mismo te recojo. Eres formidable. No sé cómo voy a agradecerte todo lo que estás haciendo por mí.

—Yo sí —contestó ella—. Pero de eso hablaremos más adelante. Ahora date prisa.

Cuando llegaron al hospital, se dirigieron con pasos acelerados hasta el final del largo pasillo. Allí los esperaba la enfermera Jameson con un papel amarillo en las manos.

—Pasemos a mi despacho. No me gustaría que alguien oyera esto.

Una vez dentro comprobó que no había nadie y cerró la puerta. La seriedad en su rostro denotaba que lo que iba a comunicar no le agradaba demasiado.

—Este papel tiene el nombre y la firma de uno de nuestros médicos. Es quien pidió las semillas de ricino. Espero que sean fundadas las sospechas que pueda tener sobre él, inspector, no me gustaría dar una información de esta naturaleza sin tener autorización expresa de la Junta del hospital y que posteriormente no sirviera para nada. Comprenda que no está en juego solo mi reputación, sino también la de un buen médico de este centro.

Gallagher miró fijamente a la enfermera. Sabía que no podría acusar a ese médico por el mero hecho de haber pedido las semillas y que necesitaría algo más contundente para poder detenerlo. En resumidas cuentas, tendría que encontrar pruebas de absoluta verosimilitud y que no dejaran duda alguna.

—Entiendo perfectamente lo que me quiere decir y agradezco su sinceridad. Quiero que sepa que, en la medida de lo posible, nadie descubrirá la fuente de información. Si estoy en lo cierto y ese doctor es la persona a la que buscamos, hablamos de un hombre sospechoso de secuestro y asesinato. Creo que usted podrá darse perfecta cuenta de la importancia de este caso, y por ello le ruego que nos facilite un nombre y una fotografía, que, como creo suponer, deberán tener en su ficha personal. ¿Es así?

Virginia Jameson escuchó con gesto serio las palabras del inspector y durante unos largos segundos guardó silencio, sopesándolas. Sabía perfectamente a quién estaba a punto de poner a los pies de los caballos y le parecía increíble que aquella persona fuera lo que el policía que tenía ante ella le acababa de decir.

«Un asesino y secuestrador. Imposible.»

Por un instante estuvo a punto de decirle que estaba equivocado, que el nombre que contenía aquel papel amarillo que todavía sostenía entre sus manos no podía ser el que buscaba, que debía de haber un grave error y que no iba a decir nada más; pero en su interior más profundo había una voz que le decía que en esta vida todo era factible y que la gente puede tener secretos inconfesables. Esta última reflexión hizo que sus reticencias se doblegaran. Si el inspector estaba en lo cierto, debía colaborar.

Sin decir nada dio media vuelta y abrió un fichero metálico a su espalda. Un instante después extrajo una carpeta de color verde y la colocó sobre su mesa de trabajo. Acto seguido le hizo una indicación a Gallagher para que fuera él quien la abriera.

—Aquí tiene todo lo que busca. Espero que se trate de un error y que este hombre sea totalmente inocente. Es un joven brillante, muy querido en el hospital.

La doctora Mitchell, que había permanecido en silencio todo el tiempo, se aproximó a ella.

—Por tus palabras sobre esa persona desearía lo mismo que tú y te agradezco el esfuerzo que estás haciendo. Por otra parte, también pienso que si desgraciadamente es a quien busca la policía, estamos haciendo todos lo correcto.

Gallagher abrió la carpeta y miró el contenido de la misma: la fotografía de un hombre joven, un nombre, su currículum, su especialidad médica y una dirección.

Despegó la fotografía y se la guardó en la americana. Su rostro coincidía con la descripción de la dueña de la floristería.

Anotó el nombre y la dirección en el bloc que siempre llevaba consigo y después se dirigió a la enfermera:

—De momento nadie debe saber esto. Confío en su discreción. ¡Ah! Y gracias por su ayuda. Ha hecho lo que debía.

La doctora Mitchell se despidió de ella con un suave abrazo y siguió al inspector por el largo pasillo hacia la salida del hospital.

Gallagher no pronunció palabra hasta estar sentado en el coche.

—Buscamos a un médico de niños. Esto parece de locos. En ocasiones maldigo mi profesión. ¿Cómo puede un joven pediatra ser un asesino? Es ilógico, casi irreal. Por desgracia tengo la intuición, por no decir la certeza, de que es él a quien buscamos. Vamos a confirmar mi presentimiento.

Arrancó el coche y se dirigieron hacia el Hospital Royal Victoria.

Una vez allí, Gallagher hizo que llamaran al médico y a las enfermeras que habían atendido a Ciara Lynch cuando estuvo internada semanas atrás. La recepcionista lo miró con asombro cuando él enseñó su placa. Acto seguido hizo unas llamadas por el teléfono interno.

Minutos después, Gallagher los había reunido a todos en una salita.

—Ustedes conocen a la persona que visitó a la muchacha

ciega. Según me dijeron ustedes mismos, posiblemente se tratase de un familiar y por ello lo dejaron entrar en la habitación donde se encontraba Ciara Lynch. ¿Es así?

Los presentes asintieron en silencio.

Gallagher continuó.

—Quiero que examinen la fotografía que les voy a enseñar y que me indiquen con la mayor certeza posible si es este el mismo hombre. Tómense el tiempo que quieran.

Extrajo de la carpeta verde la fotografía y fue enseñándola uno a uno muy despacio. La primera en responder fue Rose, la enfermera que más tiempo había estado con Ciara.

—Es la misma persona. Estoy completamente segura. Hablé con él solo una vez y me pareció un joven muy educado y amable.

El doctor observó aquella foto con detenimiento y al final asintió.

—Es él. No tengo ninguna duda. Quizá pareciera un poco más mayor a primera vista, pero es él.

Las otras dos enfermeras dijeron lo mismo al verla.

Gallagher les preguntó de nuevo:

—¿Están convencidos de que es el mismo hombre?

Todos asintieron de nuevo confirmando sus palabras.

—Muchas gracias por su atención y les ruego que no comenten con nadie este tema. Pondrían en peligro el esclarecimiento del caso que me ocupa. Confío en su discreción.

Tras despedirse, y una vez en el coche, se dirigió a la doctora Mitchell:

—Tenía yo razón al dejarme llevar por mi intuición. Este hombre ha secuestrado a la joven ciega y probablemente sea el asesino de su padrastro, tal vez incluso de su madre. Y no solo eso, sino que también estoy convencido de que asesinó a Frederick Payne y puede que a Spanovick.

—Me acuerdo perfectamente del informe que te hice sobre el cadáver de Payne: muerte por ricina. Pero ¿tú crees que querrá matar también a esa joven?

—No estoy seguro, Dana. Creo que estamos ante un caso

muy escabroso, con psicópata incluido. Desconozco las razones que podrían haber llevado a este individuo a cargarse a los otros tres, pero no creo que le haga daño a ella. Ha tenido suficiente tiempo para hacerlo y en cambio se la llevó a su casa. ¡Su casa! Dios mío, casi me olvido. En la ficha que nos dio tu amiga enfermera figura su domicilio. —Gallagher volvió a revisar los papeles—. Mierda... Es la zona donde hubo el incidente de los tres borrachos...

Cogió su móvil con gesto acelerado y llamó a su ayudante.

—Steve, ponte al habla con el juez Rawson. Sé que hoy está de guardia en el juzgado. Pide que extienda una orden de registro del domicilio que ahora te indicaré y otra de detención para Aidan O'Connor. Dile que lo pido yo y no te pondrá ningún problema, somos amigos. Es urgente.

Después de cortar la comunicación con su ayudante, Gallagher se quedó unos segundos en silencio. El puzle que revoloteaba en su mente iba tomando forma. Solo restaba la pieza central, para la que no tenía respuesta: ¿qué había motivado al joven médico a cometer aquellos asesinatos?

Miró a Dana y exclamó como si hablara para sí mismo:

—Creo que en esa casa se van a desvelar muchas incógnitas.

56

En el exterior de la enorme mansión no se observaba ningún movimiento. El inspector y la doctora llevaban cerca de dos horas frente a ella dentro del coche. Había ordenado que la patrulla de policía se mantuviera a una distancia prudente para no levantar sospechas. La zona, sembrada de casas señoriales de finales del siglo XIX, se mantenía muy tranquila, y solo el ruido de algún vehículo rompía el silencio de vez en cuando.

Gallagher estaba a punto de volver a llamar a su ayudante cuando este se presentó ante él.

—Tengo la orden firmada por el juez. Podemos efectuar el registro cuando lo ordene, inspector.

Las palabras de Steve brotaron aceleradas y denotaban cierto nerviosismo.

Gallagher examinó brevemente el papel y salió del coche.

—Steve, dile a la patrulla que venga con nosotros. Vamos a entrar. —Se giró hacia la doctora—. Si quieres, puedes venir. No creo que haya demasiados problemas, pero mantente detrás de nosotros. Nunca se sabe.

El sonido de campanas del timbre retumbó en el interior de la casa. Sin recibir contestación, Steve volvió a llamar. Unos segundos después la puerta de la verja se abrió.

Instantes más tarde, se encontraron frente a una perpleja Renata al ver a dos policías uniformados y tres personas más.

—Soy el inspector Gallagher, de la Garda de Dublín. Traigo una orden de detención contra Aidan O'Connor y una orden de registro.

Renata se llevó sus temblorosas manos a la boca en un gesto involuntario.

—El señor no está. Ha partido de viaje hace días y desconozco adónde ha ido. Lo siento.

Gallagher retiró su placa de la vista de Renata y entró sin más dilación.

—Entiendo que debe de ser usted un ama de llaves o algo parecido. ¿Es así? Dígame su nombre, por favor —le preguntó mientras los demás se situaban detrás de él.

Ella asintió con la cabeza.

—Me llamo Renata y llevo años al cuidado de esta casa y de sus dueños.

El inspector echó un vistazo alrededor suyo y volvió a hablar.

—Sabemos que el doctor O'Connor ha retenido aquí a una joven ciega llamada Ciara Lynch. Quiero me diga dónde se encuentra y espero que esté con vida. No me gustaría tener que acusarla de cómplice de asesinato.

Aquellas palabras estallaron en Renata como una enorme bofetada que le sacudió el ánimo hasta lo más profundo de su ser.

Gallagher sabía hacer su trabajo a la perfección. Una posible acusación de esas características podía ablandar la lengua de cualquier persona con facilidad. Y en este caso resultó efectivo. Renata lo miró fijamente a los ojos, casi desafiante, y por fin le contestó con aplomo:

—El doctor O'Connor quería devolver la vista a esa muchacha y la ha tratado como a una reina, señor. Y le diré más: ella no ha sido retenida en ningún momento, vino a esta casa libremente a sabiendas de que su curación era posible porque estaba en buenas manos: las del doctor. Jamás le habría hecho daño alguno.

Dicho esto, Renata se percató de que acababa de decirle al inspector lo que realmente quería averiguar. Había caído en su trampa.

Gallagher, satisfecho, sonrió levemente.

—Veo que defiende a su jefe con uñas y dientes. Eso la honra, pero debería colaborar más y decirme dónde se encuentra ella y también el doctor O'Connor, si es que están juntos, como presumo.

Renata movió su cabeza negando y en silencio. No quería volver a hablar.

Gallagher comprendió que Renata no diría ni una sola palabra más y ordenó que comenzaran el registro por el piso superior. Él y Dana examinarían la planta donde se hallaban.

Mientras Steve y los policías subían la escalera, Gallagher se encaminó a lo que supuso que sería el salón y posteriormente al elegante despacho del doctor O'Connor.

Una vez allí examinó la mesa del escritorio y pudo ver algunos expedientes médicos del hospital en el que trabajaba como pediatra. Intentó abrir los cajones, pero le fue imposible, estaban cerrados con llave. El ordenador, como era de esperar, estaba apagado.

—Deberías ver esto —le indicó Dana al descubrir unas láminas donde se hallaban dibujados diversos rostros infantiles—. Están muy bien hechos, y las expresiones de los niños están perfectamente conseguidas. Mira este último boceto —señaló la forense—. Los ojos de esta niña parecen estar vivos... Reflejan tal tristeza que es imposible no conmoverse.

Gallagher los examinó detenidamente.

—Según veo, nuestro doctor también es un excelente artista.

Una voz desde el piso superior llamó la atención de ambos. Steve había descubierto algo.

—Si no te importa —apostilló Dana—, yo seguiré echando un vistazo por esta zona.

Una vez arriba, vieron a Renata, que se mantenía inmóvil ante la puerta de lo que parecía ser una habitación de invitados. Dentro, Steve les mostró un armario con unas pocas prendas juveniles de mujer. Gallagher preguntó al ama de llaves:

—¿Son de Ciara?

Ella asintió, insistiendo en su mutismo.

Revisaron dos cuartos más, en los que no encontraron

nada. El inspector ordenó a su ayudante y a los policías que los acompañaban que registrasen también el garaje.

—Steve, según el testimonio de aquellos tres borrachos, el tipo que los agredió conducía un Jaguar negro, ¿cierto? Compruébalo.

Quedaba un último dormitorio al fondo del alfombrado pasillo. Gallagher había preguntado a Renata si era el del doctor O'Connor y, sin esperar respuesta, penetró en él.

La estancia era amplia y con dos grandes ventanales. Aparte de la cama y una mesa a modo de escritorio, el inspector pudo ver una pequeña biblioteca que cubría parte de la pared.

En la mesa algo llamó su atención: sobre un ordenador portátil de color negro destacaba un DVD sin funda.

«Es extraño. Parece que su dueño lo hubiera depositado aquí premeditadamente.»

Al cogerlo, se fijó en las letras rojas escritas en su superficie: «Para Ciara».

Aquello corroboraba del todo la sospecha que había albergado durante los últimos días: Aidan O'Connor había mantenido secuestrada a la joven ciega a pesar de la negativa de su ama de llaves. ¿Había estado Ciara Lynch allí realmente por su propia voluntad? ¿O quizá engañada?

Sin mudar la expresión de su rostro, introdujo el DVD en uno de los bolsillos de su gabardina.

Se disponía a abandonar la estancia cuando su mirada se detuvo en una fotografía enmarcada. En ella se podía ver a dos niños sonriendo frente a una casita cuya piedra se hallaba surcada por una sinuosa hiedra. Al fondo, se dibujaba el horizonte del mar.

Dos nombres figuraban bajo ellos, junto a una localización y una fecha: «Aidan, Evelyn. Kilkee. Mayo de 2000».

Salió del dormitorio con aquella fotografía en las manos y se la enseñó a Renata, que no se había movido del pasillo.

—Supongo que este niño es Aidan O'Connor, ¿me equivoco? —Antes de que ella respondiera, continuó hablando—:

Y la que se encuentra a su derecha... ¿es un familiar? ¿Su hermana, quizá?

Renata cabeceó afirmativamente.

—Sí, señor. Pero ella falleció hace años.

—Entiendo... ¿Y la casita de Kilkee pertenecía a la familia?

El ama de llaves contrajo el gesto y mantuvo su silencio. Gallagher clavó sus ojos en ella inquisitivamente y volvió a hacer la misma pregunta.

Sin ser consciente de su expresión, Renata se mordió el labio inferior y giró su rostro, como si no pudiera soportar su mirada.

«Doctor O'Connor, ya sé dónde estás», pensó él, confiando una vez más en su instinto.

En ese momento, Dana Mitchell lo llamó desde las escaleras.

—¡Inspector, he encontrado un invernadero!

Gallagher descendió rápidamente al piso inferior y la doctora lo condujo hacia la parte trasera de la mansión. Tras atravesar la puerta acristalada, pudieron observar numerosas plantas y algunas especies de flores. El aroma era intenso y dulzón.

—Fíjate en el cobertizo que hay al fondo —indicó Dana—. He intentado entrar, pero me ha sido imposible. Tiene un candado en la puerta.

—Eso no plantea ningún problema —respondió Gallagher mientras buscaba algún objeto contundente.

Cuando encontró una pala, descerrajó el candado con dos fuertes golpes.

—Puerta abierta, las señoras primero.

Al encender la luz, un pequeño laboratorio se mostró ante ellos.

Gallagher permitió que fuera Dana la que se aproximara a la enorme mesa principal. El asombro comenzó a reflejarse en el rostro de la forense.

—Está bastante bien montado. Probetas, tubos de ensayo, matraces, un hornillo de gas, embudos de decantación, balones de destilación...

Mientras tanto, el inspector había abierto una pequeña nevera; al ver su contenido, exclamó:

—¡Caramba, aquí hay algo parecido a castañas!

La doctora se volvió hacia él:

—¡Espera! ¡No las toques!

Gallagher la interrogó con la mirada al tiempo que ella examinaba unos frutos de corteza espinosa y color ocre.

—Son vainas que cubren las semillas.

Acto seguido, extrajo de la nevera un envase de plástico en cuyo interior se translucía algo similar a unas diminutas judías jaspeadas en tonos oscuros.

—Creo que hemos encontrado lo que estábamos buscando. Son semillas de ricino. Seguramente el doctor O'Connor utilice este laboratorio para trabajar con ellas y conseguir la toxina.

El inspector las contempló, asombrado.

—¿De algo tan pequeño se puede extraer un veneno tan letal?

—En muchas ocasiones la naturaleza nos muestra su lado más mortífero con un envoltorio en apariencia inocente —contestó la doctora mientras examinaba detenidamente una de ellas—. Para ser tan joven, sabe lo que hace. Y te aseguro que el proceso químico no es fácil si no se tienen buenos conocimientos.

—Pues por lo visto —apostilló Gallagher—, este los tiene y los ha utilizado de forma contundente. Al menos, que sepamos, ha cometido dos asesinatos con este procedimiento. Quién sabe si no habrá alguno más.

En ese momento uno de los policías entró en el invernadero.

—Inspector, efectivamente hay un Jaguar negro en el garaje. Hemos tomado la matrícula, y Steve está comprobando quién es el titular del mismo.

Gallagher salió del cobertizo y le hizo una indicación para que se acercara.

—Quiero que fotografíen todo el interior de la casa, incluido el laboratorio de ahí dentro. También el contenido de la nevera. Utilicen guantes. Ah, y, por supuesto, tomen huellas en el coche. Cuando hayan acabado, avísenme.

La doctora y él se dirigieron hacia la entrada de la mansión. Renata permanecía con las manos cruzadas. Parecía esperarlos, aunque no dijo nada al verlos.

Fue Gallagher quien habló:

—Estoy seguro de que el doctor O'Connor y la chica ciega se encuentran en la casita que he visto en la fotografía de su dormitorio, y algo me dice que usted sabe cómo guiarnos hasta allí. Por el bien de los dos jóvenes y por el suyo propio, me gustaría contar con su colaboración. Nunca me ha gustado acabar un caso con sangre de por medio, y en esta ocasión preferiría que no fuera diferente. ¿Me ha entendido?

—Sí —respondió Renata luchando por mantener la calma—, pero no sé adónde quiere llegar.

—Muy sencillo. Aidan O'Connor confía en usted y, por ello, si la ve y oye su voz, se entregará sin que haya ningún tipo de problema.

—¿Cree que yo podría traicionar a alguien a quien he cuidado durante años? ¡Es casi como un hijo para mí!

—Escuche. Vamos a detenerlo con o sin su ayuda. Depende de usted que todo salga bien y que no haya derramamiento de sangre.

El ama de llaves bajó la cabeza sopesando aquellas palabras. Fue Dana la que intervino en aquel momento.

—Renata, en mi opinión, el inspector está siendo muy generoso con su oferta. Y estoy segura de que intercederá por usted ante un juez. Piense que se la puede acusar de colaboración en secuestro e incluso de cómplice de asesinato.

—¡Por Dios, yo no he matado a nadie! —exclamó Renata con los ojos enrojecidos.

Gallagher la interrumpió:

—Pues ayúdenos, y yo la ayudaré a usted.

Transcurrieron unos tensos minutos en los que los tres se mantuvieron en silencio. Por fin, fue Renata la que habló con voz trémula:

—De acuerdo, haré lo que usted me pida...

—Muy bien, se lo diré cuando estemos delante de la casa. De momento, esta noche la pasará en la comisaría. Intentaré que esté lo más cómoda posible, y mañana a primera hora nos acompañará a Kilkee. —Acto seguido se dirigió a Dana en privado—: Voy a ponerme en contacto con el jefe de policía de ese pueblo. Le indicaré de qué se trata, le diré que vigilen toda la noche la casa y que aguarden mi llegada.

—Querrás decir «nuestra llegada».

—¿A qué te refieres?

—Yo también voy. Nunca se sabe cuándo se puede necesitar a una forense.

57

—¿Preparado?

La voz de Ciara lo arrancó de su ensimismamiento.

Acababa de amanecer. El mar estaba agitado aquella mañana, y sus aguas golpeaban contra las rocas en un vals frenético.

El algodonoso cielo blanco transmitía cierta sensación de serena amenaza, y, extrañamente, las gaviotas habían silenciado sus graznidos. El universo al completo se hallaba expectante ante las acciones de Aidan, cuya silueta se recortaba junto a la de Ciara en el límite del acantilado.

Él dio un paso adelante.

—Sí.

—Ellas se sentirían muy orgullosas de ti.

Aidan percibió el frío mordisco del viento en su rostro e inspiró profundamente antes de tomar en sus manos la primera urna.

Había creído que llegado aquel momento se arrepentiría y las dudas lo obligarían a regresar a casa. Pero no fue así. Solo pensaba en que finalmente estaba haciendo lo correcto.

«Adiós, Evy.»

Las cenizas grises parecieron quedar suspendidas en el aire durante unos segundos. Una rápida ilusión antes de que se unieran a las ráfagas heladas e invisibles que las dispersaron hacia el océano.

La expresión de Aidan se relajó, formando una tibia sonrisa.

Depositó la pequeña urna en la hierba y asió la de mayor tamaño.

El sonido del oleaje retumbaba bajo sus pies, aguardando aquella ofrenda.

De nuevo, las partículas se volatilizaron en el aire de forma apresurada, casi solícita, en su encuentro con los elementos.

«Adiós, mamá.»

Los ojos de Aidan se humedecieron.

La voz cantarina de Evelyn, la mirada cariñosa de su madre, la sonrisa de ambas..., se habían fundido con el viento y con el mar para siempre.

—Puedes entrar en el palacio de la memoria y verlas cuando te sientas solo —musitó Ciara a su lado.

Él rodeó su cintura antes de besarla en la frente.

—Ya no me sentiré solo nunca más.

Ciara permanecía sentada en el sofá mientras Aidan preparaba el desayuno.

Era tranquilizador oír el sonido de la tetera, el agua al ser vertida en las tazas, las cucharillas... Una especie de música que, lejos de anclarse en la rutina, hacía que todo cobrara una normalidad que ambos querían rescatar y mantener.

Ciara frunció el ceño.

Un ruido comenzó a unirse a los generados en la cocina. Aguzó el oído. Procedía del exterior y se iba aproximando con mucha celeridad.

Su pulso se disparó, como si su corazón supiese algo que ella ignoraba.

—¿Aidan...? —llamó tras incorporarse.

Oyó sus pasos dirigirse hacia donde ella se encontraba.

—Dios, ¡no...!

—¿Qué ocurre? —Ante un silencio ensordecedor, Ciara exclamó—: ¡Aidan!

—Es la policía.

Los músculos de la joven se tensaron. Ni siquiera pudo tragar saliva.

—¿La... policía?

Percibió cómo la voz de Aidan se había teñido de nerviosismo.

—Hay dos coches aparcados frente a la casa. Nos han encontrado.

El miedo que sentía Ciara se intensificó y empezó a pincharle en el pecho como un gélido cuchillo.

—¿Qué vamos a hacer...? —preguntó casi en un murmullo.

Aidan no respondió. Sus ojos se hallaban clavados en las figuras que salían de los vehículos. Reconoció a uno de ellos. Era el jefe de policía de Kilkee, Jacob Morrison. Conocía a casi todos los habitantes de la zona y solía saludarlos a su hermana y a él cuando iban al pueblo, años atrás. Había encanecido bastante, pero todavía conservaba su buena forma física.

Cuatro personas más descendieron de los coches.

Sin embargo, la visión de una en concreto hizo que una oleada de adrenalina le recorriera las venas en una violenta sacudida.

«Renata.»

Un hombre enfundado en una gabardina le explicó algo, y su ama de llaves asintió con la inquietud marcándose en su rostro.

Cuando Aidan vio que ella se aproximaba a la entrada de la casa, no pudo evitar sentirse paralizado. Le pareció tener doce años de nuevo, con el miedo obstinándose una vez más en petrificar su poder de reacción. Creyó haber olvidado aquella sensación durante los últimos años, pero... ahora no estaba solo, y cualquiera de sus decisiones tendría consecuencias. Supuso que habían venido a rescatar a Ciara, y por su mente se deslizó la idea de que quizá hubiese algo más.

La voz de Renata sonó angustiada al otro lado de la puerta. Parecía estar a punto de llorar.

—¡Aidan, soy yo, Renata, sé que puedes oírme...! ¡La policía lo sabe todo, han registrado la mansión, han encontrado el laboratorio y...! —Respiró entrecortadamente antes de proseguir—: ¡Tienes que entregarte...! ¡Ellos no quieren violencia, solo... ver que Ciara está bien y... que tú no opongas resistencia! ¡Dios mío, Aidan..., lo siento tanto...!

Aidan se giró hacia Ciara, que permanecía de pie con una expresión que oscilaba entre el pánico y la incertidumbre.

Agradeció mentalmente que ella no pudiera verlo. En aquel preciso instante se sentía cansado, extremadamente cansado. Un súbito anciano atrapado en el cuerpo de un joven de veinticinco años.

Atlas, el titán de la mitología en el que solía verse reflejado, ahora era incapaz de sostener su mundo. Este pesaba demasiado. Tanto que temía dejarlo caer al suelo y destrozarlo en mil pedazos.

—Ciara... Debes salir de la casa.

—¿Crees que voy a dejarte solo? —exclamó ella con voz ahogada—. ¡Me quedaré contigo..., y que entren si quieren! ¡Les explicaré que no me has secuestrado y que estoy contigo por voluntad propia!

—El secuestro es solo una de las razones por las que están aquí. Según Renata, han encontrado mi laboratorio, por lo tanto, ya lo saben todo.

Ciara negó puerilmente con la cabeza.

—Y ¿qué es todo? —Hizo un gesto nervioso con las manos—. ¡No entiendo por qué un laboratorio puede ser...!

Aidan la interrumpió.

—Una vez me preguntaste cómo maté a tu padrastro. Y la respuesta se halla en una toxina... Una toxina que elaboré en ese maldito laboratorio, que ha quitado la vida a tres personas y que estaba pensada para eliminar a quién sabe cuántas más...

Una lágrima se deslizó por la mejilla de Ciara.

—No me importa... ¿Me oyes? ¡No me importa lo que hayas hecho, sino lo que eres ahora! ¡No pueden llegar aquí y separarnos! ¡Ellos no...!

Cuando Aidan la abrazó, ella enmudeció abruptamente y rompió a llorar en silencio.

—Escúchame —murmuró él—. Tal vez tengamos una

oportunidad... y todo se solucione. Pero solo si tú sales primero de la casa. La policía quiere verte, saber si estás bien. Renata ha dicho que no habrá violencia si me entrego a tiempo.

—Pero ¿qué será de ti...?

Aidan acarició su melena rojiza.

—Ahora es cuando tienes que ser más fuerte que nunca. A mí no me pasará nada, quizá únicamente me condenen a unos cuantos años de cárcel... Confía en mí. Te prometo que siempre estaré a tu lado, protegiéndote.

La voz de Renata llegó de nuevo hasta ellos:

—¡Aidan, por favor...!

Él deshizo el abrazo con suavidad y tomó el rostro de Ciara entre sus manos.

—Debes irte ya.

Ella asintió con los labios fruncidos, sorbiendo sus últimas lágrimas.

Aidan la guio hacia la puerta. Cuando la joven la abrió, se volvió un instante hacia él y susurró:

—Te quiero.

El mundo que Atlas sostenía hasta entonces con sus temblorosas manos cayó al suelo, rompiéndose en miles de pequeños fragmentos que restallaron en los oídos de Aidan con un sonido atronador.

Sin aire en los pulmones, solo pudo contestar:

—Lo sé.

Los ojos de Ciara, que, sumidos en su ceguera, no pudieron fijarse en los suyos, le transmitieron un mensaje de tristeza desgarrador. Estaba dejando marchar a la única persona que lograba mantenerlo vivo en una existencia que ya creía marchita. Y aun así, sabía que hacía lo correcto.

Cuando la puerta se cerró tras ella, un peso aplastante se alojó en su pecho.

Tuvo la angustiosa sensación de que el interior de la casa comenzaba a retorcerse sobre sí mismo, a contraer sus paredes y girar en un calidoscopio dantesco donde él era el eje principal. Los rostros de su madre y de su hermana aparecían y desaparecían semiocultos entre las sombras que poco a poco iban tiñendo de oscuridad cada una de las habitaciones. Sollozos de aflicción emergían de sus bocas, desproporcionadas y grotescas, que pronunciaban su nombre sin descanso.

Aidan sintió una película de sudor frío aflorar en su frente ante aquella ilusión delirante.

Desesperadamente, miró hacia el exterior, a través de la ventana. Renata estaba abrazando a Ciara. Los labios de esta habían esbozado un gesto tranquilizador, pero cada uno de sus movimientos denotaba que estaba al límite de sus fuerzas. Su lívido rostro se giraba una y otra vez tratando de encontrar algún sonido que le indicase que él había salido.

Incluso así, existía tanta belleza en su fragilidad, tanta dulzura en su fortaleza...

Aidan sonrió, y el interior de la casa regresó a su estado original, como si aquella alucinación nunca hubiera tenido lugar.

Todo el dolor, toda la tristeza y todos los recuerdos se fundieron en una embriagadora sensación de abandono y paz como nunca había creído sentir.

Inspiró con fuerza.

Estaba preparado.

—¿Cómo te encuentras, mi niña? —Renata acariciaba sus húmedas mejillas tratando de tranquilizarla.

Ciara advirtió cómo el ama de llaves la conducía hasta donde debían de hallarse los coches de la policía.

—Estoy bien, de verdad. Pero no me alejes de la casa, por favor... Él... saldrá. Tiene que salir...

Dana Mitchell se aproximó a ellas.

—Ciara, ¿verdad? Soy la doctora Mitchell. —Al ver que la joven asentía, preguntó—: ¿Estás bien? ¿Te ha hecho daño?

La expresión de Ciara se endureció.

—Aidan jamás me haría daño.

—La policía cree...

—No me ha secuestrado. He sido yo la que ha querido estar con él.

Dana dirigió una mirada hacia el inspector. Este hizo un ademán negativo con la cabeza.

—Tal vez eso sea cierto, Ciara —respondió la doctora con suavidad—, pero también se le busca por asesinato...

Ciara congeló el rictus. Una voz masculina se interpuso en aquel diálogo.

—Hemos encontrado suficientes pruebas como para condenarlo a cadena perpetua. Estoy seguro de que el doctor O'Connor es consciente de ello. —El inspector prosiguió—: Señorita Lynch, debería entrar en el coche, deje que nos ocupemos de todo.

—No, por favor —suplicó ella—, quiero estar aquí cuando él salga.

Gallagher observó a la muchacha y le preguntó directamente:

—¿Sabe si está armado...?

El repentino sonido de la puerta al abrirse hizo que todos se giraran hacia la casa.

Aidan permanecía entre las jambas sin hacer un solo movimiento, como si estuviera analizando la escena que se presentaba ante él.

En su rostro se había esbozado una sonrisa tranquila, casi plácida. Por un momento, el viento meció su oscuro cabello, otorgándole la apariencia de un anacrónico espectro.

Cerró los ojos un instante y, al abrirlos de nuevo, dio el primer paso hacia donde se encontraba Ciara.

El silencio se había adueñado de los allí presentes, sin que ninguno de ellos supiera exactamente la razón.

De pronto, un gesto de dolor se cinceló en su semblante.

Se llevó una mano al pecho al tiempo que de sus lívidos labios brotaba un gemido.

Su corazón había comenzado a latir con un ritmo frenético, cientos de punzadas le atravesaban el pecho, y una sensación de fuego abrasador le quemaba en las entrañas.

Sus piernas fueron incapaces de sostenerlo por más tiempo. Apretó las mandíbulas y cayó al suelo con una exclamación ahogada.

—¡Aidan! —La voz de Ciara pareció romper la confusión reinante—. ¡¿Qué ocurre?! ¿Qué está pasando? ¡Renata, llévame con él! —imploró al ama de llaves—. ¡Por Dios, llévame hasta donde está!

Renata, cuyos músculos se hallaban agarrotados por el pánico, la condujo hacia Aidan.

Ciara advirtió su respiración agitada y palpó su pecho, que se estremecía entre espasmos.

—Aidan..., ¿qué has hecho...? —La voz de la joven se quebró mientras colocaba con sumo cuidado la cabeza de Aidan en su regazo—. Dime qué has hecho...

Él luchó por formar el amago de una sonrisa, a pesar de saber que Ciara no podía verlo.

Su mano izquierda, que había permanecido cerrada en un puño, se abrió de forma trémula para mostrar un pequeño frasco que contenía un líquido incoloro.

La doctora Mitchell comprobó el ligero tono amarillento de sus ojos y le tomó el pulso.

—Es ricina..., ¿verdad? Se ha inyectado ricina...

—La suficiente para tener tiempo de... despedirme... —musitó Aidan, dejando que el frasco rodara dramáticamente por la hierba.

El grito de Ciara se unió al rugido del mar cercano en un lamento conjunto, como si ambos compartieran un mismo dolor.

—¿Por qué? —sollozó ella mientras buscaba la mano de Aidan—. ¡¿Por qué?!

Una nueva convulsión sacudió su cuerpo antes de que él respondiera.

—Mis pecados solo los puedo pagar yo... Los muros de la cárcel serían para mí... más letales que la ricina...

Las lágrimas de Ciara besaron el rostro de Aidan.

—La muerte... —musitó la joven sin dejar de sollozar— no es la solución...

—Morir no me causa ningún miedo... He estado muerto hasta que... te encontré.

Ciara condujo la mano helada de Aidan hasta su mejilla.

—No puedo perderte... —gimió ella—, no seré capaz de vivir sin ti, sin tu voz... ¡Has roto tu promesa...!

El cuerpo de Aidan se estremeció con violencia.

—He comprendido demasiado tarde... —dijo respirando con dificultad— que no podemos dejar morir lo que verdaderamente sentimos. No voy a romper mi promesa, Ciara...

Acarició el rostro de la joven, encendido por el llanto.

—No sé qué me espera al otro lado, pero... mi corazón estará contigo. Te protegeré siempre..., aunque tenga que hacerlo desde la oscuridad.

—Te quiero..., te quiero tanto...

En aquel instante, la expresión de Ciara se paralizó, como congelada en el tiempo.

Un punto de luz había despertado en sus pupilas. Un pequeño núcleo luminoso que paulatinamente fue creciendo y expandiéndose.

Parpadeó, asustada y confusa, hasta que su vista empezó a captar colores y siluetas borrosas.

Bajó la cabeza y trató de distinguir a Aidan.

Ciara abrió la boca con estupor mientras palpaba con delicadeza su rostro, vislumbrando con dificultad cada uno de sus rasgos.

Él sonrió; comenzaba a ser consciente de lo que sucedía.

—Puedo... ¡verte...! —murmuró ella sin dejar de llorar.

Sus pupilas, por fin vivas, se posaron en las de Aidan. Contuvo el aliento al ver la primera imagen que presenciaba desde hacía semanas. Aquellos ojos oscuros de profundidad insondable, guardianes de lágrimas sin derramar, brillantes de ternura, le devolvieron la mirada.

El mundo dejó de girar para ambos. El mar silenció sus embestidas contra las rocas, el viento les trajo el aroma verde del bosque, y el acantilado cercano se desdibujó en el horizonte.

Los músculos de Aidan se relajaron sensiblemente. Tomó la mano de la joven y besó su palma. Un ligero roce de sus labios, una caricia etérea.

Su última sonrisa.

—La muerte no se me llevará en vano...

EPÍLOGO

Semanas más tarde...

Le gustaba pasear por el invernadero.

Aquellas flores le hablaban de días pasados, de una voz ya dormida, de una melodía que no había vuelto a oír.

Solía ir allí todas las mañanas y contemplaba la estancia con ojos soñadores mientras el resto de sus sentidos trataban de volver a desplegarse a través del recuerdo.

Y así, día tras día, regresaba aquella imagen perdida en el tiempo.

Dos figuras se conformaban en el centro del jardín acristalado. El vals número dos de Shostakóvich revoloteaba de nuevo en el aire con sus acordes misteriosos y atrayentes... Y las siluetas, como dos hermosos espíritus del pasado, bailaban al son de la música, cuerpo contra cuerpo, sonrisa con sonrisa, ternura y timidez...

Trataba de imaginarse su rostro en ese momento. Sus ojos negros estarían fijos en ella y brillarían como lo habían hecho en el último instante... Él soñaría con poder devolverle la vista, con hablarle de tantas cosas que jamás llegaron a materializarse..., tal vez desearía besar sus labios en aquel mutismo quebrado por las notas del vals...

Todavía podía sentir el contacto de sus manos y percibir el aroma a enebro, que aún parecía inundar la mansión.

Una repentina lágrima resbaló de su mejilla y se precipitó al suelo. Fue el único movimiento en aquella especie de fotografía cristalizada en el tiempo.

La voz de Renata la trajo de vuelta al presente:

—Ciara, cielo... Ha venido el inspector Gallagher. Está esperando en la entrada, quiere hablar contigo.

Ella parpadeó, saliendo de su letargo onírico, y acompañó al ama de llaves hasta el recibidor.

Gallagher, al verla, hizo un gesto afirmativo con la cabeza a modo de saludo.

—Buenos días, Ciara.

—Hola, inspector.

Cuando Renata los dejó a solas, Ciara se cruzó de brazos de forma inconsciente.

Su expresión albergaba una cicatriz invisible. Una cicatriz que únicamente podía intuirse en las sombras de su mirada.

—¿Qué desea? —Por su tono, Gallagher advirtió el resentimiento que anidaba en ella.

—Ciara..., no es sencillo estar en mi posición. Hice lo que debía y siento mucho lo ocurrido. En mi profesión, no todo termina como desearíamos.

La joven no cambió su rictus de seriedad.

—Lo entiendo. Dígame a qué debo su visita.

—En primer lugar, me gustaría saber cómo van las pruebas del hospital. Tu visión se ha recuperado por completo, ¿verdad?

Ella asintió.

—Sí, parece que mis ojos han vuelto a la normalidad... Ya puedo ver casi perfectamente.

El inspector dibujó una leve mueca que no pasó desapercibida a Ciara.

—A veces... —respondió él, como para sí mismo—, tengo la sensación de que Aidan lo hizo solo para... devolverte la vista. Que tal vez supiera lo que iba a ocurrir...

Ciara se mordió el labio inferior, que había comenzado a temblar.

—Inspector... —terció—, quería darle de nuevo las gracias por no inculpar a Renata y no presentar cargos contra ella.

Él sonrió con afabilidad.

—Debe de ser que me estoy haciendo viejo... —Tras un

breve silencio, prosiguió—: En cierta forma, me alegra que decidieras quedarte con ella en esta casa.

Ciara bajó la mirada.

—Los recuerdos son lo único que me queda ahora...

—Y ¿qué piensas hacer con las...?

—Creo que habría sido su deseo reencontrarse con su madre y su hermana en el mar que lo vio crecer.

—Comprendo.

Acto seguido, el inspector extrajo un DVD del bolsillo de su gabardina y se lo tendió. El rostro de Ciara mostró su desconcierto.

—Lo encontré en su dormitorio cuando registramos la casa. Lo he conservado hasta que recuperaras la vista por completo. Está dirigido a ti.

La joven leyó las letras rojas escritas en su superficie: «Para Ciara».

Un súbito escalofrío ascendió desde sus pies hasta erizarle el vello de la nuca.

—Gracias...

—Cuídate, Ciara —se despidió Gallagher mientras abría la puerta de la entrada, dispuesto a irse—. Recupera la sonrisa. Hazlo por él. Tienes toda una vida por delante.

Cuando el inspector abandonó la mansión, ella permaneció unos instantes inmóvil, observando el DVD en sus manos.

Renata, que había presenciado la conversación desde la distancia, se aproximó a la joven y le acarició la mejilla.

—Deberías verlo...

Ciara sopesó la posibilidad de hacerlo en el despacho de Aidan, donde se encontraba su ordenador principal. Sin embargo, sus piernas la guiaron hacia el dormitorio.

Al entrar, inspiró profundamente. El aire era diferente, impregnado todavía de su presencia.

Rayos de luz atravesaban las cortinas creando un efecto casi mágico en la estancia.

Rozó con la yema de los dedos el lomo de los libros ordenados en aquella pequeña biblioteca y se dirigió al escritorio, donde reposaba el portátil.

Renata le había confiado la contraseña días atrás.

Se sentó y, tras encenderlo, accionó el lector digital, que se abrió con un sonido siseante.

Introdujo el DVD y esperó.

Segundos más tarde, el reproductor de vídeo apareció mostrando una primera imagen.

El corazón de Ciara empezó a golpearle las costillas.

Aidan la miraba desde la pantalla. Su rostro, lívido y serio, se mantuvo invariable durante unos breves instantes. Sus ojos se hallaban enrojecidos, como si hubiera estado llorando, y su cuerpo reflejaba una gran tensión.

Poco a poco, sus labios dibujaron una suave sonrisa.

Cuando habló, Ciara notó un estremecimiento.

—No sé si llegarás a ver este vídeo, Ciara. Si es así, significará que ya habrás recuperado la vista y que ya no estaré contigo. Desconozco los motivos que me llevan a grabar este mensaje, pero... tengo la sensación, aquí y ahora, de que desgraciadamente, todo va a cambiar. Me dijiste que tenías un mal presentimiento, aunque no querías dejarte llevar por él. También yo tengo esa angustiosa sensación. Es posible que sea algo pasajero... y, sin embargo, hay una parte de mí que no lo cree. Estoy seguro de que algo terrible va a suceder y quiero abrirte mi corazón antes de que sea demasiado tarde.

Ciara apretó los dientes en un intento por no llorar.

Aidan negó con la cabeza. Parecía debatirse consigo mismo. Su expresión oscilaba entre la inquietud y la ternura.

—Lo que más me entristece es que nunca te he dicho que te quería. Tal vez no he tenido el valor para hacerlo. Mi madre solía hablarme del amor. Yo no la entendía. Pensaba que algo así no podía existir, que las personas nos movíamos solo por nuestro propio interés. —Su mirada pareció clavarse en ella a través de la pantalla—. Entonces, la vida te trajo hasta mí. Y supe que estaba equivocado, que todo aquello en lo que creía eran únicamente sombras, mentiras...

Su voz se quebró, y las lágrimas afloraron a sus ojos negros.

—Habría deseado amarte y envejecer a tu lado. Quizá le estoy pidiendo demasiado al destino. A un destino que creo tener ya marcado desde hace tiempo.

»Desde aquí, te doy las gracias. Gracias por hacerme comprender que el mundo no solo está lleno de odio y tristeza; gracias por crear un hueco para mí en tu vida sin ningún tipo de rencor ni titubeo; gracias por rescatarme de la oscuridad... Gracias por amarme.

»Si el presentimiento que me persigue llega a producirse y no estoy a tu lado en este mismo instante, te pido que seas fuerte. Visita una vez más tu palacio de la memoria, porque yo te aguardaré allí para despedirme... Y aunque estoy convencido de que seguirás adelante y que una nueva vida te espera, no cierres definitivamente las puertas de ese palacio. En su interior, siempre estaré para recordarte lo que una vez sentimos y para decirte, mirándote a los ojos, cuánto te he querido.

Cuando el vídeo terminó, la imagen de Aidan desapareció de la pantalla.

Ciara lloraba en silencio. Un silencio que albergaba más sentimientos que cualquier palabra.

Cerró los ojos y esbozó una sonrisa. Quería regresar a los días en los que la ceguera dominaba sus sentidos. Había aprendido que solo el corazón podía hablarle de sensaciones que su mirada nunca percibiría.

En su mente, primero se enfrentó a la negritud más absoluta. Un mundo de tinieblas que ya dominaba y al que no volvería a temer.

De pronto, una puerta blanca se perfiló en el centro de sus pensamientos con asombrosa nitidez. Rosas y jazmines adornaban su superficie con delicadas enredaderas.

Una voz serena la invitó a entrar.

La puerta se abrió lentamente y una cascada de luz invadió la oscuridad reinante.

Al atravesar el portal, no pudo evitar una exclamación de asombro al ver el paisaje que se manifestaba ante ella.

Un hermoso atardecer cubría el cielo bajo su piel escarlata y retenía el fulgor encendido del sol, que poco a poco iba desapareciendo, abrazado por el mar embravecido.

El sonido del oleaje resonaba en un eco sobrecogedor que, por un momento, pareció acompañar sus propios pasos.

El acantilado que en tantas ocasiones había visitado sumida en su ceguera le daba la bienvenida.

En su límite, vislumbró una silueta.

Miles de mariposas danzaron en su pecho al reconocerlo.

Aidan la miraba, y en sus ojos, ella no leyó miedo ni dolor. Solo una paz infinita.

Se aproximó a él, que la cobijó entre sus brazos. El aroma a enebro le susurró sueños y esperanzas que ya pertenecían al pasado.

Se giraron hacia el mar, embebidos por su belleza.

Ciara buscó la mano de Aidan, y ambos permanecieron sumidos en un silencio tembloroso, como si solo así pudieran hablar sus corazones.

En aquel instante, la joven sintió que la mano de Aidan se desvanecía entre sus dedos.

Se volvió hacia él. Mientras su figura iba desgranándose en miles de diminutas partículas cenicientas, Aidan seguía sonriendo.

Ciara lloraba sin saber que lloraba.

Unos labios rozaron su frente antes de disiparse por completo. El cuerpo de Aidan se entregó a la suave brisa que parecía reclamarlo desde hacía tiempo.

Ciara respiró profundamente y contuvo el aliento.

Aidan formaba ya parte de ella para siempre.

AGRADECIMIENTOS

A mi padre. Soy quien soy gracias a ti. Tu amor, tu cariño, tu apoyo incondicional, la pasión que me inculcaste por los libros, por la cultura, por el arte, por la historia..., todo formará parte de mí para siempre. Bajo tus alas, me sentiré protegida. Esta novela es para ti.

A mi madre. Por ser la persona más valiente y buena que conozco. Su fortaleza es también la mía. Cuando mi mundo se viene abajo, ella es quien lo sostiene; cuando flaqueo, ella consigue levantarme de nuevo. Es un ángel en la tierra.

A Guillermo Názara Reverter, el compositor del musical basado en mi novela *El violín negro*. Gracias por tu energía, tu positividad, tu don para la música, por esas charlas de madrugada. Tus partituras llegarán muy lejos, lo sé.

A Mamen Díez y Marce Lozano. Hemos sido como hermanas, Mamen, compañeras en los buenos y en los malos momentos. Espero que los malos se queden en el olvido y que podamos compartir muchas alegrías.

A Sara Fernández. No solo eres una de mis más devotas lectoras, sino una buena amiga. Siempre puedo contar contigo en cualquier circunstancia. Sigue sonriendo, no cambies nunca.

A Marta, mi editora. Es un verdadero lujo trabajar contigo. Transmites una pasión contagiosa y te agradezco muchísimo que hayas confiado en esta novela desde que leíste sus primeras páginas.

Y por supuesto, a todos mis lectores. Los autores damos vida a los libros, pero sois vosotros quienes les otorgáis alma. Que la literatura sea siempre parte de vuestros sueños.